Leïla Flimani

에밀에게

CHANSON DOUCE
by Leïla Slimani

ⓒ Editions Gallimard, 2016

Korean translation copyright ⓒ BOOK21 Publishing Group, 2017
This Korean edition was published by arrangement with Editions Gallimard
through Sibylle Books Literary Agency, Seoul.

Chanson douce

달콤한 노래

레일라 슬리마니 장편소설 · 방미경 옮김

arte

베치 양은 국경을 넘어 아이들을 돌보러 왔다. (…) 그 집 부인은 베치 양이 서툴고 더러운 데다 조심성도 없다고 했다. 베치 양은 한번도 자신만의 삶을 꾸려본 적이 없고, 자신만의 문제로 걱정해본 적도 없으며, 그래서 이번 일이 그녀의 세계에서 가장 중요한 사건이라는 게 하나도 놀랍지 않다는 것이었다.
— 러디어드 키플링, 『소박한 이야기들』

"이해하시겠어요, 선생은, 아무 데도 갈 곳이 없다는 게 무슨 의미인지 이해하시겠냐고요?" 전날 마르멜라도프가 했던 질문이 문득 떠올랐다. "사람은 어디든 갈 데가 있어야 합니다."
— 도스토옙스키, 『죄와 벌』

차 례

일러두기

1. 번역 대본은 프랑스 갈리마르 출판사의 *Chanson douce*를 사용하였다.
2. 고유명사의 한글 표기는 개정된 외래어표기법을 따르는 것을 원칙으로 하되 몇몇 예외를 두었다.

아기가 죽었다. 단 몇 초 만에. 고통은 없었다고 의사가 분명하게 말했다. 장난감 더미 위에 부유하듯 너부러진 아기를 회색 커버 안에 누이고 뼈마디가 비틀어진 몸 위로 지퍼를 채웠다. 여자아이는 구급대가 도착했을 때 아직 살아 있었다. 그 아이는 사나운 짐승처럼 맞서 싸웠다. 싸움의 흔적들, 아이의 말랑한 손톱 아래 박힌 살점들이 발견되었다. 병원으로 이송되는 구급차 안에서 아이는 몸부림쳤고 경련으로 꿈틀거렸다. 두 눈을 부릅뜬 모습이 애타게 공기를 찾는 것 같았다. 목구멍에는 피가 가득했다. 폐에 구멍이 났고 파란색 서랍장에 머리를 심하게 부딪쳤다.

범죄 현장이 사진으로 찍혔다. 경찰은 지문을 채취하고, 욕실과 아이들 방의 크기를 측정했다. 바닥에 깔린 공주 카펫에는 피가 스며들어 있었다. 기저귀대는 반쯤 뒤집힌 채 나뒹굴었다. 장난감들은 투명 봉지 속에 밀봉돼 수거되 었다. 파란색 서랍장도 재판에 쓰일 것이다.

아이들 어머니는 쇼크 상태였다. 구급대원들이 그렇게 말했고, 경찰들이 따라서 그렇게 말했으며, 기자들이 그렇 게 썼다. 아이들이 쓰러져 있던 방에 들어서면서 그녀는 비명을, 저 깊은 곳에서 올라오는 비명, 어미 늑대의 울 부짖음을 내질렀다. 사방의 벽이 흔들렸다. 어둠이 내려 5월의 이날을 덮쳤다. 그녀는 토했고, 토사물로 옷이 엉망 인 채 방에 웅크려 앉아 미친 듯이 딸꾹질을 하고 있는 모 습으로 경찰에 발견되었다. 그녀는 허파가 갈가리 찢겨 나 가도록 울부짖었다. 구급대원이 머리로 신호를 보내자 사 람들은 발버둥 치며 저항하는 그녀를 일으켜 세웠다. 그들 은 천천히 그녀를 들어 올렸고 구급대의 젊은 여자 인턴이 진정제를 처방했다. 인턴 연수를 시작한 첫 달이었다.

다른 여자, 그 여자도 구해야 했다. 똑같은 직업의식을 가지고, 똑같이 공정하게. 그 여자는 죽지 못했다. 죽음, 그 것을 다른 이에게 주는 일만 해냈다. 그녀는 칼로 자기 두 팔목을 그었고, 자기 목에 칼을 꽂았다. 난간이 달린 아기 침대 가에서 그녀는 의식을 잃었다. 그들은 그녀를 일으켜 맥박과 혈압을 쟀다. 인턴이 손으로 목을 누른 상태로 그녀를 들것에 눕혔다.

건물 아래 이웃 사람들이 모여 있었다. 주로 여자들이었다. 곧 학교에 아이들을 데리러 갈 시간이었다. 여자들은 울어서 부은 눈으로 구급차를 쳐다본다. 여자들은 눈물을 흘리고, 무슨 일인지 알고 싶어 한다. 까치발을 딛는다. 경찰 저지선 너머에서, 요란하게 사이렌을 울리며 출발하는 구급차 안에서 무슨 일이 벌어지는지 보려고 한다. 귀엣말로 서로 정보를 주고받는다. 벌써 소문이 돈다. 아이들에게 나쁜 일이 일어났다.

이곳은 10구 오트빌 가의 근사한 아파트이다. 같은 건물 주민들이 마주치면 서로 모르는 사이여도 상냥하게 인사를 나누는 그런 곳이다. 마세 씨네 집은 5층이다. 이 건물에서 가장 작은 집이다. 폴과 미리암은 둘째 아이가 태어나자 거실 중앙에 가벽을 설치했다. 그들은 거리로 난 창과 부엌 사이 좁은 공간에서 잔다. 미리암은 여러 가지 색이 섞인 가구들과 베르베르 카펫을 좋아한다. 벽에는 일본 판화들을 걸어놓았다.

그녀는 오늘 평소보다 일찍 집에 돌아왔다. 회의를 빨리 마쳤고 서류 검토는 내일로 미뤘다. 그녀는 7호선 접의자에 앉아서 아이들을 깜짝 놀라게 해줄 생각을 하고 있었다. 집에 가는 길에 빵집에 들렀다. 바게트 하나와 아이들에게 줄 디저트, 보모에게 줄 오렌지 케이크를 샀다. 보모가 제일 좋아하는 것이다.

그녀는 회전목마 놀이터에 그들을 데려갈 생각이었다. 그리고 같이 저녁거리를 사러 갈 것이었다. 밀라는 장난감을 사달라고 할 테고, 아당은 유모차에서 빵 조각을 핥아 먹을 것이었다.

아당은 죽었다. 밀라는 곧 숨을 거둘 것이다.

"불법체류자는 안 돼, 알았지? 가사도우미나 화가라면 괜찮아. 그 사람들도 일을 해야겠지. 하지만 애들 보는 일에는 너무 위험해. 무슨 일이 있을 때 경찰을 부르거나 병원에 가는 걸 겁내는 사람은 싫어. 그것 말고도, 나이가 너무 많으면 안 되고, 모호한 사람도 안 되고, 담배 피우는 사람도 안 되고. 중요한 건, 활기 있고 기민해야 한다는 거야. 우리가 열심히 일할 수 있도록 그 사람이 열심히 일해줘야 하는 거지." 폴은 모든 것을 다 준비했다. 질문할 목록을 만들고 면접당 삼십 분을 예상했다. 그들은 아이들 보모를 구하기 위해 토요일 오후를 다 비워놓았다.

며칠 전 미리암이 친구 엠마와 대화하던 중에 아이들 보모 구하는 이야기가 나왔는데, 그 친구는 자기 아들들을 돌보는 보모에 대해 불평을 했다. "우리 아줌마는 아들 둘이 여기 있거든, 그래서 좀 늦게까지 남아서 애들을 봐주는 건 절대 못해. 정말 불편해. 면접할 때 그런 것도 염두에 둬. 애가 있는 여자라면 자기 나라에 두고 온 게 나아." 미리암은 충고해줘서 고맙다고 했다. 하지만 사실 엠마가 한 말은 그녀의 마음을 거북하게 했다. 어떤 고용인이 그녀나 친구들 중 누군가에 대해 그런 식으로 말했다면 그들은 소리 높여 그것은 차별이라고 외쳤을 것이다. 아이가 있다고 어떤 여자를 배척한다는 건 끔찍한 일이었다. 그녀는 폴에게 그런 문제는 아예 거론하지 않기로 한다. 그녀의 남편은 엠마와 비슷하다. 자기 가족과 일이 모든 것에 우선하는 실용주의자.

오늘 아침, 그들은 온 가족 넷이 장을 보러 갔다. 밀라는 폴의 어깨 위에 앉고, 아당은 유모차에서 잠든 채. 꽃도 좀 사 왔고 지금은 아파트를 정리하고 있다. 이제 연달아 만나게 될 보모들에게 좋은 인상을 주고 싶다. 바닥과 침대 밑, 심지어 욕실에까지 널려 있는 책과 잡지를 한데 모은다. 폴은 밀라에게 장난감들을 큰 플라스틱통에 정리하라고 이른다. 꼬마가 안 한다고 징징대자 결국 그가 벽 쪽에 가지런히 쌓아놓는다. 그들은 아이들 옷을 개고 침대 시트를 간다. 청소를 하고, 물건들을 버리고, 숨 막히는 아파트를 환기하려고 안간힘을 쓴다. 보모들이 와서 보고 이들이 좋은 사람들이며 아이들에게 최상의 것을 주고자 하는 성실하고 깔끔한 사람들이라는 것을 알았으면 한다. 그들이 주인이라는 것을 보모들이 분명히 인지하기를 바란다.

밀라와 아당은 낮잠을 자고 있다. 미리암과 폴은 침대가에 앉아 있다. 불안하고 편치 않은 마음으로. 그들은 누구에게든 한번도 아이들을 맡겨본 적이 없다. 미리암은 밀라를 임신했을 때 법학 공부를 끝내가고 있었다. 출산 두주 전에 학위를 받았다. 폴은 다 잘되리라는 희망에 부풀어 수많은 연수를 하고 또 했는데, 미리암이 처음 그를 만났을 때 마음이 끌렸던 것도 바로 그런 낙천적 성격 때문이었다. 그는 두 사람 몫을 할 수 있다고 장담했다. 음악 프로덕션 분야가 예산이 감축되고 위기를 겪고 있기는 하지만 꼭 성공할 거라고 확신하고 있었다.

밀라는 약하고 짜증 많고 끊임없이 울어대는 아기였다. 엄마의 가슴도 아빠가 주는 우유병도 밀쳐냈고 살이 통 오르지 않았다. 아기 요람을 들여다볼 때면 미리암은 바깥세상이 존재한다는 것마저 다 잊었다. 그녀의 유일한 야망은 계속 울어대는 이 연약한 아기를 몇 그램이라도 살이 찌게 만드는 것뿐이었다. 그녀가 의식조차 못하는 사이 몇 개월이 지나갔다. 폴과 그녀는 밀라를 한시도 떼어놓지 않았다. 친구들이 눈살을 찌푸리고, 술집이나 식당 좌석에 아기를 데려다놓는 건 아니라고 뒤에서 수군거려도 그저 모르는 척했다. 하지만 베이비시터 이야기가 나오면 미리암은 일언지하에 안 된다고 했다. 딸아이에게 뭘 해주어야 하는지 아는 사람은 자기뿐이라고 했다.

밀라가 겨우 한 살 반이 되었을 때 미리암은 또 임신했다. 그녀는 늘 사고라 주장했다. "피임약은 절대 100퍼센트가 아니라니까."라고 친구들에게 웃으면서 말하곤 했다. 사실 그것은 계획된 임신이었다. 아당은 집에서의 안온한 삶을 떠나지 않아도 되는 핑계였다. 폴은 그 어떤 유보적인 말도 하지 않았다. 그는 얼마 전 유명한 스튜디오에 어시스턴트로 채용되어 아티스트들의 변덕과 그들의 스케줄에 옴짝달싹 못하게 붙들려 밤낮을 보내고 있었다. 아내는 새끼를 품는 동물처럼 아이 엄마로서 활짝 피어나는 것 같아 보였다. 세상과 타인들로부터 멀리 떨어진 이 고치 속

삶은 모든 것으로부터 그들을 보호해주었다.

그러다가 어느 때부터인가 시간이 길게 느껴지고, 가정이라는 완벽한 기계장치가 삐걱거리기 시작했다. 폴의 부모님은 딸아이가 태어나면서 집안일을 도와주기 시작했지만, 시골 별장에 대대적인 공사를 벌이면서 그곳에 점점 더 많이 머무르게 되었다. 그들은 미리암이 출산을 한 달 앞둔 시기에 삼 주간 아시아로 여행을 가기로 했고 떠나기 직전에야 폴에게 알려왔다. 폴은 미리암에게 자기 부모님이 이기적이고 경솔하다며 투덜대고 언짢아했다. 하지만 미리암은 오히려 마음이 놓였다. 실비가 언제나 주변을 맴돌면 못 견딜 것 같았다. 그녀는 시어머니가 일러주는 말들을 미소 지으며 경청했고, 시어머니가 냉장고를 뒤져서는 안에 든 음식물들 타박을 해도 하고 싶은 말을 그냥 삼켜버리곤 했다. 실비는 늘 유기농 샐러드 채소를 샀다. 그녀는 밀라에게 먹을 것을 만들어주었지만 부엌을 난장판으로 만들어놓곤 했다. 미리암과 그녀는 서로 맞는 것이 전혀 없어서 집 안에는 부글부글 끓어오르는 밀도 높은 위기감이 맴돌았고, 매 순간 언제든 난투극으로 이어질 조짐을 보이고 있었다. 결국 미리암은 폴에게 "부모님도 자기 삶을 사셔야지. 이제 매인 데도 없으니 그렇게 즐기는 게 잘하시는 거야."라고 말했다.

그녀는 이제 얼마나 엄청난 일이 닥쳐올지 헤아리지 못했다. 아이가 둘이면 모든 것이 더 복잡해졌다. 그러니까 장보기, 목욕시키기, 병원 가기, 집안일 하기 같은 것들. 고지서가 쌓여갔다. 미리암은 침울해졌다. 공원에 나가는 일이 끔찍하게 싫어졌다. 겨울날 긴 하루하루가 영원히 끝나지 않을 것만 같았다. 밀라의 투정에 진절머리가 났고 아당이 첫 옹알이를 해도 무관심했다. 혼자 걷고 싶은 욕구가 하루하루 조금씩 더 커져가는 것이 느껴졌고, 거리로 나가 미친 여자처럼 울부짖고 싶었다. 때로 그녀는 속으로 '애들이 날 산 채로 잡아먹는구나.'라고 말하기도 했다.

그녀는 남편을 시기했다. 저녁이면 그녀는 문가에서 애타게 그를 기다렸다. 아이들이 너무 울어댄다고, 아파트가 너무 좁다고, 한시도 쉴 틈이 없다고, 한 시간씩 푸념을 늘어놓곤 했다. 마침내 남편이 입을 열 수 있게 돼서 한 힙합 그룹과 아주 멋지게 녹음을 마쳤다는 말을 해주면 그녀는 "당신은 좋겠네."라고 쏘아붙였다. 그의 대답은 이랬다. "아니지, 당신이 좋은 거지. 난 애들이 크는 걸 너무나 보고 싶은데." 이 게임에서 이기는 사람은 아무도 없었다.

밤이면 폴은 그녀 옆에서, 하루 종일 일한 뒤 마땅히 푹 쉬어야 할 자의 깊은 잠을 잤다. 원망과 서운함이 그녀의 마음을 갉아먹었다. 가진 돈도 부모님 지원도 없이 학업을 마치려고 무진 애를 썼던 일, 법관이 되었을 때의 그 기쁨, 처음 변호사복을 입었던 순간, 변호사복 차림의 자신을 미소를 띤 당당한 모습으로 건물 출입문 앞에 세워놓고 폴이 사진을 찍었던 순간을 생각했다.

몇 달 동안 그녀는 그 상황을 잘 견디는 척했다. 폴에게마저도 자신이 얼마만큼 수치심을 느끼는지 말할 수가 없었다. 아이들의 우스운 말이나 슈퍼에서 주워들은 사람들의 대화밖에 할 이야기가 없다는 것이 얼마나 미칠 듯 괴로운지. 그녀는 저녁 식사 초대를 모두 거절하고 친구들 전화도 받지 않기 시작했다. 특히 여자들—여자들은 어느 순간 아주 잔인한 면을 드러낼 수 있었다—을 경계했다. 자기에게 감탄하는 척하는 여자들을 목 졸라 죽이고 싶었다. 그보다 더 나쁜 건 부러운 척하는 여자들이었다. 이제 그녀는 여자들이 일이 힘들다고, 아이를 제대로 볼 시간이 없다고 투덜대는 것을 견뎌내지 못했다. 무엇보다도 그녀는 낯선 사람들이 두려웠다. 무슨 일을 하느냐고 아무 생각 없이 묻고는 전업주부라는 사실을 내비치면 등을 돌려 가버리는 그런 사람들이.

하루는 생드니 대로의 모노프리에서 장을 보고 오는데, 자기도 모르게 아동용 양말을 계산도 안 하고 유모차에 넣어 가져온 것을 알게 되었다. 집까지는 아직 몇 미터 남았고 슈퍼에 돌아가 양말을 돌려줄 수도 있었지만 그녀는 그냥 집에 와버렸다. 폴에게는 아무 말도 하지 않았다. 별것 아닌 일이었는데도 자꾸만 그 생각이 머리에서 맴돌았다. 그 일 이후 그녀는 정기적으로 모노프리에 가서 샴푸라든가 생전 바르지 않을 크림, 립스틱 같은 것들을 아들의 유모차에 몰래 숨겨 가져왔다. 만일 그러다 잡히면 과로로 지친 아기 엄마 역할만 하면 될 테고, 그러면 사람들이 자기 말을 다 믿어주리라는 것을 아주 잘 알고 있었다. 이렇게 자잘한 물건들을 훔치면서 그녀는 최면과 같은 무아지경 상태에 들어갔다. 세상을 다 가지고 논다고 느끼면서 길거리에서 혼자 깔깔 웃어댔다.

우연히 파스칼을 만난 것은 그녀에게 어떤 징표로 여겨졌다. 법학과 동창인 그 친구는 그녀를 바로 알아보지 못했다. 그녀는 헐렁하고 늘어진 바지에 낡은 부츠를 신고 지저분한 머리카락을 틀어 올리고 있었다. 회전목마 앞에서 도통 내려오려 하지 않는 밀라를 보고 있었다. 말을 꽉 붙든 딸아이가 그녀 앞을 스치며 손짓을 할 때마다 그녀는 "이번이 마지막이야."라고 말했다. 고개를 들었을 때 파스칼이 미소 짓고 있었다. 기쁨과 놀라움의 표시로 두 팔을 활짝 벌린 채. 그녀도 그를 보고 미소를 지었다. 두 손으로 유모차를 꽉 잡은 채. 파스칼은 시간이 별로 없었지만 다행히 약속 장소가 미리암의 집에서 아주 가까운 곳이었다. 그녀는 그에게 "나도 어차피 집에 가야 했어. 같이 걸어갈까?"라고 제안했다.

미리암이 밀라에게 와락 달려들자 아이는 날카로운 비명을 질러댔다. 아이는 걸음을 내디디려 하지 않았고, 미리암은 미소를 그대로 유지한 채 이 상황을 통제하는 척하려 안간힘을 썼다. 외투 속에 입은 낡은 스웨터 생각, 목둘레가 다 낡은 것을 파스칼이 틀림없이 알아챘으리라는 생각을 떨칠 수가 없었다. 그녀는 그렇게만 하면 푸석푸석 헝클어진 머리가 가다듬어지기라도 할 것처럼 거의 광적으로 열심히 이마 양옆을 자꾸 문질렀다. 파스칼은 아무것도 알아채지 못하는 것 같아 보였다. 그는 동기 두 명과 같이 법률 사무소를 차렸는데 독자적으로 일을 해나가는 것이 참 힘들고도 즐겁다고 했다. 그녀는 그의 이야기를 듣는 둥 마는 둥 했다. 밀라가 쉬지 않고 말을 끊어대는 통에 미리암은 아이가 입을 다물게만 할 수 있다면 무슨 짓이든 할 것 같았다. 눈으로는 파스칼을 계속 바라보면서 그녀는 막대사탕이나 알사탕, 뭐든 하여간 딸을 조용하게 만들 것을 찾으려고 주머니와 가방을 뒤졌다.

파스칼은 아이들을 힐끗 보고 그만이었다. 이름이 뭔지도 묻지 않았다. 유모차에서 평온하고 사랑스러운 얼굴로 잠들어 있는 아당조차 그에게 아무런 느낌도 감흥도 불러일으키지 못하는 모양이었다.

"여기야." 파스칼이 그녀의 볼에 입 맞추어 인사를 했다. 그가 "다시 봐서 정말 반가웠어."라고 말하고 한 건물로 들어갔는데, 푸른색 문이 둔중하게 딸깍하고 닫히는 소리에 미리암은 소스라치게 놀랐다. 그녀는 속으로 빌기 시작했다. 그곳에서, 길 위에서, 그녀는 마음이 와르르 무너져 내려 길바닥에 주저앉아 울 수도 있을 것 같았다. 그녀는 파스칼의 다리를 붙들고 자기를 데려가달라고, 한 번만 기회를 달라고 빌고 싶었다. 집에 돌아가자 그녀는 완전히 녹초가 되었다. 그녀는 밀라가 편안하게 잘 놀고 있는 모습을 바라보았다. 아기의 목욕이 끝난 다음, 그녀의 마음속에는 이 행복, 단순하고 고요한 이 감옥 같은 행복이 충분한 위안이 되지 못한다는 말이 메아리치고 있었다. 파스칼은 아마 그녀를 비웃었으리라. 어쩌면 옛 동창들에게 전화를 걸어서 "미리암이 완전 딴사람이 됐어."라거나 "우리가 생각했던 것과 달리 직업도 없이 기막힌 삶을 살고 있더라."는 말까지 했을지도 모를 일이다.

밤새 그런 상상의 대화들이 그녀의 머릿속을 파고들었다. 다음 날 샤워를 하고 나오는데 문자 알림이 울렸다. "너 혹시 변호사 일 다시 할 생각이 있는지 모르겠네. 생각 있으면 의논 좀 해볼까 싶은데." 미리암은 너무 기뻐서 괴성을 내지를 뻔했다. 집 안을 폴짝폴짝 뛰어다니다 밀라를 끌어안자 아이는 "엄마, 왜 그래? 왜 그렇게 웃어?"라고 했다. 그러고 나서 시간이 좀 지나자 미리암은 파스칼이 자신의 절망감을 알아챘던 걸까, 아니면 단지 미리암 샤르파, 이제껏 본 여학생 중 가장 성실했던 그 미리암 샤르파를 운 좋게도 우연히 마주치게 됐다고 여긴 걸까 싶었다. 아마 그 친구는 수많은 사람 가운데 바로 자기가 그녀 같은 여자를 채용해서 다시 법정으로 가는 길에 접어들게 하다니 행운 중에 행운이라고 생각하지 않았을까.

미리암에게서 그 소식을 들은 폴은 아주 실망스러운 반응을 보였다. 그는 어깨를 으쓱했다. "당신이 일하고 싶어 하는지는 몰랐네." 이 말을 들은 그녀는 정도 이상으로 화가 솟구쳤다. 서로 오가는 말에 독이 올랐다. 그녀는 그에게 이기주의자라 했고, 그는 그녀가 생각 없이 군다고 했다. "그래, 일해, 좋아, 그런데 애들은 어떡하지?" 그러면서 그가 피식 웃자 일에 대한 그녀의 간절한 마음은 단박에 하찮은 것이 되어버리고 전보다 더 옴짝달싹 못하게 집에 갇혀 있다는 느낌이 들었다.

좀 진정이 되자 그들은 선택 가능한 방법들을 찬찬히 검토했다. 지금은 1월 말이었다. 어린이집이나 임시 탁아소에 자리를 구하는 건 기대조차 할 필요가 없었다. 구청에 아는 사람도 전혀 없었다. 그리고 그녀가 다시 일을 하게 되면 그들은 최악의 급여 구간에 속하게 되어, 위급 상황 시 지원을 받기에는 너무 급여가 높고, 무리 없이 보모를 채용하기에는 수입이 너무 적었다. 결국 폴이 "추가근무 시간까지 치면 보모하고 당신하고 거의 수입이 같을 거야. 그래도 그렇게 해서 당신이 날개를 펼칠 수 있다고 생각한다면 뭐……."라고 종지부를 찍은 다음 그들은 보모를 고용하기로 결론을 보았다. 이런 말들을 주고받으며 그녀는 씁쓸한 마음을 누를 길이 없었다. 폴이 원망스러웠다.

그녀는 이 문제를 잘 해결하고 싶었다. 믿을 만한 곳이

어야 하므로 얼마 전 동네에 새로 문을 연 소개소를 찾아
갔다. 별로 꾸민 데 없이 소박한 작은 사무실에 삼십 대 젊
은 여자 둘이 자리를 지키고 있었다. 연한 하늘색으로 칠
해진 정면에는 별들과 작은 황금색 낙타들이 장식돼 있었
다. 미리암은 벨을 눌렀다. 유리창 너머로 사무소장이 그
녀를 훑어보았다. 그리고 천천히 일어나서는 출입문을 살
짝 열고 머리만 내밀었다.

"네?"

"안녕하세요."

"등록하러 오셨어요? 서류를 다 갖춰서 와야 돼요. 이
력서하고 예전 일하던 집 주인들 서명이 포함된 추천서들
하고."

"아니, 그게 아니고요. 제 아이들 일로 왔어요. 아이들
봐줄 분을 찾아요."

여자의 얼굴이 완전히 달라졌다. 고객이 찾아온 것이 좋
기도 하고, 또 좋은 만큼 아까 오해한 것이 당황스러운 모
양이었다. 하지만 부스스한 곱슬머리에 피곤에 찌든 이 여
자가, 보도에서 징징대고 있는 저 예쁜 여자애의 엄마라고
어떻게 생각할 수 있었겠는가?

사무소장이 커다란 카탈로그를 펼치자 미리암이 들여

다보았다. 그녀는 "앉으세요." 하고 권했다. 대부분 아프리카나 필리핀 출신 여자들의 사진 여남은 장이 미리암의 눈앞에 죽 지나갔다. 밀라는 재미있어 했다. 아이는 "저 여자 못생겼다, 그치?"라고 말했다. 미리암은 아이를 꾸짖고 무거운 마음으로 다시 초점이 맞지 않은 흐릿한 사진들을 보았다. 웃고 있는 여자는 단 한 사람도 없었다.

사무소장은 정말 역겨웠다. 그 위선과 불그레하고 둥그런 얼굴, 목에 두른 낡은 스카프. 조금 전 확연히 드러내 보인 인종차별. 이 모든 것이 얼른 그곳을 벗어나고 싶게 했다. 미리암은 그녀에게 악수를 건넸다. 남편과 의논하고 다시 오겠다고 약속하고 다시는 그곳을 찾지 않았다. 대신 그녀는 동네 가게들을 찾아가서 직접 구인광고 쪽지를 붙였다. 한 친구가 권하는 대로 인터넷 사이트들마다 긴급이라고 명기한 구인광고로 도배했다. 일주일 후 그들은 여섯 통의 전화를 받았다.

그녀는 아이들을 내준다는 생각을 하면 공포를 느낄 정도면서도 마치 구세주를 기다리듯 보모가 나타나길 기다린다. 그녀는 아이들에 대해 모든 것을 다 알고 있고 그것을 다른 사람과 나누고 싶지 않다. 아이들이 뭘 좋아하는지, 어떤 특별한 습관이 있는지 잘 안다. 아이가 아프거나 기분이 안 좋으면 곧바로 알아차린다. 자기처럼 아이들을 잘 보호할 수 있는 사람은 아무도 없다고 확신하며 아이들에게서 한시라도 눈을 뗀 적이 없다.

아이들이 태어나고부터 그녀는 모든 것이 다 두렵다. 특히 아이들이 죽을까 두렵다. 친구들이나 폴에게 그런 말을 꺼내지는 않지만 모두들 틀림없이 다 그런 생각을 하리라 믿는다. 자기처럼 다른 사람들도 아이가 잠든 모습을 바라보면서, 이 몸이 시신이라면 어쩌나, 저 눈을 영영 감고 있으면 어쩌나, 하고 생각한 적이 틀림없이 있을 것이다. 그런 생각이 드는 것은 어쩔 수가 없다. 머릿속에 끔찍한 시나리오가 떠오르면 머리를 흔들어서, 기도문을 외워서, 액운을 쫓으려 나무에 손을 대거나 어머니에게 물려받은 파티마 상에 손을 짚어서 그런 생각을 지운다. 악운과 질병, 사고, 포식자들의 사악한 탐욕을 쫓는다. 밤에 잠이 들면 아이들이 무관심한 군중 속으로 갑자기 사라져버리는 꿈을 꾼다. "내 아이들이 어디 있어요?"라고 그녀는 소리치고 사람들은 웃는다. 그들은 그녀가 미친 여자라고 생각한다.

"이 사람 늦네. 시작이 안 좋다." 폴이 안달을 부린다. 현
관문으로 가서 문구멍으로 밖을 살핀다. 2시 15분, 필리핀
사람, 첫 번째 후보는 아직도 오지 않는다.

2시 20분, 지지가 조용히 문을 두드린다. 미리암이 나가
문을 연다. 그녀는 곧바로 여자의 발이 아주 작다는 것을
알아본다. 그 여자는 이 추위에 헝겊 운동화에 장식이 달
린 흰 양말을 신고 있다. 쉰 살쯤 된 여자가 발은 어린아이
같다. 꽤 예쁘장하고 한 갈래로 땋아 내린 머리가 등 한가
운데 놓였다. 폴이 차갑게 약속 시간에 늦었음을 지적하자
지지는 고개를 숙이며 무어라 변명을 웅얼거린다. 프랑스

어가 아주 서툴다. 폴은 성의 없이 영어로 묻기 시작한다. 지지가 이전 경험에 대해 말한다. 자기 아이들은 필리핀에 두고 왔고 막내를 못 본 지 십 년 됐다고 한다. 그는 이 여자를 채용하지 않을 것이다. 형식상 몇 가지 묻고는 2시 30분에 현관으로 배웅한다. "전화드리겠습니다. Thank you."

그다음은 그라스, 웃는 얼굴의 코트디부아르 출신 불법체류자. 카롤린, 더럽게 찌든 금발 머리의 뚱뚱한 여자, 대화 내내 등도 아프고 혈액순환도 잘 안 된다는 타령만 늘어놓는다. 말리카, 꽤 나이가 있는 모로코 여자, 이십 년간이 일을 했고 아이들을 무척 좋아한다고 강조한다. 미리암은 아주 단호했다. 아이들을 돌볼 사람으로 마그레브 출신은 쓰고 싶지 않다. 폴은 그녀를 설득하려 해본다. "좋을 것 같은데. 당신은 애들하고 아랍어를 안 쓰려고 하니까, 이 사람이 애들한테 아랍어로 이야기하면 좋잖아." 하지만 미리암은 절대 용납하지 않는다. 자신과 그 여자가 암묵적으로 마음이 통하거나 친근해질까 두렵다. 그 여자가 자신에게 아랍어로 이런저런 지적을 하게 될까 두렵다. 그 여자가 자기 삶에 대해 이야기하고, 그런 다음 곧 공통의 언어와 종교를 내세워 온갖 것을 부탁해올까 두렵다. 그런 것을 그녀는 이민자의 연대라 칭하며 항상 경계해왔다.

그다음에 온 사람이 루이즈였다. 미리암은 그녀를 처음 면접했던 날 이야기가 나오면 아주 행복해하며 생각이고 뭐고 할 필요조차 없는 일이었다고 말하곤 한다. 첫눈에 홀딱 반하는 것 같았다고 말이다. 특히 자기 딸이 어떻게 행동했는지를 강조한다. "루이즈를 선택한 건 그 아이예 요."라는 말 역시 빠뜨리지 않고 분명히 덧붙인다. 밀라는 동생이 날카롭게 울어대는 소리에 낮잠에서 깬 참이었다. 폴이 아기 있는 데로 가는데 밀라가 바짝 따라붙어 아빠 다리 사이에 숨었다. 루이즈가 자리에서 일어났다. 그 장 면을 묘사할 때면 미리암은 그 차분하고도 자연스럽던 행 동에 아직도 마음을 빼앗긴다. 루이즈는 아기 아빠의 품에 서 아당을 살며시 받아안고서 밀라는 눈에 보이지 않는 것 처럼 행동했다. "공주님은 어디 있지? 공주님을 본 것 같 았는데 어디로 사라져버렸네." 밀라는 까르르 웃기 시작했 고, 루이즈는 이 구석 저 구석, 테이블 밑, 소파 뒤를 뒤지 며 사라져버린 신비로운 공주님 찾기 놀이를 계속했다.

그들은 그녀에게 몇 가지 질문을 한다. 남편은 죽었고, 딸 스테파니는 이제 다 커서―"이제 거의 스무 살이네요,

30

믿어지지가 않아요."—시간 여유가 아주 많다고 루이즈는 대답한다. 그녀는 폴에게 예전 고용인들의 이름들이 적힌 종이를 내민다. 목록 맨 위에 있는 루비에 가족에 대해 말한다. "이 집에 오래 있었어요. 그 댁도 아이가 둘이었죠. 남자아이 둘." 폴과 미리암은 루이즈의 매끈한 얼굴, 자연스러운 미소, 떨림 없는 입술에 반한다. 그녀는 아주 침착해 보인다. 그녀는 모든 것을 다 들어주고 용서해줄 수 있을 것 같은 여자의 시선이다. 얼굴은 아무도 그 깊은 바닥을 가늠할 수 없는 고요한 바다 같다.

바로 그날 저녁 그들은 루이즈가 남긴 번호로 전화를 건다. 한 여자가 좀 차갑게 전화를 받는다. 루이즈의 이름을 듣자 즉시 어조가 바뀐다. "루이즈요? 루이즈를 만나게 되다니 정말 복이 많으시네요. 제 아들들에게 그녀는 두 번째 엄마 같았어요. 헤어지게 됐을 때 정말 가슴이 아팠답니다. 한마디로, 그 당시 저는 루이즈를 잡아두기 위해 셋째 아이를 가질 생각까지 했다니까요."

루이즈는 자기 집 덧창을 연다. 새벽 5시가 조금 넘은 시각, 밖에는 가로등이 아직 켜져 있다. 길에서 한 남자가 비를 피하기 위해 벽에 바짝 붙어 걸어간다. 밤새도록 많은 비가 내렸다. 배수관에서 바람이 윙윙거리고 그녀의 꿈속을 맴돌았다. 비는 마치 건물과 창문을 정면으로 내리치려는 듯 수평으로 쏟아져 내렸다. 루이즈는 창밖을 내다보는 것을 좋아한다. 집 바로 맞은편, 우중충한 두 건물 사이에 작은 집 하나가 덤불이 무성한 정원으로 둘러싸여 있다. 여름 초입에 한 젊은 부부가 파리에서 옮겨 와 이곳에 자리를 잡았는데, 아이들은 그네를 타며 놀고 일요일에는 텃

밭을 정리한다. 루이즈는 저 사람들은 뭐 하러 이 동네에 왔을까 생각한다.

부족한 잠 때문에 그녀는 몸이 으슬으슬 춥다. 손톱 끝으로 창문 구석을 긁는다. 일주일에 두 번 유리창을 미친 듯이 닦아도 아무 소용 없이 검은 먼지와 기다란 얼룩으로 덮여 늘 희끄무레해 보인다. 때로 그녀는 유리가 다 부서지도록 깨끗이 닦아내고 싶어진다. 검지 끝으로 점점 더 세게 긁어대자 결국 손톱이 부러진다. 그녀는 손가락을 입에 꽉 물어서 피를 멈추게 한다.

루이즈의 아파트는 원룸이어서 침실도 되고 거실도 된다. 아침마다 그녀는 소파침대를 잘 접은 다음 검은색 커버를 씌운다. 텔레비전은 늘 켜둔 채 낮은 거실 탁자에서 식사를 한다. 벽 쪽에 붙여놓은 박스들은 아직 열지 않은 채 그대로 있다. 어쩌면 거기에는 이 영혼 없는 원룸에 생기를 불어 넣어줄 물건들이 들어 있을지 모른다. 소파 오른쪽에는 빨간 머리카락의 사춘기 소녀 사진이 반짝이는 액자 속에 담겨 있다.

긴 치마와 블라우스가 소파 위에 조심스레 펼쳐져 있다. 그녀는 바닥에 놓인 굽 낮은 구두를 집어 든다. 산 지 십년 된 구식 모델이지만 하도 관리를 잘해와서 그녀가 보기에는 아직도 새것 같기만 하다. 각진 굽에 윗부분에는 조그만 리본이 살짝 얹혀 있는 아주 간결한 에나멜 구두이다. 그녀는 자리에 앉아 헝겊 조각에 화장 지우는 크림을 묻혀 구두 한 짝을 닦기 시작한다. 그녀의 몸짓은 느리고 정확하다. 그 일에 완전히 빠져들어 세심하게 신발을 빡빡 문질러 닦는다. 헝겊에 때가 묻어났다. 루이즈는 조그만 원탁에 놓인 스탠드에 신발을 대본다. 에나멜에 충분히 윤기가 돈다 싶어졌을 때 바닥에 내려놓고 다른 한 짝을 집어 든다.

지금은 아주 이른 시각이어서 집안일로 망가진 손톱을 다시 손질할 시간 여유가 있다. 그녀는 검지에 헝겊을 두르고 나머지 손가락들에 은은한 분홍색 매니큐어를 바른다. 값이 꽤 나가는데도 처음으로 미용실에서 머리 염색을 했다. 그녀는 머리카락을 틀어 올려 목 위에 고정시킨다. 화장을 하면서 눈에 파란 아이섀도를 바르니 더 나이 들어 보이는데, 실제 나이는 마흔 살도 더 되지만 몸매가 너무도 가냘프고 작은 나머지 멀리서 보면 겨우 스무 살로나 볼까 싶다.

그녀는 집 안을 빙빙 돈다. 이토록 집이 작고 비좁아 보인 적이 없었다. 자리에 앉았다가 거의 금방 다시 일어난다. 텔레비전을 켤 수도 있을 것이다. 차를 한 잔 마시든가. 침대 옆에 두는 오래된 여성지를 읽든가. 하지만 그러다가 긴장이 풀려 마냥 시간이 흘러가도 모르고 정신이 멍해질까 두렵다. 이른 아침에 깬 탓에 몸 상태가 좋지 않고 불안하다. 자칫 잘못하면 잠깐 눈을 감는다는 게 잠들어버려 제시간에 못 갈 수도 있다. 정신을 바짝 차리고, 일이 시작되는 이 첫날에 온 신경을 집중해야만 한다.

집에서는 시간이 가기를 기다리지 못하겠다. 아직 6시밖에 안 돼서 너무 이르지만 그녀는 RER 역으로 빠르게 걷는다. 생모르데포세 역까지 가는 데 십오 분이 좀 더 걸린다. 지하철에서 그녀의 맞은편 좌석에 한 중국인 노인이 몸을 웅크린 채 차창에 이마를 기대고 잠들어 있다. 그녀는 노인의 지친 얼굴을 뚫어져라 쳐다본다. 정거장마다 노인을 깨울까 망설인다. 그 사람이 길을 잃을까 봐, 너무 멀리 가게 될까 봐, 종착역에서 혼자 눈을 뜨고 왔던 길을 되돌아가야 될까 봐 그녀는 걱정스럽다. 하지만 아무 말도 하지 않는다. 사람들에게 말을 걸지 않는 편이 현명하다. 한번은 갈색 머리에 대단한 미인인 아가씨 하나가 거의 그녀의 뺨을 때릴 뻔했다. "이봐요, 나를 왜 그렇게 쳐다봐

요? 뭣 때문에 나를 그렇게 쳐다보냐고, 응?" 하고 그 아가
씨는 소리를 질러댔다.

오베르에 도착해서 루이즈는 플랫폼에 털썩 내려선다.
사람이 북적이기 시작해서 그녀가 시내 지하철 노선으로
가는 계단을 오르는데 한 여자가 그녀를 밀치고 간다. 크
루아상 냄새와 탄내 섞인 코코아 냄새가 역하게 코를 찌른
다. 그녀는 오페라에서 7호선을 타고 푸아소니에르 역에서
지상으로 올라간다.

루이즈는 거의 한 시간이나 일찍 와서 파라디 카페―그
아파트 건물 입구를 지켜볼 수 있는 허름한 카페이다―노
천 테이블에 앉는다. 그녀는 숟가락을 만지작거린다. 오른
쪽에 앉은 남자가 아랫입술이 두툼한 음탕한 입으로 담배
를 빼는 모습을 부러운 듯 쳐다본다. 남자 손에서 담배를
확 낚아채 한 모금 길게 빨아들이고 싶다. 이제 더 못 기다
리겠다 싶어 그녀는 커피 값을 내고 고요한 건물 안으로
들어간다. 십오 분 후에 초인종을 누르리라. 일단 두 층 사
이의 계단에 앉는다. 무슨 소리가 들리고 그녀가 막 일어
서는데, 누가 뛰다시피 계단을 내려오는 것을 보니 바로
폴이다. 그는 겨드랑이에 자전거를 끼고 분홍색 헬멧을 쓰
고 있다.

"루이즈? 온 지 오래됐어요? 왜 안 들어왔어요?"

"폐 끼치고 싶지 않아서요."

"폐라니요, 그 반대죠. 자, 여기, 이 열쇠 가지고 다니세요. 얼른 들어가세요. 집처럼 편하게 생각하시고요." 그가 주머니에서 열쇠 꾸러미를 꺼내며 말한다.

"우리 보모는 요정이에요." 그들의 일상 속에 갑자기 루이즈가 자리 잡은 이야기를 할 때면 미리암은 이렇게 말한다. 이 숨 막히고 비좁은 아파트를 평온하고 밝은 공간으로 탈바꿈시킨 걸 보면 그녀는 마법을 부리는 게 틀림없었다. 루이즈는 벽을 뒤로 밀어냈다. 벽장 깊이를 더 늘리고 서랍 크기를 더 넓혔다. 집 안에 빛을 들여놓았다.

미리암은 첫날 그녀에게 몇 가지 지시를 한다. 가전제품 작동하는 법을 보여준다. 이런저런 물건이나 옷을 가리키며 반복해서 말한다. "이건 조심해주세요. 제가 무척 아끼는 거거든요." 폴의 LP 레코드 컬렉션은 아이들이 손대면 안 되니 조심해야 한다고 일러준다. 루이즈는 말없이 고분고분 고개를 끄덕인다. 점령을 앞둔 땅을 마주한 장군처럼 태연자약하게 그녀는 각 방을 살펴본다.

루이즈가 이 집에 오고 몇 주 후, 뒤죽박죽이었던 아파트는 완벽한 중산층 실내 공간으로 바뀐다. 유행이 지난 옛날 자기 방식으로, 뭐든 완벽하게 해야 하는 습관대로 집을 정돈한다. 미리암과 폴은 놀라 입을 다물지 못한다. 루이즈는 그들이 바늘 찾는 게 귀찮아서 몇 달이나 내던져둔 재킷에 단추들을 단다. 터진 치마와 바짓단을 고친다. 미리암이 가차없이 버리곤 했던 밀라의 옷들을 수선한다. 담배 연기와 먼지로 누렇게 된 커튼을 빤다. 일주일에 한 번 침대 시트를 간다. 폴과 미리암은 좋아 어쩔 줄 모른다. 폴은 루이즈에게 미소 지으며 꼭 메리 포핀스 같다고 말하지만 그녀가 그 칭찬의 의미를 알아들었는지는 자신이 없다.

부부는 밤에 보송보송한 시트에 편안히 누워서 자신들이 누리는 이 새로운 삶이 믿어지지 않아 웃음을 터뜨린다. 희귀한 진주를 발견한 듯, 자신들이 축복받은 느낌이다. 물론 루이즈의 급여가 가계 지출에 부담이 되기는 하지만 폴은 이제 불만이 없다. 몇 주 사이 루이즈는 없어서는 안 되는 존재가 되었다.

미리암이 저녁에 퇴근을 하면 저녁 식사가 마련되어 있다. 아이들은 차분하고 머리도 곱게 빗겨 있다. 미리암은 좀 부끄럽지만 이상적인 가정에 대한 환상을 품고 있었는데 루이즈가 바로 그것을 다시 일깨우고 충족시켜준다. 그녀는 밀라에게 자기 물건을 치우도록 가르쳐서, 아이가 외투를 옷걸이에 걸자 엄마 아빠는 놀라 눈이 휘둥그레진다.

필요 없는 물건들이 사라졌다. 그녀가 있으면 설거지도, 더러워진 옷들도, 오래된 잡지 밑에 두고 잊어버린 채 뜯지도 않은 우편물도, 그 무엇도 더 이상 그냥 쌓여가지 않는다. 썩거나 유통기한이 지나는 것도 없다. 루이즈는 절대 그 무엇도 소홀히 하지 않는다. 루이즈는 꼼꼼하다. 그녀는 꽃무늬 표지의 작은 수첩에 모든 것을 다 기록한다. 무용 시간, 하교 시간, 소아과 예약 시간. 아이들이 먹는 약이름, 회전목마에서 산 아이스크림 가격, 밀라의 선생님이 해준 말을 그대로 옮겨 적은 문장.

몇 주가 지나자 그녀는 집 안 물건의 위치를 서슴없이 바꾼다. 벽장을 완전히 비워내고 외투들 사이에 라벤더 주머니를 걸어둔다. 꽃다발을 만든다. 아당은 잠들고 밀라는 학교에 가 있는 시간, 그녀는 자리에 앉아서 자기가 해놓은 일을 지그시 바라볼 때 마음속에 고요히 차오르는 만족감을 느낀다. 용서를 구하는 적처럼 조용한 아파트 전체가 그녀의 지배 아래 놓여 있다.

하지만 루이즈가 가장 환상적인 솜씨를 발휘하는 곳은 부엌이다. 미리암은 그녀에게 자기는 아무것도 할 줄 모르고 부엌일에 취미도 없다고 털어놓았다. 그녀가 음식을 만들면 폴은 대단히 훌륭하다고 하고, 남기지 말고 다 먹어야 한다고 말하지 않아도 아이들은 아무 말 없이 후딱 먹어치운다. 미리암과 폴은 다시 친구들을 초대하기 시작하고, 손님들은 송아지 고기 스튜, 고기 야채 스튜, 샐비어를 넣은 사태, 약한 불에 조리해낸 아삭아삭한 야채 등을 즐긴다. 그들이 미리암을 칭송하면 미리암은 늘 사실대로 털어놓는다. "이거 다 우리 보모가 한 거예요."

밀라가 학교에 가 있을 때 루이즈는 넓은 띠를 둘러 아당을 앞으로 메고 다닌다. 그녀는 아이의 포동포동한 다리가 배에 닿는 것도 좋아하고 잠들었을 때 침이 떨어져 자기 목에 흘러내리는 것도 좋아한다. 아기에게 하루 종일 노래를 불러주며 잠도 참 잘 잔다고 칭찬한다. 아기 몸을 문질러주면서 그 토실토실한 몸과 볼록한 장밋빛 뺨에 자부심을 느낀다. 아침이면 아이는 무어라 옹알거리며 통통한 두 팔을 활짝 벌리고 그녀를 맞는다. 루이즈가 오고 몇 주 후 아당은 걸음마를 배운다. 밤마다 울어대던 아이가 아침까지 새근새근 평온한 잠을 잔다.

밀라, 이 아이는 좀 사납다. 납작한 구두를 신은 가녀린 여자아이. 아이의 머리카락을 루이즈가 하도 바짝 당겨서 틀어 올려놓은 바람에 두 눈이 관자놀이 쪽으로 쭉 잡아당겨진 모양새다. 이렇게 해놓으면 아이는 훤한 이마에 기품 있고 차가운 시선을 지닌 중세의 영웅 같다. 밀라는 사람을 지치게 하는, 다루기 힘든 아이다. 뭔가 제지당할 때마다 아이는 미친 듯이 소리를 질러댄다. 길 한복판에 드러누워 발버둥을 치고, 루이즈를 창피하게 만들려고 땅바닥에 뒹군다. 보모가 쪼그려 앉아 말을 건네보려 하면 밀라는 다른 곳을 쳐다본다. 아이는 큰 소리로 벽지에 그려진 나비들의 수를 센다. 자기가 우는 모습을 거울을 보며 관찰한다. 이 아이는 자신이 어딘가에 비쳐진 모습에 사로잡혀 있다. 거리에서 아이의 눈은 쇼윈도를 향한다. 자기 자신을 응시하는 데 정신이 팔려서 몇 번씩이나 기둥에 부딪히고 인도의 작은 장애물들에 치여 비틀거렸다.

밀라는 약은 아이다. 이 아이는 사람들이 지켜보고 있다는 것, 그리고 루이즈가 길거리에서 창피해한다는 것을 안다. 주위에 보는 사람들이 있을 때 루이즈는 아이에게 더 빨리 굴복한다. 밀라가 큰길의 장난감 가게들 앞에서 날카롭게 소리를 지르기 때문에 루이즈는 그곳을 피해 길을 돌아가야 한다. 아이는 학교 가는 길에 발을 질질 끈다. 과일 가게 진열대에서 산딸기를 훔친다. 쇼윈도 가장자리에 올라서고 건물 입구에 숨고 전속력으로 달아난다. 루이즈는 유모차를 밀며 어떻게든 따라가려 애쓰면서 아이 이름을 외쳐대지만 인도 끝에 이르러서야 아이는 멈춰 선다. 때로 밀라는 후회한다. 루이즈의 안색이 너무 창백해진 데다 자기 때문에 공포에 질린 것이 걱정된다. 아이는 되돌아와 다정하게 굴고, 애교스럽게 용서를 구한다. 보모의 다리에 매달린다. 눈물을 흘리며 애정을 요구한다.

루이즈는 서서히 아이를 길들인다. 날마다 그녀는 늘 같은 인물들이 등장하는 이야기를 들려준다. 고아, 길 잃은 어린 여자아이, 어딘가에 갇힌 공주, 무시무시한 식인귀들이 내버린 성. 루이즈의 이야기 속 풍경은 코가 비틀어진 새, 다리가 하나인 곰, 침울한 유니콘 등 기이한 동물들로 가득하다. 꼬마는 입을 다문 채 말이 없다. 아이는 그녀 곁에 앉아 이야기에 집중한 채 다음에 일어날 사건을 초조하게 기다린다. 등장인물들을 다시 나오게 해달라고 조른다. 이 이야기들은 어디에서 오는 것일까? 생각할 필요도 없이, 애써 기억을 떠올리거나 상상할 필요도 없이 그녀에게서 술술 흘러나온다. 그런데 착한 사람들이 세상을 구하기

는 하나 결국은 죽고 마는 이런 잔혹한 이야기들을 그녀는
어떤 검은 호수, 어떤 깊은 숲에 가서 낚아온 것일까?

미리암은 사무실 문이 열리는 소리가 들릴 때마다 기대
감에 부풀지만 매번 실망하고 만다. 9시 30분쯤 되면 동료
들이 속속 도착한다. 그들이 커피를 마시고, 전화들이 울
려대고, 바닥이 삐걱거리고, 고요가 깨진다.

　미리암은 8시 전에 사무실에 온다. 그녀가 항상 첫 번째
다. 그녀는 책상 위 작은 스탠드만 켜둔다. 그 동그란 불빛
아래, 그 동굴의 침묵 속에서 그녀는 예전 학생 시절처럼
다시 무언가에 집중한다. 그녀는 모든 것을 잊고 황홀하게
서류 속으로 빠져든다. 그녀는 때로 서류를 손에 들고 어
두운 복도를 걸으며 혼잣말을 한다. 발코니에서 커피를 마

시고 담배를 피운다.

일을 다시 시작하던 날 미리암은 어린아이처럼 흥분해서 동이 틀 때까지 깨어 있었다. 새 치마에 하이힐을 신은 그녀를 보고 루이즈가 "정말 아름다워요."라며 탄성을 내질렀다. 아당을 팔에 안은 보모는 현관문 밖으로 안주인을 밀어냈다. 그녀는 몇 번이나 거듭 "우리 걱정은 하지 마세요. 여기는 아무 일도 없을 거예요."라고 했다.

파스칼은 따뜻하게 미리암을 맞아주었다. 그는 자기 사무실과 문 하나로 통하는 방을 그녀에게 내주었는데, 그 문은 그냥 열어놓은 채로 두는 적이 많았다. 그녀가 들어온 지 이삼 주밖에 지나지 않았을 때 파스칼은 선임자들에게 맡길 수 없는 일들을 그녀에게 시켰다. 몇 달간 미리암은 혼자서 열 명쯤 되는 고객의 사건을 다룬다. 파스칼은 그녀가 일이 돌아가는 것을 파악하고, 그가 익히 알고 있듯이 대단한 업무 능력을 발휘하도록 격려한다. 그녀는 못하겠다는 말을 하는 법이 없다. 파스칼이 내미는 그 어떤 서류도 마다하지 않고 일이 늦게 끝난다고 불평하는 일도 전혀 없다. 파스칼은 그녀에게 "너는 정말 완벽해."라고 종종 말한다. 그녀는 여러 달 동안 소소한 사건들에 파묻혀 지낸다. 한심한 마약 밀매꾼, 멍청한 인간, 노출증 환자, 권총강도 미수

범, 음주운전으로 검거된 알코올 중독자를 변호한다. 채무, 신용카드 사기, 명의도용 등의 사건들을 다루기도 한다.

파스칼은 그녀가 새로운 의뢰인을 확보하기를 기대하고 심급대리에 시간을 할애하라고 권한다. 한 달에 두 번 그녀는 보비니 법원에 가서 가지 않는 시계를 들여다보며 저녁 9시까지 복도에서 대기한다. 때로 짜증이 치밀어서 곤란한 지경에 빠진 의뢰인들을 거칠게 대한다. 하지만 그녀는 최선을 다하고 자신이 할 수 있는 모든 것을 얻어낸다. 파스칼은 그녀에게 끊임없이 계속 말한다. "소송 기록을 전부 외우고 있어야 해." 그녀는 그렇게 하려고 애쓴다. 밤늦게까지 조서들을 읽고 또 읽는다. 편집증 환자처럼 그일에 미친 듯이 매달리고 결국 보상이 돌아온다. 예전 의뢰인들이 친구들에게 그녀를 추천한다. 그녀의 이름이 구속된 사람들 사이에 회자된다. 그녀가 징역형을 면하게 해주었던 젊은 남자는 그녀에게 보답을 하겠노라 약속한다. "나를 빼내줬군. 잊지 않을 거요."

어느 날 그녀는 한밤중에 용의자 구류를 위해 출석해달라는 호출을 받는다. 옛 의뢰인 하나가 가정폭력으로 체포되었다. 자기는 절대 여자에게 손찌검 같은 건 못하는 사람이라고 단언한 사람이었다. 그녀는 새벽 2시에 조용히 옷을 입고 몸을 숙여 폴에게 키스했다. 그는 뭐라고 투덜대고는 돌아누웠다.

남편이 그녀에게 일을 너무 많이 한다고 말할 때 그녀는 격분한다. 그는 그녀의 반응에 마음이 상하지만 과도하게 친절한 척한다. 그녀의 건강을 염려하고 파스칼이 그녀를 너무 부려먹는 건 아닌지 걱정하는 척한다. 그녀는 아이들 생각을 하지 않으려고, 죄책감에 시달리지 않으려고 애쓴다. 그러다가 어떤 때는 모두 한편이 돼서 자기를 적대시한다는 생각마저 든다. 시어머니는 "밀라가 자주 아픈 건 외로워서 그런 거라는 사실을 알아야 한다."라고 주장한다. 동료들은 일과 후 같이 한잔하러 가자고 권하는 법이 없고, 그녀가 밤늦게까지 사무실에 있으면 깜짝 놀란다. "어머, 아이들 없어요?" 어느 날 아침에는 학교 선생님까지, 밀라와 같은 반 아이 사이에 일어난 별것도 아닌 사건 이야기를 하겠다고 그녀를 호출했다. 최근 학부모 모임에 오지 못하고 루이즈를 대신 보낸 데 대해 미리암이 사과를 하자, 머리가 희끗희끗한 그 교사는 손을 쳐들어 커다란 몸짓을 했다. "아이고 말도 마세요! 세기병이에요. 부모가 둘 다 야망에 불타고 있으니 불쌍한 애들은 전부 혼자 내버려져 있다니까요. 한마디로, 걔들은 노상 뛰어다녀요. 부모들이 애들에게 제일 자주 하는 말이 뭔지 아세요? '빨리 해!' 그리고 그 뒷감당은 다 우리 몫이에요. 애들은 마음이 불안하고 버림받았다는 느낌을 우리한테 풀거든요."

미리암은 교사의 잘못된 생각을 지적하고 싶어 미칠 지경이었지만 그럴 수가 없었다. 물감과 점토 냄새가 감도는 교실 안, 불편한 작은 의자 탓이었을까? 주위 환경과 교사의 목소리가 어쩔 수 없이 그녀를 유년기, 그 복종과 속박의 시기로 돌아가게 했다. 미리암은 미소를 지었다. 그녀는 바보같이 감사하다고 했고 밀라가 나아지게 하겠다고 약속했다. 저 심술궂은 마귀할멈의 면상에다가 조금 전 내뱉은 여성혐오 발언과 윤리도덕 설교를 확 패대기쳐주고 싶은 걸 꾹 참았다. 그녀는 저 잿빛 머리카락의 여자가 자기 아이에게 보복을 할까 봐 너무 두려웠다.

파스칼, 이 사람은 미리암이 왜 그렇게 맹렬하게 자기 자신을 몰아붙이는지, 얼마나 감사하다는 말에 갈급한지, 왜 그리 자신의 한계에 도전하려 하는지 다 이해하는 것처럼 보인다. 파스칼과 그녀 사이에서는 뭔지 모를 쾌감이 깃든 전투가 벌어진다. 그는 그녀를 밀어붙이고 그녀는 저항한다. 그는 그녀를 한계까지 몰아붙이고 그녀는 그를 실망시키지 않는다. 어느 날 저녁 그는 그녀에게 일이 끝나고 한잔하자고 청한다. "네가 우리하고 함께한 지 곧 여섯 달이야, 축하해야지?" 그들은 말없이 길을 걷는다. 그가 술집 문을 열고 그녀를 먼저 들어가게 하자 그녀는 그에게 미소를 보낸다. 그들은 구석 자리, 천을 덧씌운 긴 의자에 앉는다. 파스칼은 백포도주 한 병을 주문한다. 그들은 진행 중인 소송 건 이야기를 하다가 금세 학창 시절 기억을 떠올리기 시작한다. 그들의 친구 샤를로트가 18구에 있는 자신의 대저택에서 벌였던 큰 파티. 구두시험 날 가엾은 셀린이 공황상태에 빠져 완전히 포복절도하게 만들었던 일. 미리암은 술을 빨리 마시고 파스칼은 그녀를 웃긴다. 그녀는 집에 돌아가고 싶지 않다. 그녀는 늦는다고 알려야 할 사람이 없었으면 좋겠고 자기를 기다리는 사람도 없었으면 좋겠다. 그러나 폴이 있다. 그리고 아이들이 있다.

그녀의 목과 가슴에 가벼운 성적 긴장이 짜릿하게 스친다. 그녀는 혀로 자기 입술을 핥는다. 무언가를 원한다. 아주 오랜만에 그녀는 이기적이고 덧없는, 아무런 이유도 없는 욕망을 느낀다. 자신에 대한 욕망. 그녀가 아무리 폴을 사랑한다 해도 남편의 몸에는 많은 기억이 실려 있다. 폴이 그녀의 몸 안으로 들어갈 때 그 몸은 아이를 잉태했던 어머니의 배, 묵직한 배, 그의 정액이 수없이 많이 자리했던 그런 곳이다. 주름지고 파도치는 배, 그들이 자신들의 집을 지은 곳, 많은 걱정과 기쁨이 피어났던 곳. 폴은 그녀의 부풀어 오른 보랏빛 다리를 마사지해주었다. 그는 시트에 피가 번지는 것을 보았다. 폴은 그녀가 웅크리고 토하는 동안 머리카락과 이마를 잡아주었다. 그는 그녀가 울부짖는 소리를 들었다. 그는 그녀가 진통을 할 때 피가 몰려 울긋불긋한 얼굴을 닦아주었다. 그는 그녀에게서 자기 아이들을 끌어냈다.

그녀는 자신의 성공과 자유에 아이들이 걸림돌이 될 수 있다는 생각은 한사코 거부했다. 익사자의 머리를 바닷물 아래로 끌고 내려가 진흙 속에 처박는 닻 같은 존재. 처음 그런 생각이 들었을 때 그녀는 깊은 슬픔에 빠졌다. 그런 생각은 옳지 않았고 정말 절망적이었다. 그녀는 이제 자신이 불완전하다는 느낌, 무엇을 제대로 해내지 못한다는 느낌, 다른 것을 위해 삶의 한 부분을 희생한다는 느낌을 늘 떨쳐버릴 수 없으리라는 것을 깨달았다. 이상적인 엄마가 되려는 꿈을 포기 못 하고 버티다가 일을 키운 것이었다. 모든 게 가능하다, 모든 목표에 도달할 것이다, 성질이 날카로워지지도 않고 탈진하지도 않을 것이다, 하고 끝끝내 생각하다가. 순교자 행세도 슈퍼우먼 행세도 하지 않을 것이라고 고집하다가.

매일, 혹은 거의 날마다 미리암은 친구 엠마로부터 메시지를 받는다. 엠마는 SNS에 금발 머리의 자기 아이들 사진을 갈색 톤으로 올린다. 공원에서 놀고 있는 흠잡을 데 없는 두 아이, 엄마가 일찌감치 간파해낸 재능을 이제 활짝 꽃피게 해줄 학교에 들어간 두 아이. 그녀는 발음도 잘 안 되는 북유럽 신화 속 이름을 아이들에게 붙여주었고 틈만 나면 그 의미를 설명해댔다. 사진 속 엠마 자신도 아름다운 모습이다. 그녀의 남편, 그는 이상적인 가족의 사진을 언제까지고 찍어야 하므로 절대 사진에는 나오지 않으며 오로지 관람객으로만 그 가족에 속해 있다. 하지만 그는 그 안에 들어가려고 애쓴다. 수염을 기르고 천연 양모 스웨터를 입은 그 남자, 일을 한다고 꽉 조이는 불편한 바지를 입는 그 남자.

미리암은 루이즈와 아이들을 지켜보다가 머리에 스쳐가는 어떤 생각, 잔인하지는 않지만 부끄러운 그런 생각을 엠마에게 절대 털어놓지 못할 것이다. 우리는 오로지 서로가 서로를 더 이상 필요로 하지 않을 때에만 행복할 수 있을 것이라는 생각. 우리 자신만의 삶, 우리 자신에게 속한 삶, 다른 이들과 상관없는 삶을 살 수 있을 때. 우리가 자유로울 때에만.

미리암은 현관에 가서 구멍으로 밖을 내다본다. "아이들
이 늦네."라고 오 분마다 되풀이해서 말한다. 그녀는 밀라
의 신경이 곤두서게 만든다. 흉측한 태피터 원피스를 입고
소파 가장자리에 걸터앉은 밀라는 두 눈에 눈물이 그렁그
렁하다. "엄마는 애들이 안 올 것 같아?"

"무슨 소리야 당연히 오지." 루이즈가 대답한다. "이제
곧 올 테니 좀 기다려보세요."

밀라의 생일 파티 준비는 미리암이 납득할 만한 정도를
넘어섰다. 이 주 전부터 루이즈는 입만 열면 그 이야기다.
피곤에 지쳐 미리암이 집에 들어서면 루이즈는 손수 만든

화환들을 내보인다. 가게에서 태피터 원피스를 하나 봤는데 틀림없이 밀라가 좋아서 어쩔 줄 모를 거라며 그 원피스가 어떻게 생겼는지 설명한다. 미리암은 그만 좀 하라고 말하고 싶은 걸 꾹 참아야 했다. 그녀는 사소한 것에 이렇게 열을 올리는 것이 피곤하다. 밀라는 너무 어리지 않은가! 아이는 이런 일에 별 관심이 없다. 하지만 루이즈는 그 작은 눈을 크게 뜨고 아이를 응시한다. 그녀는 밀라가 저렇게 좋아하는 걸 보라며 근거를 댄다. 공주님의 행복, 다가오는 생일의 환상, 중요한 건 이것이 전부다. 미리암은 마음속에 차오르는 비웃음을 꿀꺽 삼키고 만다. 그녀는 약간의 죄책감을 느끼며, 결국은 생일 파티에 꼭 참석하도록 최선을 다하겠다고 약속한다.

루이즈는 파티 날짜를 수요일 오후로 정했다. 그녀는 아이들이 어디에 가지 않고 확실히 파리에 있는 날, 모두 다 올 수 있는 날로 하려 했다. 아침에 미리암은 출근은 해야 하지만 점심시간 후에는 꼭 집에 오겠다고 약속했다.

점심시간 직후 집에 돌아왔을 때 그녀는 비명을 지를 뻔했다. 자기 집이 아닌 것 같았다. 거실 가득 종이 조각, 풍선, 종이 화환이 흘러넘치며 말 그대로 완전히 다른 곳이 되어 있었다. 그리고 특히 아이들이 놀 수 있도록 소파가 다른 데로 치워져 있었다. 또 너무 무거워서 이사한 뒤로 한 번도 자리를 옮기지 못했던 참나무 식탁이 다른 쪽으로 옮겨져 있었다.

"아니 누가 이걸 옮겼지? 폴이 도와줬어요?"

"아뇨, 혼자 했어요." 루이즈가 답한다.

말이 안 돼서 미리암은 헛웃음이 나온다. 이건 장난이야, 성냥개비같이 가느다란 보모의 팔을 보면서 그녀는 생각한다. 그러다가 잠시 후, 루이즈의 놀라운 힘을 본 기억이 난다. 그녀가 아당을 팔에 안은 채로 크고 무거운 상자들을 들어 올리는 것에 깊은 인상을 받았다. 루이즈는 저 연약하고 작은 몸집 뒤편에 거인의 힘을 숨겨놓고 있다.

아침 내내 루이즈는 풍선을 불어 동물 모양을 만들어서는 방에서 부엌 서랍까지 곳곳에 붙여놓았다. 그녀는 엄청 큰 붉은색 과일 샤를로트에 장식을 올린 생일 케이크도 직접 만들었다.

미리암은 오후 일을 빼고 집에 온 것을 후회한다. 조용한 사무실에 있었다면 참 좋았을 텐데. 딸의 생일이 두렵다. 심심해하고 짜증을 내는 아이들을 보는 일이 겁난다. 싸우는 아이들을 알아듣게 타이르는 일도, 부모가 늦게까지 데리러 오지 않는 아이들을 달래는 일도 하고 싶지 않다. 어릴

적의 차가운 기억이 되살아난다. 소꿉놀이 중인 여자애들 무리에서 혼자 떨어져 하얀색 두꺼운 양모 카펫 위에 앉아 있는 자신이 보인다. 그녀는 초콜릿 조각이 양모 조직 사이로 스며들게 두었다가 나중에는 잘못을 감추려고 애를 써봤지만 상황은 점점 안 좋아지기만 했다. 파티 주인공인 아이의 어머니는 사람들이 다 보는 데서 그녀를 혼냈다.

미리암은 자기 방으로 숨어들어가 문을 닫고 우편물 읽는 데 몰두하는 척한다. 늘 그렇듯 루이즈가 다 알아서 하리라는 것을 그녀는 알고 있다. 초인종이 울리기 시작한다. 거실에 아이들 소리가 넘친다. 루이즈가 음악을 틀어놓았다. 미리암은 살그머니 방에서 나와 보모 주위에 몰려든 아이들을 지켜본다. 아이들은 루이즈에게 완전히 매료되어 그녀 주위를 맴돈다. 그녀는 노래와 마술을 준비했다. 그녀가 위장한 모습에 웬만해선 속지 않는 아이들도 눈이 휘둥그레지고, 조금씩 그녀를 자기들 속으로 받아들인다. 그녀는 그렇게 전율하고, 즐거워하고, 짓궂게 장난친다. 그녀는 동물 소리로 된 노래들을 부르기 시작한다. 눈물이 날 만큼 웃어대는 아이들 앞에서 밀라와 남자아이 하나를 등에 업기까지 하자 아이들은 너도나도 그 말타기 놀이에 끼워달라고 야단이다.

미리암은 루이즈가 진짜로 그렇게 놀 수 있다는 데 감탄한다. 루이즈의 놀이는 아이들만이 지닌 절대적 활력으로 넘친다. 어느 날 저녁, 미리암이 집에 들어서며 보니 루이즈가 얼굴에 덕지덕지 물감을 칠하고 바닥에 누워 있다. 뺨과 이마에 검은색 굵은 선을 그어서 전사의 가면처럼 보인다. 머리에는 크레이프 페이퍼로 인디언 머리장식을 만들어 썼다. 그녀는 침대 시트, 자루걸레, 의자 등으로 거실 한가운데에 원뿔형 천막을 비뚜름하게 세워놓았다. 반쯤 열린 문 앞에 서서 미리암은 당혹감을 느낀다. 몸을 비틀며 괴성을 질러대는 루이즈를 보고 있자니 너무도 끔찍하다. 보모가 술에 취한 모양이다. 처음 든 생각은 이것이다. 그녀가 온 것을 알아보고 루이즈가 불그레한 뺨으로 비틀거리며 자리에서 일어난다. "다리가 저려서요." 그녀가 변명한다. 아당은 그녀의 종아리에 매달려 있고 루이즈는 소리 내어 웃는다. 그들이 닻을 내리고 놀고 있던 상상의 나라에 여전히 속해 있는 웃음.

미리암은 마음을 달랜다. 루이즈 자신이 어쩌면 어린아이인지도 모른다고. 밀라와 함께 하는 놀이들을 진짜처럼 여긴다고. 예를 들면 둘이 경찰과 도둑 놀이를 하다가 루이즈가 상상의 철창 속에 들어간다. 때로는 루이즈가 공공질서를 담당하며 밀라의 뒤를 쫓는 경우도 있다. 그럴 때면 그녀는 정확한 장소를 정해서 밀라에게 외우도록 한다. 그녀는 의상을 만들고 반전으로 가득한 시나리오를 짠다. 아주 세세하게 세트를 만든다. 아이는 가끔 싫증을 낸다. 루이즈는 "자, 얼른 하자!"라고 조른다.

미리암은 모르지만 루이즈가 제일 좋아하는 것은 숨바꼭질이다. 다만 예외적인 것은 숫자를 세는 사람도 없고 규칙도 없다는 점이다. 놀이의 토대는 무엇보다 기습 시작이다. 루이즈는 아무 말도 하지 않고 사라진다. 구석에 가서 몸을 웅크린 다음 아이들이 자기를 찾게 한다. 주로 몸을 숨긴 채로 아이들을 계속 지켜볼 수 있는 장소들을 택한다. 침대 밑이나 문 뒤에 숨어 꼼짝도 하지 않는다. 숨을 참는다.

그러면 밀라는 놀이가 시작되었다는 것을 깨닫는다. 아이는 미친 듯이 소리를 지르고 손바닥을 마주친다. 아당은 밀라를 따라다닌다. 아당은 너무 웃다가 제대로 서 있지 못하고 여러 번 엉덩방아를 찧는다. 아이들은 루이즈를 불러대지만 그녀는 대답하지 않는다. "루이즈? 어디야?" "조심해, 우리가 간다, 아줌마를 찾아낼 거야."

루이즈는 아무 말도 하지 않는다. 그녀는 아이들이 울부짖으며 불러도, 풀이 죽어 울먹여도 숨은 곳에서 나오지 않는다. 어둠 속에 웅크린 그녀는 아당의 공포를, 흐느끼다 목이 메고 기진맥진한 아이의 공포를 주시한다. 이 아이는 뭐가 뭔지 알지 못한다. 분노로 온 뺨이 보랏빛으로 달아오른 채, 침이 입술로 흘러내려 마지막 음절은 삼켜버리며 '루이즈'를 부른다. 나중에는 밀라까지 겁을 먹는다. 한순간 아이는 루이즈가 정말 갔다고, 이제 컴컴해질 텐데 집에 자기들만 버려두었다고, 둘만 남았다고, 루이즈는 오지 않을 거라고 생각하게 된다. 걷잡을 수 없게 불안해져서 밀라는 보모에게 애걸한다. "루이즈 아줌마, 하나도 안

재미있어요. 어디 있는 거야?" 아이는 신경이 곤두서서 발을 구른다. 루이즈는 기다린다. 그녀는 방금 낚은 물고기가 아가미는 피투성이가 된 채 온몸을 펄떡이며 죽어가는 마지막 순간을 관찰하듯 아이들을 바라본다. 배 바닥에서 파닥거리는, 기진한 입으로 공기를 빨아들이는 물고기, 그 상황에서 벗어날 가망이 전혀 없는 물고기.

얼마가 지난 후 밀라는 루이즈가 숨을 만한 곳을 찾아내기 시작했다. 아이는 문을 잡아당겨보고, 커튼을 젖혀보고, 몸을 숙여 침대 밑을 살펴봐야 한다는 것을 알게 되었다. 하지만 루이즈는 너무도 작아서 숨어들어갈 새로운 곳을 찾아낸다. 그녀는 빨래 바구니 속으로 들어가고, 폴의 책상 아래 숨거나 벽장 구석에 들어가 이불을 덮어쓴다. 어둑한 욕실의 샤워부스에 숨은 적도 있었다. 그러면 밀라가 아무리 찾아도 소용없다. 아이는 흐느껴 울지만 루이즈는 꼼짝도 하지 않는다. 아이가 아무리 낙담하고 상심해도 루이즈는 굴하지 않는다.

어느 날 밀라는 더 이상 소리치지 않는다. 루이즈는 자기가 놓은 덫에 걸린다. 밀라는 조용히 입을 다물고 루이즈가 숨은 곳 주위를 빙빙 돌면서 그녀를 발견하지 못한 척한다. 아이가 빨래 바구니에 걸터앉자 루이즈는 숨이 막힐 것 같다. "화해할까?"라고 아이가 중얼거린다.

그러나 루이즈는 포기하고 싶지 않다. 그녀는 무릎을 턱
밑에 모으고 가만히 있는다. 아이가 버들가지로 만든 빨래
바구니를 두 발로 톡톡 친다. "루이즈 아줌마, 어디 있는지
난 다 안다."라고 아이가 깔깔 웃으며 말한다. 느닷없이 루
이즈가 벌떡 일어서는 바람에 밀라는 바닥에 나동그라진
다. 욕실 타일에 머리를 부딪친다. 의기양양한, 다시 살아
난 루이즈, 승리의 고지에서 자기를 굽어보는 루이즈 앞에
서 아이는 얼떨떨한 채 눈물을 흘린다. 그러다 보니 좀 전
의 공포가 히스테릭한 기쁨으로 바뀐다. 두 여자아이는 숨
이 막힐 만큼 깔깔대며 춤추기 시작하고, 욕실까지 달려온
아당이 끼어든다.

스테파니

스테파니는 여덟 살에 기저귀를 갈고 분유를 탈 줄 알았다. 손놀림이 야무졌고, 조금도 떨지 않고 아기들의 연약한 목을 손으로 받쳐 침대에서 들어 올렸다. 아기들을 똑바로 눕혀야 하며 절대 흔들면 안 된다는 것을 알고 있었다. 아기들 목욕을 시킬 때는 어깨를 꽉 잡았다. 외동이었던 스테파니의 어린 시절 기억은 신생아들이 빽빽 우는 소리, 응애 응애 우는 소리, 아기들 웃음소리와 울음소리로 물들어 있었다. 어쩌면 저렇게 아기들을 사랑하느냐며 사람들은 좋아했다. 특별한 모성적 기질을 타고났다고, 저렇게 어린 여자애에게서는 보기 드문 희생정신을 지녔다고들 했다.

스테파니가 어렸을 때 어머니 루이즈는 집에서 아기들을 돌봤다. 그냥 집이라기보다 자크의 집에서라고 해야 하겠다. 자크는 이 점을 확실히 해야 한다고 말하곤 했다. 아침이면 엄마들이 아이들을 데려다놓았다. 시간에 쫓기면서도 마음이 편치 않아 여자들이 문에다 귀를 대고 안에서 나는 소리를 듣곤 하던 것을 스테파니는 기억한다. 루이즈는 공동주택 복도에서 나는 그 여자들의 불안한 발소리를 잘 들으라고 가르쳤다. 어떤 여자들은 출산 후 바로 일을 다시 시작해서 아주 조그만 젖먹이를 루이즈의 품에 맡겼다. 그 여자들이 전날 밤에 모유를 짜서 불투명한 봉지에 담아 맡기면 루이즈는 받아서 냉장고에 넣었다. 스테파니는 냉장고 선반 위, 아기들 이름이 적힌 작은 봉지들을 기억한다. 어느 날 밤 그녀는 잠자리에서 일어나 쥘이라는 이름이 적힌 봉지를 열었다. 얼굴이 빨갛고, 뾰족한 손톱으로 그녀의 뺨을 긁은 적이 있는 젖먹이. 그녀는 그것을 한 번에 들이켰다. 상한 멜론 같은 그 맛, 며칠이나 입에 남아 있던 그 시큼한 맛을 평생 잊지 못했다.

토요일 저녁이면 아이를 보러 가는 어머니를 따라다니기도 했는데 그 집들은 어마어마하게 커 보였다. 아름답고 도도한 그곳의 여자들은 집 복도에 모습을 드러내고 아이들 뺨에 립스틱 자국을 남겼다. 남자들은 루이즈와 스테파니 때문에 거북해서 거실에서 기다리는 것을 싫어했다. 그들은 바보 같은 미소를 지으며 안절부절못했다. 아내가 나오면 한바탕 뭐라고 투덜대고는 외투 입는 걸 거들었다. 집을 나서기 전에 여자는 가느다란 구두 굽 위에 균형을 잡고 쪼그려 앉아 아들의 뺨에 흐른 눈물을 닦아준다. "울지 마, 아가. 루이즈 아줌마가 이야기도 해주고 꼭 안아주실 거야. 그렇죠, 루이즈?" 루이즈는 그렇다고 했다. 그녀는 울고불고 엄마를 찾으며 발버둥 치는 아이를 가까스로 붙들었다. 때로 스테파니는 아이들이 미웠다. 그 애들이 루이즈를 때려대는 꼴이, 꼬마 폭군 같은 꼬락서니가 끔찍하게 싫었다.

루이즈가 아이들을 재우는 사이 스테파니는 원탁 위 상자들, 서랍들을 뒤지곤 했다. 낮은 탁자 아래 숨겨져 있는 앨범들을 끄집어냈다. 루이즈는 모든 것을 깨끗하게 치웠다. 설거지를 하고 싱크대를 스펀지로 닦았다. 주인 여자가 나가기 전에 뭘 입을지 망설이다 침대에 던져놓은 옷들을 반듯하게 개놓았다. "엄마가 설거지까지 할 필요는 없잖아, 이리 와서 내 옆에 앉아." 스테파니는 이렇게 말하곤 했다. 하지만 루이즈는 그것을 무척 좋아했다. 아이 부모들이 집에 들어서며 보모에다 덤으로 가사도우미까지 얻었음을 확인하고 좋아 어쩔 줄 모르는 얼굴을 지켜보는 것, 그것을 무척이나 좋아했다.

루이즈가 여러 해 동안 일했던 루비에 가족은 그들 모녀를 별장에 데려갔다. 루이즈는 일하러 갔고 스테파니는 방학 중이었다. 하지만 여자아이는 꼬마 집주인들처럼 햇볕을 쬐며 실컷 과일을 먹으려고 거기 있는 게 아니었다. 규율을 어기고, 늦게까지 잠자리에 들지 않고, 자전거 타는 법을 배우려고 거기 있는 게 아니었다. 그 아이가 거기 있는 것은 아무도 그 아이를 어떻게 해야 할지 몰랐기 때문이다. 아이 어머니는 아이에게 조신하게 굴고 조용히 놀라고 이르곤 했다. 너무 즐기는 인상을 주지 말라고. "저 사람들은 이게 우리한테도 얼마쯤은 휴가 같은 거라고 하지만 그건 말뿐이야. 네가 너무 재미있어하면 안 좋게 볼 거야." 식사 시간에 그녀는 집주인들과 손님들에게서 멀리 떨어져 자기 어머니 옆에 앉았다. 사람들이 말을 하고 또 하던 것을 그녀는 기억한다. 그녀의 어머니와 그녀는 아래만 내려다보며 말없이 자기 앞의 음식을 삼켰다.

루비에 가족은 그 어린 여자애가 와 있는 걸 영 편치 않아 했다. 그 애가 눈앞에 오가는 것이 거북했는데 그건 거의 몸으로 느끼는 감각이었다. 그들은 내색은 못 해도 색 바랜 수영복 차림의 갈색 머리 여자애, 무표정한 얼굴의 저 굼뜬 여자애에게 혐오감을 느꼈다. 그녀가 거실에서 어린 엑토르와 탕크레드 곁에 앉아 텔레비전을 보고 있으면 기분이 확 언짢아지는 것을 어찌할 수가 없었다. 그들은 결국 그녀에게 무슨 일을 시키거나—"스테파니, 현관에 있는 내 안경 좀 가져다주면 참 좋겠는데."—그녀 어머니가 부엌에서 기다린다고 했다. 다행스럽게도 풀장은 루이즈가 딸에게 접근을 금지해서 루비에 부부가 나설 필요도 없었다.

떠나기 전날 엑토르와 탕크레드는 새 트램펄린에서 같이 놀자고 이웃 아이들을 초대했다. 스테파니는 남자애들과 나이 차이가 거의 나지 않았지만 매우 놀라운 묘기를 보여주었다. 공중제비를 돌고 높이 뛰어올라 다른 아이들이 찬탄의 함성을 내질렀다. 루비에 부인은 결국 스테파니에게 이제 그만 내려오고 아이들이 놀게 두라고 명했다. 그녀는 남편에게 다가가 동정 어린 목소리로 말했다. "이제 쟤는 또 오라고 하면 안 될 것 같아. 아이한테 너무 힘들 것 같네. 자기가 가질 수 없는 이 모든 걸 보는 게 얼마나 괴롭겠어." 마음이 한결 가벼워진 남편이 입가에 미소를 띠었다.

미리암은 일주일 내내 이날 저녁을 기다렸다. 그녀가 아파트 문을 연다. 루이즈의 손가방이 거실 안락의자에 놓여 있다. 노래를 흥얼거리는 아이들 목소리가 들린다. 초록 생쥐와 물 위의 배, 무언가가 돌고 무언가가 떠돈다. 그녀는 발끝으로 살금살금 다가간다. 루이즈가 바닥에 무릎을 꿇고 욕조 위로 몸을 숙이고 있다. 밀라는 빨간 머리 인형을 물에 담그고 아당은 노래를 부르며 손을 마주치고 있다. 루이즈는 살그머니 목욕 거품을 들어 올려 아이들 머리에 얹어놓는다. 그녀가 입으로 불자 날아가버리는 이 모자들을 보며 아이들이 깔깔 웃는다.

집으로 가는 전철 속에서 미리암은 사랑에 빠진 여자처럼 조바심이 났다. 주중에 아이들을 통 못 봤기 때문에 이날 저녁은 오로지 아이들하고만 시간을 보낼 작정이었다. 큰 침대에 다 같이 들어가 누우리라. 아이들을 간질이고, 뽀뽀를 하고, 숨이 막힐 때까지 꼭 끌어안아야지. 아이들이 발버둥 칠 때까지.

욕실 문 뒤에 숨어서 아이들을 바라보며 그녀의 마음 깊은 곳에서 문득 어떤 느낌이 솟아오른다. 아이들의 살갗에 얼굴을 묻고서 생명의 양식을 얻고, 그 작은 손에 입을 맞추고, 아이들의 높은 목소리가 "엄마" 하고 부르는 것을 듣고 싶은 욕구가 미칠 듯이 휘몰아친다. 문득 자신이 감상적이 되는 것을 느낀다. 어머니라는 게 바로 이런 것이다. 그래서 그녀는 가끔 좀 바보 같아진다. 사소하고 평범한 것을 특별하게 받아들인다. 아무것도 아닌 일에 감동한다.

이번 주 내내 그녀는 늦은 시간에 퇴근했다. 아이들은 이미 잠들어 있고, 루이즈가 가고 나면 그녀는 밀라의 작은 침대에 누워 딸아이 머리의 향기로운 냄새, 딸기사탕향 샴푸 냄새를 들이마시는 적도 있었다. 이날 저녁 그녀는 평소에는 금지된 것을 허락하려 한다. 그들은 깃털 이

불을 덮은 채 나트륨 함유 버터와 초콜릿을 바른 샌드위치를 먹을 것이다. 만화영화를 보고 서로 꼭 붙어서 느지막이 잠들리라. 밤에 아이의 발이 그녀의 얼굴을 칠 테고, 아당이 침대에서 떨어질까 걱정하느라 잠도 제대로 못 자겠지.

아이들은 물에서 나와 홀딱 벗은 채 어머니 품속으로 뛰어든다. 루이즈는 욕실을 정리하기 시작한다. 그녀는 스펀지로 욕조를 닦고, 미리암은 그녀에게 말한다. "그럴 필요 없어요, 신경 쓰지 마세요. 벌써 많이 늦었어요. 이제 집에 가도 돼요. 오늘 하루 얼마나 힘드셨어요." 루이즈는 못 들은 척하고 몸을 구부린 채 계속 욕조 가장자리를 윤기 나게 닦고 아이들이 흩어놓은 장난감을 제자리에 정리한다.

루이즈는 수건을 갠다. 세탁기를 비우고 아이들 잠자리를 준비한다. 그녀는 부엌 붙박이장에 스펀지를 가져다 넣고 냄비를 꺼내 불에 올린다. 말릴 도리가 없어 미리암은 그녀가 움직이는 것을 쳐다본다. 설득을 해보려 한다. "제가 한다니까요." 냄비를 뺏으려 해보지만 루이즈는 냄비 손잡이를 손에 꽉 쥐고 내놓지 않는다. 그녀는 부드럽게 미리암을 밀쳐낸다. 그녀가 말한다. "쉬세요. 피곤하실 거예요. 아이들하고 계시면 저녁은 제가 준비할게요. 눈에 띄지도 않게 할게요."

그 말은 정말이다. 한 주 두 주 흘러갈수록 루이즈는 점점 더 놀랍도록 눈에 띄지 않으면서 동시에 없어서는 안 되는 존재가 되어간다. 미리암은 이제 늦는다고 알리는 전화조차 하지 않고, 밀라는 엄마가 언제 오느냐고 묻지도 않게 된다. 루이즈가 있다. 무너질 듯 아슬아슬한 이 건조물을 있는 힘을 다해 두 팔로 지탱해주는 루이즈. 미리암은 그런 보살핌을 수용한다. 하루하루 그녀는 고마운 루이즈에게 일을 하나씩하나씩 더 넘겨버린다. 이 보모는 암전 속에서 연극 무대장치를 옮긴다. 루이즈는 무대 뒤에서 조용히, 힘차게, 바삐 움직인다. 투명한 마법의 줄을 잡고 있는 자가 바로 루이즈이다. 이 줄이 없으면 마법은 일어나지 못한다. 그녀는 비슈누, 생명을 유지시키는 신, 질투의 신이자 인류를 보호하는 신이다. 그들에게 젖을 먹이는 암늑대, 그들 가정의 행복을 확실하게 담보하는 원천이다.

그녀는 찾으면 보이지만 그렇지 않으면 눈에 띄지 않는다. 집 안 구석구석 내밀한 곳까지 그녀가 왔다 갔다 하지만 절대 친밀하지는 않다. 그녀는 점점 더 빨리 오고 점점 더 늦게 간다. 어느 날 아침 미리암이 샤워를 하고 벌거벗은 채 나오다가 보모와 마주쳤지만 그녀는 눈 한 번 깜빡

하지 않았다. "그래, 내 몸을 본다고 뭐 어떻게 하겠어? 조심성이 좀 없나 보지." 이렇게 생각하며 미리암은 마음을 달랜다.

루이즈는 부부에게 외출을 하라고 부추긴다. 매번 똑같이 기계적으로 "젊음을 즐기셔야죠."라고 되풀이한다. 미리암은 그녀의 말을 잘 듣는다. 그녀는 루이즈가 사려 깊고 자상하다고 생각한다. 어느 날 저녁 폴과 미리암은 폴이 최근에 알게 된 음악가의 파티에 간다. 파티는 파리 6구의 꼭대기 층 아파트에서 열렸다. 거실은 천장이 낮은 데다 아주 조그마해서 사람들이 바글바글하다. 아주 즐거운 분위기가 집 안에 가득하고 곧 모두들 춤을 추기 시작한다. 음악가의 부인, 키가 크고 머리는 금발에 검은 자줏빛 립스틱을 바른 이 여인은 마리화나를 돌리고 얼음을 채운 잔마다 보드카를 따른다. 미리암은 모르는 사람들과 이야기를 하고 고개를 젖혀 소리 내 웃는다. 그녀는 부엌에서 싱크대에 걸터앉아 한 시간을 보낸다. 새벽 3시에 손님들이 배고프다고 아우성을 하자 그 아름다운 금발 여인은 버섯 오믈렛을 만들어주고, 사람들은 프라이팬에 둘러서서 포크를 달그락거리며 먹는다.

새벽 4시경에 그들이 집에 돌아온다. 루이즈는 소파에

서 다리를 구부려 가슴에 붙이고 두 손을 한데 모은 채 잠들어 있다. 폴은 그녀에게 가만히 담요를 덮어준다. "깨우지 말자. 너무 곤히 자네." 그리고 나서부터 루이즈는 일주일에 한두 번 자고 가게 된다. 분명하게 뭐라고 이야기된 적도 없고 아무도 무슨 말을 하지 않지만 루이즈는 집 한가운데에 꾸준히 조금씩 자신의 둥우리를 틀어간다.

폴은 이렇게 시간이 늘어나는 것을 가끔 걱정한다. "우리가 자기를 착취한다고 나중에 루이즈가 뭐라고 하는 소리는 듣기 싫은데." 미리암은 자기가 알아서 하겠다고 그에게 약속한다. 그렇게 엄격하고 공정한 자신이 왜 미리 그 일을 제대로 해놓지 않았는지 후회스럽다. 루이즈와 이야기해서 일을 분명하게 처리하리라. 루이즈가 그렇게 애써 집안일을 많이 하고 전혀 시키지도 않은 일을 해놓는 것을 보며 그녀는 마음이 좀 불편하긴 하지만 속으로는 너무나 좋다. 미리암은 끝도 없이 사과의 말을 늘어놓곤 한다. 집에 늦게 올 때 그녀는 "잘해주시니까 부탁을 더 드리게 되네요. 정말 죄송해요."라고 말한다. 그러면 루이즈는 늘 "그게 제 일인걸요. 아무 걱정 마세요."라고 답한다.

미리암은 그녀에게 종종 선물을 한다. 전철역 출구의 싸구려 가게에서 산 귀걸이. 루이즈가 좋아한다고 그녀가 유일하게 알고 있는 오렌지 케이크. 그녀는 자기가 더 이상 쓰지 않는 물건들을 루이즈에게 준다. 이런 건 어딘가 모욕적인 데가 있다고 생각해온 지 오래이면서도. 미리암은 루이즈의 마음이 상하지 않도록 애쓰고, 질투를 불러일으키거나 그녀에게 상처를 주지 않으려고 조심한다. 자신이나 아이들을 위한 쇼핑을 할 때면 오래된 헝겊 가방에 새 옷들을 감췄다가 루이즈가 가고 난 뒤에야 꺼내놓는다. 폴은 어쩌면 그렇게 세심하게 마음을 쓰느냐며 그녀를 칭찬한다.

점차 폴과 미리암의 주변 사람들 모두가 루이즈를 알게 된다. 동네나 아파트에서 그녀와 마주친 사람들도 있다. 아니면 단지 이 비현실적인, 동화책에서 튀어나온 보모의 위업에 대해 듣기만 한 사람들도 있다.

'루이즈의 만찬'은 미리암과 폴의 친구들이 모두 갈망하는 만남, 하나의 전통이 된다. 루이즈는 각자의 취향을 다 알고 있다. 엠마가 채식주의라는 이데올로기를 앞세워 교묘하게 거식증을 감추고 있다는 것을 그녀는 안다. 폴의 동생 파트리크가 고기와 버섯을 몹시 좋아한다는 것도. 만찬은 보통 금요일에 열린다. 루이즈는 오후 내내 요리를 하고 아이들은 그녀 발치에서 논다. 그녀는 집 안을 정리하고 꽃다발을 만들고 식탁을 예쁘게 꾸민다. 그녀는 파리를 다 누벼서 천을 끊어와 바느질로 냅킨을 만들었다. 식탁이 다 준비되고, 소스가 충분히 졸고, 포도주를 디켄터에 따라놓고 나면 그녀는 살며시 집 밖으로 빠져나간다. 아파트 로비나 전철 입구 부근에서 손님들을 마주치는 일도 있다. 그들이 한 손을 배 위에 올리고 입술에 침을 묻히며 그녀의 솜씨를 익히 알고 있다는 듯 미소를 건네고 칭송하면 그녀는 수줍어하며 머뭇머뭇 답한다.

어느 날 저녁 폴은 가지 말고 그냥 있으라고 그녀를 붙잡는다. 이날은 여느 날과 달랐다. "축하할 일이 엄청 많답니다!" 파스칼이 맡긴 아주 큰 사건을 미리암이 능란하게 밀어붙여서 곧 성공을 눈앞에 두고 있었다. 폴도 무척 기분이 좋았다. 일주일 전 스튜디오에서 음향 작업을 하던 중 유명 가수가 부스에 들어왔다. 이야기를 나누다 보니 서로 취향이 같았고, 두 사람은 머릿속에 그리던 편곡 이야기를 나누고, 이런 장비를 쓰면 기가 막힐 거라는 말도 하다가 결국 그 가수가 폴에게 자신의 다음 음반 프로듀싱을 제안하기에 이르렀다. '뭘 해도 운이 따르는 시기가 있지. 잘 활용해야 해.'라고 폴은 마음먹는다. 그는 루이즈의 어깨를 붙잡고 미소를 지으며 그녀를 본다. "싫든 좋든 오늘은 우리하고 같이 저녁 드시는 거예요."

루이즈는 아이들 방으로 피신한다. 그녀는 밀라 곁에 꼭 붙어 오랫동안 몸을 누이고 있다. 그녀는 아이의 관자놀이와 머리카락을 쓰다듬는다. 푸르스름한 수면등 불빛 아래 곤히 잠든 아당의 얼굴을 들여다본다. 방 밖으로 나갈 결심이 서질 않는다. 현관문이 열리는 소리에 이어 복도에서 웃음소리가 들린다. 샴페인 병마개 따는 소리, 소파를 벽쪽으로 미는 소리. 루이즈는 욕실에서 올림머리를 매만지고 눈꺼풀에 보라색 아이섀도를 바른다. 미리암은 화장을 전혀 하지 않는다. 그녀는 오늘 저녁 일자 청바지에 소매를 걷어 올린 폴의 셔츠를 입고 있다.

"서로 본 적 없죠? 파스칼, 우리 루이즈야. 루이즈 때문에 사람들이 다 우리를 부러워한다니까!" 미리암은 루이즈의 어깨를 팔로 둘러 감싼다. 미소를 짓고 나서, 자신의 친근한 몸짓에 좀 거북해져서는 살짝 물러선다.

"루이즈, 파스칼을 소개할게요. 제 상사예요."

"상사라고? 그러지 좀 마! 같이 일해요. 동료입니다." 파스칼이 큰 소리로 웃으며 루이즈에게 손을 내민다.

루이즈는 매니큐어를 칠한 긴 손가락으로 샴페인 잔을 움켜쥐고 소파 구석에 가서 앉았다. 그녀는 주위에서 하는 말을 하나도 못 알아듣는 외국인, 망명객처럼 신경이 곤두서 있다. 탁자에 둘러앉은 이런저런 손님들과 거북하고 친절한 미소를 주고받는다. 미리암의 탁월한 재능에 대해, 폴이 그 가수를 만나게 된 데 대해 사람들은 건배를 하고 누군가 그 가수의 노래 멜로디를 흥얼거리기까지 한다. 그들은 자기 일에 대해, 테러리즘에 대해, 부동산에 대해 이야기한다. 파트리크는 스리랑카에서 보낼 휴가 계획을 늘어놓는다.

루이즈 옆에 앉아 있던 엠마가 그녀에게 자기 아이들 이야기를 한다. 그런 거라면 루이즈도 이야기할 수 있다. 엠마는 근심거리를 푸근한 루이즈에게 털어놓는다. "그런 경우 많이 봤는데, 걱정하지 마세요."라고 보모는 반복해서 여러 번 말한다. 걱정거리가 너무도 많은데 귀 기울여 들어주는 사람이 아무도 없는 엠마는 미리암이 이 스핑크스 머리를 한 보모에게 의지할 수 있다는 게 부럽다. 엠마는 온화한 여자로, 늘 두 손을 붙잡고 비트는 버릇만이 그녀를 드러낸다. 그녀는 미소를 짓지만 질투하고 있다. 아주 요염하면서도 동시에 끔찍하게 콤플렉스에 절어 있다.

엠마가 사는 곳은 20구 내 불법점거 건물들을 친환경 놀이방으로 변형시켜놓은 지역이다. 자그마한 그 집을 그녀는 본인 취향에 따라 꾸며놓았는데 들어가보면 거의 거북한 느낌이 든다. 거실은 자잘한 장식품들과 쿠션들로 넘쳐나서, 편안하게 쉬는 공간이라기보다 이것저것 탐나게 만드는 공간이라는 인상을 준다.

"우리 동네 학교는 정말 끔찍해요. 아이들이 땅에다 침을 뱉는다니까요. 지나다 보면 애들이 서로 '창녀'니 '호모'니 하고 부르는 게 들려요. 그렇다고 사립학교에서는 아무도 '개새끼' 같은 소리를 안 한다는 말은 아니에요. 하지만 걔네들은 좀 다르게 하잖아요, 안 그래요? 적어도 걔네들은 그런 말은 자기네끼리만 해야 한다는 걸 알고 있어요. 나쁘다는 걸 아는 거죠."

엠마는 자기 동네 공립학교에서는 부모들이 삼십 분도 더 늦게 파자마 차림으로 애들을 데려다놓는다는 말까지 들었다. 베일을 쓴 한 엄마가 교장의 악수를 거절했다는 것도.

"참 기막힌 일이지만 반에서 오댕이 유일한 백인이었을 거예요. 사람들하고 관계를 다 끊으면 안 되는데, 어느 날 걔가 집에 들어서면서 신을 불러대고 아랍어로 말을 하고 그러면 나는 어떻게 해야 할지 모를 것 같아요."미리암이 그녀에게 미소를 짓는다. "내 말이 무슨 말인지 알겠지, 그치?"

그들은 웃으면서 자리에서 일어나 식탁으로 간다. 폴은 엠마를 자기 옆자리에 앉힌다. 루이즈가 얼른 부엌으로 가서 요리를 들고 거실로 나오자 사람들이 브라보를 외치며 그녀를 맞는다. 폴이 너무 날카로운 고음으로 "얼굴이 빨개졌네요."라며 놀린다. 몇 분 동안 루이즈에게 모든 이의 관심이 집중된다. "이 소스는 어떻게 만들었지?" "세상에 어떻게 생강을 넣을 생각을 했을까!" 손님들이 그녀의 대단한 솜씨를 칭송해 마지않자 폴은 그녀를 앞에 놓고 '우리 아줌마'라고 부르며, 아이들이나 노인들 이야기를 하듯이 말한다. 폴이 포도주를 따르고, 이어서 이 지상의 양식 위로 이야기꽃이 피어난다. 사람들은 점점 더 크게 대화한다. 자기네 접시에 담배를 비벼 끄고, 남은 소스에도 꽁초들이 떠 있다. 루이즈가 슬그머니 물러나서 부엌을 열심히 치우는 것은 아무도 알아차리지 못했다.

미리암은 짜증 섞인 시선으로 폴을 쏘아본다. 그의 농담에 그녀도 같이 웃는 척하지만 폴은 취기가 오르면 그녀의 신경을 긁는다. 그는 외설적이 되고 둔감해지는 데다 현실

감각을 잃어버린다. 많이 취하면 그는 끔찍한 사람들을 마구잡이로 초대하고 지키지 못할 약속을 남발한다. 온갖 거짓말을 해댄다. 하지만 아내의 짜증은 눈치채지 못하는 것 같다. 그는 포도주 한 병을 또 따고 탁자를 두드려 사람들을 주목시킨다. "올해 휴가에는 우리 아줌마를 꼭 데리고 갈 거라고요! 인생을 좀 즐겨야 하지 않겠어요? 안 그래요?" 루이즈는 산더미 같은 접시들을 닦으며 미소 짓는다.

다음 날 아침 폴은 입술에 적포도주 자국이 밴 채 잔뜩 구겨진 셔츠 차림으로 잠에서 깬다. 샤워 물줄기 아래 서자 지난밤 기억의 조각들이 떠오른다. 자기가 한 제안이 생각나고 아내가 노려보던 것도 기억난다. 이런 멍청이가 있나 싶고 벌써 앞일이 피곤하다. 실수를 했으니 어떻게든 만회해야 하리라. 아니면 아무 말도 안 한 척하고, 그냥 잊어버린 채 시간이 가게 두든가. 그는 미리암이 자기를 비웃고 취중 약속들을 한심하게 여기리라는 걸 안다. 그녀는 그가 경제관념 없이 아무 약속이나 해대고 루이즈를 가볍게 취급한다고 비난할 것이다. "당신 때문에 루이즈가 실망하겠지만 너그러운 사람이니까 그렇다는 말조차 안 할 거야." 미리암은 고지서들을 그의 코앞에 들이밀고 정신을 좀 차리라고 할 것이다. 그리고 이렇게 결론을 맺으리라. "당신은 술만 마시만 꼭 이런 식이야."

그런데 미리암은 화가 난 기색이 아니다. 그녀는 아당을 품에 안고 소파에 앉아서 그에게 눈부신 미소를 건넨다. 그녀에게는 너무 큰 남자 파자마 차림이다. 폴은 아내 곁으로 가서 앉아 자신이 좋아하는 히스 향이 감도는 그녀의 목덜미에 얼굴을 묻고 흠흠거린다. 그녀가 묻는다. "어제 말한 거 정말이야? 이번 여름에 루이즈를 데려갈 수 있을 것 같아? 와, 상상 좀 해봐! 이번에는 진짜 휴가가 되겠네. 루이즈도 정말 좋아할 거야. 다른 더 좋은 계획이 있겠어?"

너무 더워서 루이즈는 호텔 방 창문을 반쯤 열어놓는다. 술 취한 사람들이 소리를 질러대고 자동차 경적 소리가 울려와도 아당과 밀라는 잠에서 깨지 않고, 다리 하나를 침대 밖으로 내민 채 입을 벌리고 코를 곤다. 아테네에서는 하루만 머무르기 때문에 돈을 아끼려고 루이즈는 작은 방 하나를 아이들과 같이 쓴다. 그들은 저녁나절 내내 깔깔거리며 웃었고 늦게야 잠자리에 들었다. 아당은 신이 나서 아테네의 길거리에서 춤을 추었고 그 춤에 반한 노인들이 손뼉을 쳐주었다. 햇볕이 뜨겁게 내리쬐고 아이들이 투덜거리는데도 오후 내내 돌아다녔던 그 도시가 루이즈는 별로 좋지 않았다. 머릿속에는 내일 생각뿐이다. 내일이면 미리암이 아이들에 들려주었던 전설과 신화의 섬에 간다.

미리암은 이야기를 잘하지 못한다. 복잡한 단어는 약간 짜증스럽게 발음하고 말끝마다 "그렇지?", "알겠어?" 하는 말을 붙인다. 하지만 루이즈는 공부에 열중한 모범생처럼 제우스와 전쟁의 여신 이야기를 열심히 들었다. 밀라처럼 그녀도 바다에 파란빛을 준 에게가 마음에 들었는데, 내일 그 바다에서 난생처음 배를 타게 된다.

아침이 되자 그녀는 밀라를 침대에서 끌어내 일으켜야 한다. 아이는 보모가 잠옷을 벗기는 중에도 여전히 잠에 빠져 있다. 피레우스 항으로 가는 택시 안에서 루이즈는 고대 그리스 신들을 떠올려보지만 아무 기억도 남아 있지 않다. 이제 아무것도 모르겠다. 그 영웅들 이름을 꽃무늬 수첩에 적어놨어야 하는데. 그런 다음 혼자서 다시 생각해 볼 수 있었을 텐데. 항구 초입부터 엄청나게 차들이 몰려 길이 막히고 경찰들이 어떻게든 교통정리를 해보려고 애쓰고 있다. 벌써부터 날이 무척 더워서 루이즈의 무릎에 앉은 아당은 온통 땀으로 젖어 있다. 거대한 전광판들마다 섬들로 출항할 배들이 어느 부두에 정박되어 있는지 알려주고 있지만 폴은 뭐가 뭔지 알 수가 없다. 그는 화를 내면서 안절부절못한다. 택시 기사는 다시 유턴을 하며 할 수 없다는 듯 어깨를 으쓱한다. 그는 영어를 못한다. 폴이 택시비를 낸다. 그들은 차에서 내려 각자 트렁크를 끌고 아당의 유모차를 밀며 선착장으로 뛴다. 선박 승무원들이 갑판을 올리려 하는 참인데, 머리는 산발을 하고 정신없이 손을 휘저어 신호를 보내는 한 가족이 보인다. 운이 좋았다.

자리를 잡자마자 아이들은 잠이 든다. 아당은 엄마 품에서, 밀라는 폴의 무릎을 베고. 루이즈는 바다와 섬의 해안이 보고 싶다. 갑판 위로 올라간다. 긴 의자에 한 여자가 누워 있다. 비키니 차림인데 아주 작은 팬티에 가슴을 겨우 가리는 분홍색 띠 같은 것을 두르고 있다. 금발 머리카락도 허옇게 바래고 푸석푸석하지만 루이즈를 깜짝 놀라게 한 건 그 여자의 피부이다. 커다란 갈색 반점들로 뒤덮인 자색 피부. 허벅지 안쪽, 두 뺨 위, 가슴이 시작되는 부위 등 몸 여기저기가 마치 화상을 입은 듯 물집이 잡히고 살갗이 벗겨져 있다. 마치 가죽이 벗겨져 군중의 구경거리로 내던져진 시체처럼 여자는 전혀 미동도 하지 않는다.

루이즈는 뱃멀미를 한다. 숨을 크게 쉬어본다. 어지러움을 가눌 수가 없어 눈을 감았다가 뜬다. 움직일 수가 없다. 배의 측면에서 멀리 갑판을 등지고 자리에 앉는다. 바다를 보고 싶고, 관광객들이 손가락으로 가리키는 저 하얀 해안선의 섬들을 기억하고 싶다. 닻을 내린 범선의 모습과 물 속에 어린 아른아른한 그림자를 기억 속에 새기고 싶다. 그러고 싶지만 속이 울렁거린다.

태양은 점점 더 뜨거워지고 긴 의자에 누운 여자를 쳐다보는 사람이 이제 많아졌다. 여자는 눈에 가리개를 하고 있고, 숨죽인 웃음소리, 사람들이 뭐라 하는 말들, 웅얼거리는 소리들이 아마 바람 소리 때문에 들리지 않는 모양이다. 루이즈는 땀이 줄줄 흐르는 저 말라비틀어진 몸에서 눈길을 떼지 못한다. 태양이 다 태워버린, 불 속에 내던져진 고깃덩어리 같은 저 여자에게서.

섬의 언덕에 있는 예쁜 펜션에 폴이 방 두 개를 빌렸고, 언덕에서 내려가면 아이들이 많이 가는 해변으로 바로 이어졌다. 해가 기울고 분홍빛이 작은 만을 감싸고 있다. 그들은 중심지인 아폴로니아 쪽으로 걷는다. 선인장과 무화과나무가 양쪽에 늘어선 길들로 접어든다. 절벽 맨 끝에서 한 수도원이 수영복 차림의 관광객들을 맞는다. 아름다운 풍광, 아무 소리 나지 않는 좁다란 거리들, 고양이들이 잠든 고요한 작은 광장들이 루이즈의 마음을 사로잡는다. 그녀는 낮은 담에 올라앉아 발을 대롱거리며, 자기 집 앞마당을 쓸고 있는 한 할머니를 바라본다.

해가 바다에 잠겼지만 어둡지는 않다. 곧바로 사방은 파스텔 빛이 되어 아직은 세세한 풍경이 다 보인다. 성당 종탑의 윤곽. 매부리코를 한 석조 흉상의 옆모습. 바다와 가시덤불 기슭은 이제 긴장이 사라져 한없이 나른해지고, 어두운 밤을 향해 나를 원해보라며 가만히 자신을 내어주는 것 같다.

아이들을 다 재우고 나서도 루이즈는 잠들지 못한다. 창을 열고 나가 둥그런 만을 내려다볼 수 있는 테라스에 자리를 잡는다. 저녁부터 불기 시작한 바람, 그녀는 이 바닷바람을 맞으며 이것이 소금의 맛, 유토피아의 맛이겠구나 생각한다. 그녀는 접의자에서 숄 하나를 빈약한 이불 삼아 스르르 잠들어버린다. 새벽 한기에 잠이 깼을 때 그녀는 햇빛이 선사하는 풍경 앞에 소리를 내지를 뻔한다. 순수하고, 단순하고, 명백한 아름다움. 모든 이의 마음에 가닿는 아름다움.

아이들도 잠에서 깨어 신이 났다. 입만 열면 바다 소리다. 아당은 모래에서 뒹굴고 싶어 한다. 밀라는 물고기가 보고 싶다. 아침 식사가 끝나자마자 그들은 바닷가로 내려간다. 루이즈는 헐렁한 주황색 원피스를 입었는데 북아프리카의 두건 달린 외투 같은 이 옷을 보고 미리암이 미소를 짓는다. 몇 년 전에 루비에 부인이 굳이 "아, 이거 내가 정말 많이 입었는데."라고 강조하며 그녀에게 준 옷이다.

아이들은 준비가 다 되었다. 그녀가 선크림을 발라주자 아이들은 모래로 돌진한다. 루이즈는 나지막한 돌 벽에 기대앉는다. 소나무 그늘 아래 두 무릎을 모으고 앉아 햇살이 바다 표면에서 반짝이는 것을 바라본다. 평생 그렇게 아름다운 것은 본 적이 없다.

미리암은 엎드려서 소설책을 읽는다. 폴은 아침 식사 전에 7킬로미터를 뛴 탓에 졸음에 빠진다. 루이즈는 모래성을 만든다. 커다란 거북이도 만드는데, 아당이 와서 계속 망가뜨려도 끈기 있게 다시 만든다. 더위에 지친 밀라가 그녀의 팔을 잡아당긴다. "루이즈 아줌마, 물에 들어가자, 응?" 보모는 버틴다. 기다리라고 한다. 앉아 있으라고 한다. "내가 거북이 만드는 거 좀 도와줄래?" 그녀는 아이에게 자기가 모은 조개껍질들을 보여주고 거대한 거북이의 등딱지 위에 세심하게 올려놓는다.

소나무가 이제 충분히 그늘이 되지 못하고 열기가 점점 더 뜨거워진다. 루이즈는 땀으로 흠뻑 젖었고, 아이가 이제는 아예 애원을 하는데 안 된다고 말할 거리도 더 이상 없다. 밀라가 그녀의 손을 잡아끌지만 루이즈는 일어나려

하지 않고 버틴다. 그녀가 아이의 손목을 잡고 너무 거칠게 밀어내는 바람에 밀라가 넘어진다. 루이즈가 소리친다. "나 좀 잡아당기지 마!"

폴이 눈을 뜬다. 미리암이 울음을 터뜨린 밀라에게 달려가 아이를 달랜다. 그들은 루이즈에게 분노하고 실망한 눈길을 던진다. 보모는 무안해서 뒷걸음질 친다. 그들이 대체 무슨 일이냐고 물으려는데 그녀가 웅얼웅얼 느리게 말한다. "말을 못 했는데 저는 수영 못해요."

폴과 미리암은 아무 말 없이 가만히 있다. 놀려대기 시작한 밀라에게 조용히 하라는 신호를 보낸다. 밀라는 "루이즈 아줌마는 아기래요. 수영도 못한대요."라고 놀린다. 폴은 이 상황이 당황스럽고, 그래서 화를 벌컥 낸다. 그는 루이즈가 여기까지 와서 궁상을 떨고 있는 것에 화가 치민다. 저렇게 순교자 얼굴을 하고서 그들의 하루를 망치고 있는 것에. 그는 아이들을 데리고 수영을 하러 가고 미리암은 다시 책에 코를 박는다.

울적해 있는 루이즈 탓에 아침나절을 망치고, 작은 식당 테라스의 탁자에 둘러앉아 아무도 말을 하지 않는다. 아직 식사를 다 마치지 않았는데 폴이 벌떡 일어나더니 아당의 팔을 잡는다. 그는 바닷가 가게로 걸어간다. 뜨거운 모래

때문에 발바닥이 데는 듯해 폴짝폴짝 뛰며 돌아온다. 손에
든 꾸러미를 루이즈와 미리암 앞에 흔든다. "자요."라고 그
가 말한다. 두 여자는 아무 대답도 하지 않고, 루이즈가 순
순히 두 팔을 내밀자 폴이 팔꿈치에 튜브를 끼워준다. "하
도 체구가 작아서 어린이용도 딱 맞네요!"

일주일 내내 폴은 루이즈를 데리고 수영을 하러 간다. 미리암과 아이들이 펜션의 작은 수영장 가에 있을 때 루이즈와 폴은 일찍 일어나서 아직 사람이 없는 해변으로 내려간다. 물에 젖은 모래까지 오면 바로 그들은 손을 잡고 수평선을 마주 보며 물속에서 오래 걷는다. 발이 모래에서 살짝 떨어지고 몸이 뜨기 시작할 때까지 나아간다. 이 순간 어김없이 루이즈는 감출 도리 없는 공포를 느낀다. 그녀는 살짝 비명을 지르고, 폴에게 그 비명은 그녀의 손을 더 꼭 쥐어야 한다는 것을 뜻한다.

처음에 그는 루이즈와 신체 접촉을 하는 것이 거북했

다. 배영을 가르쳐줄 때 그는 한 손을 그녀 목덜미 아래 한 손은 엉덩이 아래에 놓는다. '루이즈도 엉덩이가 있네.'라는 바보 같은 생각이 얼핏 스치자 그는 속으로 웃는다. 루이즈의 몸은 폴의 손길 아래 전율한다. 루이즈를 어린아이 또는 피고용인의 세계에 분류해놓았으므로 그가 본 적도 없고 짐작조차 하지 않은 몸. 어쩌면 아예 그녀가 눈에 들어오지도 않았을 것이다. 하지만 루이즈는 보기에 흉하지 않다. 폴의 손바닥에 몸을 내맡긴 보모는 작은 인형 같은 모습이다. 미리암이 사준 수영모자 밖으로 금발 몇 가닥이 삐져나와 있다. 햇볕에 살짝 그을려 뺨과 코 위의 자잘한 주근깨가 도드라져 보인다. 처음으로 폴은 갓 태어난 병아리 털 같은 가느다란 황금색 솜털이 그녀의 얼굴에 나 있다는 것을 알아본다. 하지만 그녀는 무언가 얌전하고 어린아이 같은 데가 있고 하도 조심스러워서, 폴로 하여금 욕망과 같은 거침없는 감정을 품지 못하게 한다.

루이즈는 모래 속에 묻힌 발에 바닷물이 다가와 훑고 가는 것을 바라본다. 배를 타고 오는 길에 미리암은 그들에게, 지하의 황금과 은 광맥 덕에 지난날 시프노스가 번영했던 것이라고 말해주었다. 지금 루이즈는 물속과 바위에서 반짝이는 것들이 그 귀한 보석들의 파편이라고 확신한다. 서늘한 물이 그녀의 허벅지를 감싼다. 그리고 성기가 물에 잠긴다. 바다는 고요하고 반투명하다. 단 한 번도 파도가 몰려와 가슴에 물보라를 끼얹지 않는다. 부모들이 평온한 시선으로 바라보는 가운데 아기들이 물가에 앉아 있다. 물이 자기 키 높이로 오자 루이즈는 숨을 쉬지 못한다. 그녀는 현실이 아닌 것만 같은 눈부신 하늘을 바라본다. 그녀는 야윈 팔에 차고 있는, 바닷가재와 소라가 그려진 노랗고 파란 튜브를 더듬어 만져본다. 그녀는 애원하듯 폴을 쳐다본다. "아무 걱정할 것 없어요." 폴이 장담한다. "발이 있는데 뭐가 걱정이에요." 하지만 루이즈는 돌처럼 뻣뻣하게 굳는다. 그녀는 뒤집어질 것만 같다. 바닷속 깊은 바닥이 자신을 덥석 물어서, 머리를 거꾸로 박고 물속에서 다리를 버둥거리다 탈진해버릴 것 같다.

어릴 때 같은 반 친구가 마을 어귀의 연못에 빠졌던 것을 기억한다. 여름이면 역한 냄새가 코를 찌르는 작은 흙탕물 웅덩이였다. 아이들은 부모가 못 가게 해도, 고인 물에 모기들이 꼬여도 거기서 놀았다. 여기, 에게해의 푸른 바닷속에서 루이즈는 그 악취 나는 검은 물을 다시 생각하고, 진흙투성이 얼굴로 물에서 건져졌던 아이를 생각한다. 그녀 앞에서 밀라가 물장구를 친다. 아이는 물 위에 떠 있다.

그들은 술에 취해서 아이들 방과 이어진 테라스로 가는 돌계단을 오른다. 그들은 소리 내 웃고, 좀 높은 계단이 나오면 루이즈가 폴의 팔을 붙들고 올라가기도 한다. 루이즈는 진홍빛 부겐빌리아 아래 앉아 숨을 돌리며, 젊은 커플들이 칵테일을 마시면서 춤을 추고 있는 저 아래 바닷가를 내려다본다. 바에서 해변 파티를 준비하고 있다. "Full moon party." 폴이 그녀를 위해 번역을 해준다. 달을 위한 축제, 불그레한 둥근 달, 저녁 내내 그들이 어쩌면 저리도 아름다우냐고 말했던 달. 그녀는 저토록 아름다운 달, 너무 아름다워서 하늘에서 떼어내 가지고 싶은 저런 달을 한 번도 본 적이 없다. 그녀의 어린 시절 달들처럼 차갑지 않은 달, 잿빛이 아닌 달.

위쪽에 있는 식당 테라스에서 그들은 시프노스 만을 바라보며 용암 빛깔의 석양이 지는 것을 본다. 폴은 그녀에게 레이스 모양의 구름들을 보라고 가리킨다. 관광객들이 사진을 찍고 있는 것을 보고 루이즈도 일어나 휴대전화를 내밀려고 할 때, 폴이 그녀의 팔을 살그머니 눌러 앉혔다. "사진 찍어서 뭐 해요. 마음속에 이 모습을 간직해두는 게 더 낫죠."

처음으로 그들 셋이 저녁을 먹는다. 아이들을 봐주겠다고 제안한 것은 펜션 주인 여자다. 아이들이 주인 여자 아이들과 나이가 같았고 처음 도착하고부터 줄곧 붙어 다녔다. 미리암과 폴은 갑작스러운 제안에 아무런 답을 못 했다. 루이즈도 물론 처음에는 거절했다. 아이들을 혼자 둘 수 없다고, 자기 일이라고, 자기가 재워야 한다고 말했다. "하루 종일 수영을 했으니 쉬이 잠들 거예요."라고 주인 여자가 엉터리 프랑스어로 말했다. 그렇게 해서 그들은 좀 어색해하며 아무 말 없이 식당으로 걸어갔다. 식당 탁자에 둘러앉아 세 사람 다 평소보다 술을 많이 마셨다. 미리암과 폴은 이 저녁 식사 자리가 좀 두려웠다. 대체 무슨 말을 한단 말인가? 이야깃거리나 있을까? 이건 좋은 일이고 루이즈가 좋아할 거라고 그들은 마음을 다잡았다. "자기 일을 우리가 높이 평가한다고 그녀가 느끼게끔 하는 거야, 알겠지?" 그리하여 그들은 아이들 이야기며, 주변 풍경이나 다음 날 해수욕할 이야기, 밀라가 수영 실력이 늘었다는 이야기 등을 한다. 루이즈는 무언가, 아무거나, 자기 이야기를 하고 싶지만 엄두를 내지 못한다. 그녀는 숨을 깊이 들이쉰 다음 무슨 말을 하려고 얼굴을 내밀다가는 입을 다물고 그냥 뒤로 물러나버린다. 그들은 술을 마시고, 평온하고 나른한 침묵이 내려앉는다.

옆에 앉은 폴이 루이즈의 어깨에 팔을 두른다. 그리스 술 우조가 그를 쾌활하게 만든다. 그는 커다란 손으로 그녀의 어깨를 잡고 아주 오랜 친구, 예전부터 친하게 지낸 친구에게 하듯 그녀에게 미소 짓는다. 그녀는 몹시 행복해하며 그의 얼굴을 응시한다. 햇볕에 그을린 피부, 커다란 흰 치아, 바람과 소금기로 더 반짝이는 금빛이 된 머리카락. 그는 수줍음 많은 친구 또는 슬픔에 잠긴 친구에게 하듯, 긴장을 풀기를 바라는 누군가 또는 마음을 추스르길 바라는 누군가에게 하듯 그녀의 어깨를 살짝 흔든다. 그녀가 마음만 먹으면 그녀는 폴의 손 위에 자기 손을 얹고 자신의 마른 손가락들로 그 손을 꼭 잡을 수 있을 것이다. 하지만 그녀는 감히 그러지 못한다.

그녀는 폴의 편안하고 자연스러운 태도에 매혹된다. 그는 식후 술을 가져다준 웨이터에게 농담을 한다. 며칠 만에 그는 꽤 많은 그리스어 단어들을 익혀 상인들을 웃게 하고 물건 값을 깎아주게 만든다. 사람들은 그를 알아본다. 바닷가에서 다른 아이들도 그와 같이 놀고 싶어 하고, 그러면 그는 웃으면서 아이들이 하자는 대로 따라준다. 그는 아이들을 등에 업고 물속으로 뛰어든다. 식욕도 엄청나다. 미리암은 좀 짜증스러운 모양이지만 루이즈는 메뉴판의 모든 음식을 다 시키려드는 그 식탐이 정겹다. "이것도 시키자. 한번 먹어보게, 응?" 그리고 그는 고기 조각이나 파프리카, 치즈를 손으로 집어 어린애처럼 좋아하며 맛있게 먹는다.

호텔의 테라스로 돌아오자 그들 셋은 주먹으로 입을 막으며 웃음을 터뜨리고, 루이즈는 입술에 손을 갖다 댄다. 아이들을 깨우면 안 된다. 문득 이렇게 책임감 있게 구는 게 너무나 우스꽝스럽게 느껴진다. 하루 내내 아이들처럼 모두 같은 목표를 향해 있던 그들, 그들 자신이 아이들이 되는 놀이를 하고 있는 중이다. 오늘 저녁 그들에게 평소

같지 않는 가벼운 기운이 일렁인다. 술에 취하자 그들은 이제껏 축적된 불안과 괴로움을 털어버리고, 자식들이 남편과 아내, 어머니와 보모 사이에 불러일으킨 긴장에서 벗어난다.

　루이즈는 이 순간이 얼마나 금세 사라져버릴지 알고 있다. 폴이 탐욕스러운 눈길로 아내의 어깨를 바라보는 걸 그녀는 똑똑히 본다. 옅은 파란색 원피스 아래 미리암의 피부는 더 황금빛으로 보인다. 그들은 춤을 추기 시작하고 양쪽 발에 번갈아 힘을 실으며 좌우로 몸을 흔든다. 춤이 서투르고 거북할 지경인데, 미리암은 이렇게 누군가에게 허리를 잡힌 게 아주 오랜만인 것처럼 까르르 웃어댄다. 이렇게 욕망의 대상이 되는 게 우습다는 듯이. 미리암은 남편의 어깨에 뺨을 대고 있다. 루이즈는 이제 그들이 춤을 멈추고, 인사를 하고, 잠이 오는 척하리라는 것을 안다. 그녀는 그들을 붙들고 싶고, 그들에게 매달리고 싶고, 손톱으로 돌바닥을 긁고 싶다. 그녀는 오르골 속 원형 받침대에 고정되어 미소를 짓고 있는 두 무용수같이 그들을 종탑 아래 세워두고 싶다. 그녀는 몇 시간이든 질리지 않고 하염없이 그들을 바라볼 수 있으리라 생각한다. 그들이 살아가는 것을 바라보고, 자신은 기계에 녹이 슬지 않도록, 모든 것이 흠잡을 데 없게끔 어둠 속에서 움직이는 것으로 만족하리라고. 그녀에게는 이제 자기만의 확신, 고통스러운 뜨거운 확신, 자신의 행복이 그들에게 속해 있다는 확신이 있다. 자신이 그들에게 속해 있으며 그들이 자신에게 속해 있다는 확신.

폴은 킥킥거린다. 아내의 목덜미에 입술을 묻고 뭐라고 중얼거린다. 루이즈에게 들리지 않는 말. 그는 미리암의 손을 꽉 잡고 있고, 그들은 얌전한 아이들처럼 루이즈에게 잘 자라는 인사를 건넨다. 그녀는 그들이 침실로 가는 계단을 오르는 것을 바라본다. 두 몸체의 푸른 선이 흐릿해지고, 사라지고, 문이 딸깍 닫힌다. 커튼이 드리워진다. 루이즈는 음란한 몽상에 빠져든다. 그녀는 원하지 않아도, 안 그러려고 해도, 자기도 모르게 듣는다. 미리암의 고양이 같은 소리, 인형이 내는 듯한 신음 소리를 듣는다. 시트가 바스락거리는 소리, 침대 헤드가 벽에 딸깍딸깍 부딪는 소리.

루이즈는 눈을 뜬다. 아당이 울고 있다.

로즈 그랭베르

그랭베르 부인은 엘리베이터를 타고 올라갔던 그때 일을 최소한 천 번은 되풀이해서 말할 것이다. 1층에서 잠깐 기다린 다음 다섯 층을 올라갔던 이야기. 그녀의 생애 최고로 통렬한 순간이 된, 채 이 분도 걸리지 않았던 여정. 숙명적인 순간. 일이 달라지게 할 수도 있었다는 말을 그녀는 끊임없이 되풀이할 것이다. 루이즈가 내뿜는 기운에 좀더 주의를 기울였더라면. 낮잠을 자려고 창문과 덧창을 닫지만 않았더라면. 전화에 대고 그 이야기를 늘어놓으며 훌쩍일 때면 딸들이 아무리 진정시키려 해봐야 소용없을 것이다. 자신을 그렇게 대단하게 여기는 데에 경찰들은 짜증이 날 테고, 그래서 "하여간에 할머니는 어쩔 도리가 없으셨을 거예요."라고 말하면 그녀는 두 배로 더 울어댈 것이다. 그녀는 재판을 따라다니는 기자들에게 모든 이야기를 해줄 것이다. 피고인의 변호사, 거만한 데다 일을 소홀히 하는 것 같아 보이는 그 여자한테도 이야기할 것이다. 또한 법정에 소환되면 증언대에서도 이야기할 것이다.

루이즈는 평소 같지 않았다. 매번 그녀는 이렇게 말할 것이다. 그렇게 늘 웃는 얼굴에 상냥했던 사람이 유리문 앞에 꼼짝 않고 서 있었다. 아당은 계단에 앉아 소리소리 질러대고 밀라는 동생을 흔들어대며 팔짝팔짝 뛰고 있었다. 루이즈는 꼼짝도 하지 않았다. 오직 아랫입술만 살짝 파르르 떨렸을 뿐이다. 두 손을 모으고 아래를 내려다보고 있었다. 아이들 소리도 들리지 않는 것 같아 보였다. 이웃에 대한 예의에 그렇게 신경을 쓰던 사람이 아이들에게 한 마디도 하지 않았다. 아이들 소리를 못 듣는 모양이었다.

그랭베르 부인은 루이즈를 아주 좋게 보고 있었다. 아이들을 너무나 애지중지 보살피는 그 우아한 여자에게 존경심까지 느껴졌다. 그 집 딸 밀라는 언제나 말끔히 머리를 땋고 있거나 뒤로 동그랗게 말아 올린 매무새였다. 아당은 루이즈를 엄청 좋아하는 듯했다. "그런 짓을 했으니 이제 이런 말을 하면 안 되겠지만 말이에요. 그때만 해도 나는 미리암 부부가 참 운이 좋다고 생각했지요."

엘리베이터가 1층에 오자 루이즈는 아당의 앞섶을 붙잡았다. 엘리베이터로 아이를 끌고 들어갔고 밀라는 노래를 흥얼거리며 뒤따랐다. 그랭베르 부인은 같이 타기가 좀 망설여졌다. 우편함을 살피러 현관 로비에 다시 가는 척할까 잠깐 생각했다. 루이즈의 안색이 핏기 하나 없이 창백해서 영 거북했다. 다섯 층 올라가는 일이 끝도 없이 느껴질까 봐 걱정스러웠다. 하지만 다리 사이에 장바구니를 놓고 벽에 붙어 서 있는 이웃에게 루이즈가 문을 잡아주었다.

"술에 취한 것 같아 보였나요?"

그랭베르 부인은 단호했다. 루이즈는 정상으로 보였다. 그렇지 않았다면 아이들하고 그냥 올라가게 두지 않았을 거다. 단 한순간이라도 의심이 들었다면…… 머리카락에 기름이 낀 그 여자 변호사는 그녀의 말에 실소를 금치 못했다. 그 변호사는 법정에서 로즈가 현기증을 겪고 있으며 시야에 문제가 있다는 사실을 상기시켰다. 전직 음악 교사이며 곧 예순여섯 살이 되는 이 사람은 앞이 잘 보이지 않는다. 게다가 두더지처럼 깜깜하게 해놓고 산다. 직사광선을 받으면 끔찍한 현기증을 일으킨다. 로즈가 덧창을 닫는 것은 그 때문이다. 그래서 아무것도 못 들은 것이다.

변호사는 법정 한가운데서 그녀에게 욕설을 퍼부을 뻔했다. 변호사는 이 여자의 입을 닥치게 만들고 턱을 날려버리고 싶어 미칠 것 같았다. 부끄럽지도 않은가? 그렇게 분별이 없다는 말인가? 재판 과정 처음부터 변호사는 미리암에 대해 '부재하는 어머니', '착취하는 고용인'이라고 표현했다. 변호사는 그녀를 야망에 눈이 먼 여자, 가엾은 루이즈를 극한까지 밀어붙일 만큼 이기적이고 냉정한 여자로 묘사했다. 법정 참관인석에 있던 한 기자가 그랭베르 부인에게 흥분할 필요 없다고, '변호 전략'일 뿐이라고 설명해주었다. 하지만 로즈는 한마디로 구역질 난다고 했다.

그 아파트에서 아무도 그 이야기를 하지 않지만 그랭베르 부인은 모두가 같은 생각을 하고 있다는 것을 안다. 밤이면 각 층마다 어둠 속에 눈을 밝히고 있다는 것. 심장이 쿵쾅거리고 눈물이 흐른다는 것. 잠들지 못하고 이리저리 돌아누우며 뒤척인다는 것. 3층 부부는 이사를 갔다. 마세 씨네는 당연히 돌아오지 않았다. 망령들이 떠돌고 그때의 비명 소리가 끊임없이 귓가에 맴돌지만 그럼에도 불구하고 로즈는 그냥 남아 있다.

　그날 낮잠을 자고 난 후 그녀는 덧창을 열었다. 그 소리가 들린 것은 그때였다. 대부분의 사람들은 살면서 그런 비명 소리를 들을 일이 없다. 그건 전쟁 중 참호에서, 다른 세상에서, 다른 대륙에서 지르는 비명 소리다. 이곳의 소리가 아니다. 그것은, 그 비명은, 어떤 단어가 섞인 것도 아니고 숨도 고르지 않은 채 거의 쉼 없이 내질러진 그 비명은 최소한 십 분은 이어졌다. 점점 목 쉰 소리가 되어가던 그 비명, 피, 콧물, 광란으로 차오르던 그 비명. "의사", 마침내 미리암이 발음한 것은 이게 다였다. 그녀는 도움을 청하지도, "살려주세요."라고 외치지도 않고 그저 드문드문 의식이 돌아오는 순간 "의사"라는 말만 내뱉었다.

　사건이 일어나기 한 달 전 그랭베르 부인은 길에서 루이즈를 만났다. 근심 어린 기색이었는데 결국 돈 문제를 겪고 있다는 이야기를 꺼냈다. 집주인의 독촉이 심하고, 빚이 많이 쌓였고, 은행 계좌는 늘 적자라는 이야기. 그녀는 마치 풍선에서 바람이 빠져나가듯 점점 더 빨리 이야기를 해나갔다.

그랭베르 부인은 못 들은 척했다. 고개를 숙이고서 "다들 힘든 시기죠."라고 말했다. 그때 루이즈가 그녀의 팔을 확 붙잡았다. "구걸하는 게 아니고요. 저녁때나 아침 일찍 일할 수 있어요. 아이들이 잘 때요. 집안일도 하고 다림질도 하고 원하시는 거 뭐든 다 할 수 있어요." 루이즈가 팔목을 그렇게 세게 잡지만 않았어도, 마치 모욕이나 협박처럼 그 검은 눈을 자기 눈에 들이대지만 않았어도 로즈 그랭베르는 수락했을지 모른다. 그러면, 경찰들이 뭐라 하건, 그녀는 모든 것을 바꿔놓았을지도 모른다.

비행기가 많이 연착하는 바람에 그들은 저녁 무렵이 되어서야 파리에 도착한다. 루이즈는 아이들과 거창한 작별 인사를 나눈다. 오래도록 뺨에 입을 맞추고 한참을 꼭 끌어안는다. 공항 주차장으로 가려고 인파에 섞여 엘리베이터로 밀려 들어가는 미리암과 폴에게 "월요일에 봐요, 네, 월요일에. 뭐든 필요한 일이 생기면 전화하세요."라고 말한다.

루이즈는 RER 역 방향으로 간다. 열차는 텅 비었다. 창가에 기대앉아 그녀는 바깥 풍경, 젊은 애들 무리가 어슬렁거리는 플랫폼, 헐어빠진 건물들, 발코니, 안전요원들의 적대적인 얼굴을 저주한다. 그녀는 눈을 감고 그리스의 바닷가, 낙조, 바다를 마주한 저녁 식사의 기억을 불러온다. 신비주의자들이 간절히 기적을 구하듯 그녀는 그 기억을 불러낸다. 자신의 원룸 문을 열자 두 손이 떨리기 시작한다. 그녀는 소파의 커버를 찢어발기고 유리창에 주먹을 날리고 싶다. 형태가 없는 마그마, 타는 듯한 통증이 내장을 뒤틀고, 목에 차오르는 비명을 참기가 너무 힘들다.

토요일, 그녀는 10시까지 잠자리에 그대로 누워 있다. 소파에 누워 두 손은 가슴에 모으고, 천장에 매달린 초록색 전등 위에 쌓인 먼지를 쳐다본다. 자기라면 저렇게 보기 싫은 물건을 절대 고르지 않았으리라. 가구가 딸린 원룸에 세 들었기 때문에 그녀는 아무런 장식도 바꾸지 않았다. 남편 자크가 죽고 나서 집을 내주고 지낼 곳을 찾아야 했다. 일주일을 헤매고 다녔더니 묵을 데가 절실했다. 크레테이에 있는 이 원룸은 그녀와 정이 들었던 앙리-몽도르의 간호사 덕분에 구하게 되었다. 그 젊은 간호사는 집주인이 보증금을 별로 많이 요구하지 않고 현금으로 방세를 받으니 걱정하지 말라고 했다.

루이즈는 자리에서 일어선다. 의자를 밀어 전등 바로 아래 갖다놓고 걸레를 집어 든다. 전등을 닦기 시작하는데,

어찌나 세게 붙잡았는지 전등이 천장에서 떨어져나갈 뻔한다. 발꿈치를 들고 까치발로 서서 전등 위로 쌓인 먼지에 손을 대니 커다란 회색 솜뭉치처럼 먼지가 머리에 쏟아져 내린다. 11시에 청소가 끝났다. 유리창 안쪽 바깥쪽을 다 닦았고 스펀지에 비누를 묻혀 덧창까지 닦았다. 몇 켤레 안 되는 신발들을 반짝반짝 윤이 나게 닦아 벽에 일렬로 기대놓았다.

그들은 아마 그녀를 부를 것이다. 토요일 점심때 가끔 그들이 외식을 한다는 걸 알고 있다. 그 이야기를 해준 것은 밀라이다. 그들이 가는 작은 식당에서 밀라는 원하는 걸 모두 시켜도 되고, 아당이 숟가락 끝으로 겨자나 레몬을 살짝 맛보면 아이의 부모는 사랑스러운 눈빛으로 바라본다. 루이즈도 좋아할 것이다. 사람으로 가득한 식당, 접시가 달그락거리는 소리와 웨이터들이 주문을 외치는 소리에 둘러싸인 식당에 있으면 정적이 좀 덜 무서워질 것이다. 그녀는 밀라와 아당 사이에 앉고 밀라의 무릎 위에 놓인 커다란 흰 냅킨을 바로잡아주리라. 아당에게 한 숟갈 한 숟갈 음식을 떠먹일 것이다. 폴과 미리암이 이야기하는 것을 듣다가 시간이 어느 틈에 휙 지나가고, 그녀는 즐거운 기분이 될 것이다.

그녀는 작은 진주 단추가 달리고 발목까지 내려오는 파
란색 원피스를 입는다. 그들이 자신을 필요로 할 경우를
대비해, 어딘가로 그들을 만나러 가야 할 경우를 대비해,
그녀가 얼마나 멀리 사는지 그리고 그들에게 가기 위해 매
일 얼마나 많은 시간을 들이는지 아마 잊어버렸을 그들에
게 전속력으로 달려가야 할 경우를 대비해 만반의 준비를
갖추고 있으려 한다. 부엌에 앉아서 그녀는 포마이카 탁자
를 손톱 끝으로 톡톡 두드린다.

점심시간이 지나간다. 깨끗해진 유리창 앞에 구름이 몰
려오고 하늘이 어두워졌다. 플라타너스 나무들 사이로 바
람이 세차게 불었고, 비가 내리기 시작한다. 루이즈는 안
절부절 서성거린다. 그들이 그녀를 부르지 않는다.

이제 나가기에는 너무 늦었다. 빵을 사러 가거나 바람
을 좀 쐴 수도 있을 것이다. 하지만 아무도 없는 텅 빈 거
리에서 할 일이 아무것도 없다. 동네의 유일한 카페는 술
꾼들 소굴인 데다, 겨우 3시 좀 넘은 시간에 벌써 싸움꾼들
이 인적 없는 공원 창살문에 기대서서 주먹질을 하기도 한
다. 좀 더 일찍 마음을 정하고서 전철을 타고 나가 개학맞
이 쇼핑객으로 붐비는 파리를 거닐었어야 했다. 그녀는 군
중 속에 묻혀 백화점 앞에서 바삐 움직이는 아름다운 여자

들 뒤를 따라다녔을 것이다. 사람들이 커피를 마시고 있는 작은 탁자들을 스치면서 마들렌 근처를 돌아다녔을 것이다. 자기를 툭 치고 지나가는 사람들에게 "죄송합니다."라고 말했을 것이다.

그녀의 눈에 파리는 거대한 쇼윈도다. 그녀는 특히 오페라 구역을 거닐다가 루아이얄 가를 따라 내려가 생토노레 가로 접어드는 것을 좋아한다. 그녀는 천천히 걸으며 행인들과 쇼윈도들을 본다. 전부 다 갖고 싶다. 스웨이드 부츠, 무스탕 조끼, 뱀가죽 가방, 랩 원피스, 레이스가 박음질된 캐미솔. 실크 셔츠, 분홍색 캐시미어 카디건, 상표 없는 스타킹, 사관 제복도 가지고 싶다. 그리고 이 모든 걸 다 살 수 있는 삶을 그려본다. 손가락을 까딱해서 사근사근한 점원에게 마음에 드는 물건들을 가리키는 그런 삶.

똑같은 권태와 불안 속에 일요일이 온다. 소파침대 구석에서 보내는 어둡고 음울한 일요일. 합성섬유로 된 파란 원피스를 입은 채로 잠이 들어, 옷은 끔찍하게 구겨지고 온몸은 땀으로 흠뻑 젖었다. 밤에 여러 번 눈이 떠졌는데 한 시간이 지난 건지 한 달이 지난 건지 도무지 알 수 없었다. 미리암과 폴의 집에서 자고 있는 건지, 보비니 집의 자크 곁에서 자고 있는 건지도 알 수 없었다. 그녀는 다시 눈

을 감고 순식간에 다시 잠에 곯아떨어져 착란상태에 빠져
들었다.

루이즈는 정말이지 주말이 너무 싫다. 스테파니가 함께
살던 시절, 그 아이는 일요일에 왜 아무것도 안 하느냐고,
루이즈가 다른 아이들을 위해 준비하는 활동들을 자기는
왜 못하느냐고 투덜거리곤 했다. 스테파니는 할 수만 있
으면 집 밖으로 나돌았다. 금요일이면 동네 아이들과 밤새
밖에서 지냈다. 아침이 돼서야 다크서클을 드리운 채 충혈
된 눈에다 창백한 얼굴을 하고 집에 들어오곤 했다. 잔뜩
굶주린 채. 아이는 고개를 숙이고 작은 거실을 가로질러
냉장고로 달려들었다. 냉장고 문에 등을 기대고 서서, 루
이즈가 자크의 점심으로 준비해놓은 음식을 통째 들고 손
으로 퍼먹었다. 한번은 머리카락을 새빨갛게 염색했다. 코
에 피어싱을 했다. 그러다가 주말 내내 모습을 보이지 않
기 시작했다. 그러더니 어느 날 다시는 돌아오지 않았다.
더 이상 보비니 집에는 스테파니를 붙드는 것이 아무것도
없었다. 오래전 그만둔 고등학교도. 루이즈도.

루이즈는 물론 가출 신고를 했다. "그 나이에 가출은 흔
한 일이죠. 좀 기다려보면 들어올 거예요." 그 이상 아무
이야기도 해주지 않았다. 그녀는 아이를 찾지 않았다. 얼

마 후에 그녀는 이웃들로부터 스테파니가 남쪽 지방에 있고, 사랑에 빠졌다는 이야기를 전해 들었다. 여기저기 많이 옮겨 다닌다고도. 이웃들은 루이즈가 더 자세한 이야기를 묻지도 않고, 아무런 질문도 하지 않으며, 자기네가 아는 얼마 안 되는 정보나마 더 말해보라고 하지 않는다는 것에 놀라 혀를 내둘렀다.

스테파니는 사라졌다. 그녀는 자라는 내내 자신이 사람들을 불편하게 한다는 느낌 속에 살았다. 그녀의 존재를 자크는 불편해했고, 그녀가 웃으면 루이즈가 돌보는 아이들이 잠에서 깼다. 뚱뚱한 허벅지, 다른 사람들이 좁은 복도를 지나가도록 벽에 바싹 붙어 비켜서는 둔중한 옆모습. 그녀는 통로를 막을까 봐, 사람들에게 부딪힐까 봐, 다른 누군가가 원하는 의자를 막아서고 있을까 봐 두려웠다. 하고자 하는 말을 잘 하지도 못했다. 그녀의 웃음은 나쁜 의도가 전혀 없는데도 사람들 기분을 상하게 했다. 그녀는 결국 투명인간처럼 눈에 띄지 않는 능력을 키워나갔고, 따라서 아무런 소동도 없이, 나간다는 말도 없이, 그렇게 하기로 이미 정해져 있는 듯이 조용히 사라졌다.

월요일 아침 루이즈는 해 뜨기 전에 집에서 나온다. 그녀는 RER 역으로 걸어가 열차를 타고, 오베르에서 갈아타고, 플랫폼에서 기다리고, 라파예트 가를 따라 올라가 오트빌 가에 접어든다. 루이즈는 병사다. 무슨 일이 있어도 전진한다. 못된 아이들이 다리를 부러뜨려놓아도 갈 길을 가는 개처럼, 가축처럼.

따스한 9월, 햇살이 빛난다. 수요일에 학교가 파한 후 루이즈는 꼼짝하지 않으려는 아이들을 부추겨 공원에 놀러 나가거나 수족관에 물고기를 보러 간다. 불로뉴 숲 호수에서 작은 배를 타고 놀다가 루이즈는 물 위에 떠 있는 수초들이 실은 마법을 잃고 복수심에 불타는 마녀의 머리채라고 밀라에게 이야기해주었다. 9월의 끝 무렵에도 어찌나 날씨가 온화한지 루이즈는 즐거운 기분으로 불로뉴 숲 동물원에 아이들을 데려가기로 한다.

전철역 앞에서 한 나이 든 마그레브 사람이 루이즈에게 계단 내려가는 것을 도와주겠다고 한다. 그녀는 감사를 표

하고 아당이 앉아 있는 유모차를 들어올린다. 나이 든 남
자가 그녀를 따른다. 그가 아이들 나이를 묻는다. 그녀는
자기 아이들이 아니라고 말하려 한다. 하지만 그는 이미 몸
을 숙여 아이들을 들여다보고 있다. "아이들이 참 예쁘
네요."

전철은 아이들이 제일 좋아하는 것이다. 루이즈가 제지
하지 않으면 아이들은 플랫폼으로 달려서 다른 승객들 발
을 밟으며 열차 안으로 돌진할 것이다. 이 모든 게 오로지
창가에 자리를 잡고서 입을 헤 벌리고 휘둥그레진 눈으로
바깥을 내다보기 위해서다. 그들은 열차 안에 서 있고, 아
당은 손잡이를 붙들고 열차 운전 시늉을 하는 제 누나를
따라한다.

공원에서 루이즈는 아이들과 같이 달린다. 그들은 같이
웃고, 그녀는 아이들을 몹시 귀여워하며 아이스크림과 풍
선을 사준다. 샛노란 낙엽, 핏빛처럼 붉은 낙엽이 수북이
쌓여 있고, 그녀는 그 위에 누운 아이들 사진을 찍는다. 밀
라는 똑같은 나무인데 왜 어떤 나무들은 이렇게 황금색으
로 반짝이고, 어떤 나무들은 초록색에서 곧장 짙은 밤색이
되며 썩어가는 것처럼 보이는지 묻는다. 루이즈도 이해할
수 없다. "엄마한테 나중에 물어보자."

놀이공원에서 그들은 공포와 기쁨으로 소리 지른다. 현기증이 나는 루이즈는 기차가 어두운 터널 속으로 빨려 들어가거나 전속력으로 내리막길을 달려갈 때 무릎에 앉힌 아당을 꽉 붙든다. 하늘을 나는 풍선, 미키는 우주선이 되었다.

그들은 피크닉을 위해 풀밭에 자리를 잡는다. 몇 미터 옆에 있는 커다란 공작새를 루이즈가 무서워하자 밀라가 놀린다. 루이즈는 미리암이 침대 밑에 둘둘 뭉쳐놓았던 모직 담요를 빨아서 수선해놓았다가 가져왔다. 셋은 풀밭에서 잠이 든다. 잠에서 깬 루이즈 곁에 아당이 꼭 붙어 누워 있다. 돌아보니 밀라가 보이지 않는다. 밀라를 부른다. 크게 소리 지르기 시작한다. 사람들이 돌아본다. 누가 묻는다. "괜찮으세요? 도와드릴까요?" 그녀는 대답하지 않는다. 아당을 안은 채 뛰면서 "밀라, 밀라."라고 울부짖고, 놀이공원을 한 바퀴 돌아 소총 사격장 앞을 뛰어간다. 눈물이 차오르고, 지나가는 사람들을 붙잡고 흔들고 싶고, 자기 아이들 손을 꼭 잡은 채 몰려 있는 모르는 이들을 확 밀치고 싶다. 그녀는 작은 초소가 있는 곳으로 돌아온다. 턱이 너무 떨려서 더 이상 아이의 이름조차 부를 수가 없다.

머리가 깨질 것처럼 아프고 무릎이 후들거린다. 꼼짝도 못 하겠고 입도 못 열겠고 완전히 기진맥진해서 금세 주저앉 을 것만 같다.

그러고 있는데 저쪽 길 끝에 있는 밀라의 모습을 알아 본다. 밀라는 벤치에서 아이스크림을 먹고 있고 한 여자가 곁에서 아이를 들여다보고 있다. 루이즈는 아이를 향해 달 려간다. "밀라! 너 정신이 나갔니? 이렇게 혼자 가버리면 어떡해?" 육십 대 정도 된 여자가 아이를 꼭 끌어안는다. "참, 기막히네요. 댁은 뭐 하고 있었어요? 어떻게 아이가 이렇게 혼자 있게 된 거냐고요? 아이 부모님 전화번호를 대라고 할 수도 있어요. 부모가 좋아할 것 같진 않네요."

그런데 밀라가 그 여자 품에서 튀어나온다. 아이는 여자 를 밀쳐내며 흘겨보고는 루이즈에게 와락 달려들어 다리 를 끌어안는다. 루이즈는 몸을 숙여 아이를 일으킨다. 아 이의 차가운 목덜미에 입을 맞추고 머리카락을 쓰다듬는 다. 그녀는 아이의 창백한 얼굴을 쳐다보며 잠시 소홀했던 것을 사과한다. "우리 아기, 귀여운 우리 아기." 그녀는 아 이를 달래고, 여기저기 입을 맞추고, 품에 꼭 끌어안는다.

작은 금발 여자 품에 아이가 폭 안겨 있는 것을 보고 나 이 든 여자가 누그러진다. 이제 뭐라고 더 할 말이 없다. 그 여자는 나무라는 듯한 태도로 머리를 저으며 그들을 쳐다본다. 아마도 그녀는 사건이 벌어지길 원했을 것이다. 그랬다면 무료한 참에 흥미로운 일이 생겼을 것이다. 보모가 화를 냈다면, 부모를 불러야 했다면, 협박하는 말이 나오고 실행됐다면 무언가 이야기할 거리가 생겼을 것이다. 여자는 결국 벤치에서 일어나 이렇게 말하며 자리를 떴다. "다음에는 조심해요."

루이즈는 두세 번 돌아보며 걸어가는 나이 든 여자를 쳐다본다. 그녀는 고마움의 표시로 미소를 보낸다. 구부정한 모습이 멀어져갈수록 루이즈는 밀라를 점점 더 세게 꽉 안는다. 그녀가 아이의 몸을 꽉 조이자 아이는 "그만해, 루이즈 아줌마, 숨 막혀."라고 애원한다. 아이는 품에서 빠져나오려 몸부림치다가 몸을 흔들어대고 발버둥을 쳐보지만 보모는 아이를 단단히 붙든다. 그녀는 밀라의 귀에 입술을 대고 조용하고 차가운 목소리로 말한다. "다시는 멀리 가지 마, 알아들어? 누가 널 데려가면 좋겠어? 나쁜 아저씨가? 다음번엔 그렇게 될 거야. 아무리 소리치고 울어봐야 소용없어, 아무도 안 올 거야. 그 아저씨가 너한테 어떻게 할 건지 알아? 아니라고? 모른다고? 그 사람은 널 데려가서 숨겨놓고 자기 마음대로 할 거고, 넌 다시는 엄마 아빠도 못 보게 될 거야." 아이를 내려놓으려는데 루이즈는 어깨에 끔찍한 통증을 느낀다. 그녀는 울부짖으며 피가 나도록 자기를 깨문 아이를 밀쳐내려 한다. 밀라의 이가 그녀의 몸에 박히고, 살을 찢고, 미쳐 날뛰는 동물처럼 아이는 루이즈의 팔에 매달려 있다.

　　그날 저녁 루이즈는 아이가 혼자 나다녔던 이야기도, 어깨를 물린 이야기도 미리암에게 하지 않는다. 밀라 역시 그녀가 시키거나 위협하지도 않았지만 아무 말 하지 않는다. 지금 루이즈와 밀라는 서로에게 앙심을 품고 있다. 그들은 오로지 이 비밀로 인해 그 어느 때보다 서로 하나로 묶여 있다는 느낌을 갖는다.

자크

자크는 그녀에게 항상 조용히 하라는 말을 했다. 그는 신경을 긁는 그녀의 목소리가 견딜 수 없었다. "입 좀 다물어, 응?" 차 안에서 그녀는 아무리 입을 다물려고 해도 어쩔 도리가 없었다. 찻길이 무서운데 말을 하면 두려움이 좀 가라앉았다. 쓸데없는 혼잣말에 돌입하면 한마디 끝낸 뒤 숨도 채 안 돌리고 계속 말을 이어갔다. 거리 이름들을 읊고 거기 얽힌 기억들을 늘어놓으며 조잘거렸다.

남편의 화가 폭발 직전이라는 것을 그녀는 잘 감지했다. 그가 라디오 음량을 높이는 건 자기 입을 다물게 하려는 것임을 알았다. 창을 열고 노래를 흥얼거리며 담배를 피우는 건 그녀를 모욕하기 위한 것이라는 사실도 알았다. 남편의 분노가 두렵기는 했지만 때로는 짜릿한 자극이 되기도 한 것이 사실이었다. 그가 속이 뒤틀리고 미쳐 날뛰는 지경으로 몰고 가는 것을 그녀는 즐겼다. 그러면 그는 결국 갓길에 차를 세우고 그녀의 목을 조르며 영원히 입을 다물게 해주겠다고 낮은 목소리로 협박하곤 했다.

자크는 둔하고 시끄러웠다. 늙어가면서 성마르고 거만해졌다. 저녁에 일을 마치고 돌아오면 적어도 한 시간 동안 이런저런 사람에 대한 불평불만을 늘어놓았다. 그의 말대로라면 모든 사람이 그의 돈을 훔쳐가고, 사기를 치고, 그의 상황을 이용해 먹으려 들었다. 처음 해고를 당했을 때 그는 고용인을 노동재판소에 고소했다. 재판 과정에 시간도 많이 들고 엄청난 돈이 나갔지만 마침내 승리의 맛을 보자 소송과 법정에 취미를 붙이게 되었다. 그다음에는 별것 아닌 자동차 사고로 보험사를 고소해서 큰돈을 벌 것이라고 믿었다. 그 후 그는 2층 이웃들을 상대로 시청에, 건물조합에 소송을 신청했다. 매일매일 그는 협박으로 가득한, 읽기도 힘든 편지를 쓰느라 하루를 다 보냈다. 그는 자기에게 우호적으로 적용될 만한 법률 조항을 하나라도 건지려고 법률 조언 인터넷 사이트를 뒤졌다. 자크는 걸핏하면 화를 냈고 끝도 없는 악의에는 한계가 없었다. 그는 다른 이들의 성공을 시기했고 모든 장점을 부인했다. 심지어 다른 이의 비탄을 실컷 맛보기 위해 오후 내내 상사재판소에서 시간을 보내는 일도 있었다. 그는 갑작스러운 파산, 예기치 않은 시련을 즐겼다.

"나는 너 같지 않아." 그는 루이즈에게 거만하게 말하곤 했다. "나는 애새끼들 똥이나 토해놓은 거 치우면서 벌벌 기는 스타일이 아니라고. 그런 건 깜둥이나 하는 일이야." 그는 자기 아내가 아주 고분고분하다고 생각했다. 그것이 잠자리에서는 그를 흥분시켰고, 다른 때는 짜증이 나 견딜 수 없게 했다. 그가 끊임없이 루이즈에게 잔소리를 해대고 그녀는 듣는 척했다. "돈을 돌려달라고 해야지, 간단해." "돈을 안 받으면 단 일 분도 더 일하는 게 아니야." "아프다고 하고 쉬어, 아프다는데 뭐라 그럴 거야?"

자크는 너무 바빠서 일자리를 찾으러 다닐 새가 없었다. 골치 아픈 일거리들이 시간을 다 잡아먹었다. 그는 거의 집 안에 틀어박혀 노상 텔레비전을 켜둔 채 탁자에 서류들을 펼쳐놓고 있었다. 그 시기에 그는 아이들이 집에 와 있는 것이 견딜 수 없어져서 루이즈에게 고용인들 집에 가서 일하라고 명령했다. 아이들 기침 소리, 우는 소리, 심지어 웃음소리까지 그의 신경에 거슬렸다. 무엇보다 특히 루이즈가 끔찍했다. 그저 머릿속에 아이들 생각만 꽉 차서 종종걸음을 치는 루이즈의 모습이 정말 화가 나서 미칠 지경이었다. 그는 언제나 "너나 여편네들 일"이라고 말하곤 했다. 그는 이런 일은 아예 언급도 하지 않는 게 좋다고 생각했다. 이런 이야기는 세상에 드러나지 않은 채 흘러가야 하고, 애들이나 노인들 이야기 같은 건 아무것도 모르고 살아야 했다. 지나가야 할 나쁜 순간들, 똑같은 짓거리가 반복되는 예속의 시기였다. 끔찍한 괴물 같은 몸, 발가벗겨진 수치스러운 몸, 차갑고 냄새나는 몸뚱어리가 모든 것을 다 휩쓸어버리는 시기. 사랑해달라고, 먹을 것을 달라고 요구하는 몸뚱어리들. "사람이라는 게 혐오스러워진다니까."

그 시기에 그는 컴퓨터와 새 텔레비전, 낮잠을 잘 때 등받이를 눕힐 수 있는 안마의자를 신용구매 했다. 천식 환자 숨소리 같은 컴퓨터 소리가 방 안을 가득 채우고, 그 속에서 그는 파란색 화면 앞에 앉아 몇 시간씩 보내곤 했다. 근사한 새 텔레비전을 마주하고 새 안마의자에 앉아 그는 너무 많은 장난감 때문에 멍청이가 된 어린애처럼 리모컨 버튼을 미친 듯이 눌러댔다.

같이 점심을 먹고 있었으니 아마 토요일이었을 것이다. 자크는 늘 그렇듯 화를 내며 욕설을 해댔지만 평소보다 기운이 좀 약했다. 루이즈가 식탁 밑에 놓아준 얼음물 대야에 발을 담근 채였다. 루이즈는 악몽 속에서 아직도 자크의 푸르뎅뎅한 다리, 노상 주물러달라던 그 팅팅 부은 발목, 당뇨 환자의 병든 발목을 본다. 며칠 전부터 루이즈는 그의 안색이 밀랍 같고 눈빛이 희미해졌다는 것을 알아차렸다. 말 한마디 하는 것도 중간에 숨을 안 쉬면 힘겨워한다는 것도 알아보았다. 그녀는 오소부코 요리를 만들었다. 자크는 세 번째 숟가락을 뜨면서 무슨 말을 하려다가 접시에 모두 토해버렸다. 신생아같이 먹은 것을 분수처럼 뿜어내며 토했고 루이즈는 심각하다는 것을 깨달았다. 그냥 지나가지 않으리라는 것을. 그녀는 일어나서 자크의 당황한 얼굴을 보며 "괜찮아요. 별거 아니에요."라고 말했다. 그녀는 포도주를 너무 많이 넣어서 소스가 너무 시게 됐다고 자책하고, 속에서 올라오는 신트림에 대해 바보 같은 이론을 늘어놓으며 계속 떠들어댔다. 그녀는 이런저런 것들을 권하고 자책하고 용서를 구했다. 그녀가 덜덜 떨며 횡설수설 끊임없이 말을 하자 자크에게 엄습한 불안은 커져만 갔다. 마치 저 꼭대기에서 계단을 헛디딘 것 같은, 그래서 등은 부서지고 온몸이 피투성이인 채 아래로 곤두박질치는 자기 자신을 보고 있는 것처럼, 자신의 몸이 그런 상태에 있는 것 같은 불안감. 그녀가 입을 다물었다면 그는 어쩌면 울음을 터뜨렸을지도 모르고, 도움을 구하거나 심지어 따뜻한 위로를 청했을지도 모른다. 하지만 접시를 치우고, 식탁보를 치우고, 바닥을 닦으면서 그녀는 끊임없이 주절거렸다.

자크는 세 달 후에 죽었다. 그는 햇볕에 말리려고 내놓은 뒤 잊어버린 과일처럼 바싹 말라갔다. 장례식 날에는 눈이 내렸고 대기의 빛은 거의 파랬다. 루이즈는 다시 혼자가 되었다.

공증인은 자크가 빚만 남겨놓았다고 설명하며 난처해했다. 그녀는 고개를 끄덕였다. 셔츠 깃에 짓눌린 갑상샘종을 뚫어져라 쳐다보면서 상황을 받아들이는 척했다. 자크에게서 물려받는 것은 무산된 소송들, 대기 중인 재판, 지불해야 할 청구서들뿐이었다. 은행에서는 보비니의 작은 집이 곧 차압될 예정이니 한 달 내에 나가라고 했다. 루이즈는 혼자 짐을 쌌다. 그녀는 스테파니가 남겨놓은 물건들을 꼼꼼히 챙겼다. 자크가 모아놓은 서류 더미는 어떻게 해야 할지 몰랐다. 작은 마당에서 불에 태울까 하는 생각이 들자 잘하면 불길이 자기 집 벽을 훑고 골목의 다른 집 벽들, 동네 전체 벽들로 번질 수도 있겠다고 생각했다. 그렇게 되면 자기 인생의 한 부분이 통째로 연기가 되어 날아갈 것이다. 그렇게 되면 전혀 나쁘지 않을 것이다. 지난 기억들, 어둡고 황량한 거리의 긴 계단들, 자크와 스테파니 사이에서 보낸 지루한 일요일들을 불길이 집어삼키는 것을 그녀는 거기 얌전히, 꼼짝하지 않고 서서 지켜볼 것이다.

하지만 루이즈는 추억의 물건이 든 상자들, 딸의 옷가지와 남편의 계략들을 작은 집 현관에 남겨둔 채 트렁크를 들고 문을 열쇠로 잘 잠근 뒤 집을 나섰다.

그날 밤 그녀는 일주일치 방세를 선불한 호텔방에서 잤다. 그녀는 샌드위치를 만들어 텔레비전 앞에서 먹었다. 혀에 무화과 비스킷을 올려놓고 조금씩 녹여 먹었다. 고독이 거대한 구멍처럼 모습을 드러냈고, 루이즈는 그 속으로 빨려 들어가는 자신을 바라보았다. 몸과 옷에 달라붙은 고독으로 그녀의 모습이 빚어지고, 동작은 자그마한 할머니 몸짓같이 되었다. 고독은 저물녘, 어둠이 내리는 때, 식구 많은 집에서 이런저런 소리들이 올라오는 시간에 다가와 와락 그녀를 덮쳤다. 빛이 약해지고 소리들이 다가온다.

웃음소리, 헐떡이는 소리, 권태로운 한숨 소리까지.

중국인 동네 한 모퉁이의 방에서 그녀는 시간 개념을 잃었다. 그녀는 길을 잃었고, 넋을 놓았다. 온 세상이 그녀를 잊었다. 방에 냉기가 가득한데도 그녀는 오래도록 잠을 잤고, 잠에서 깼을 때는 눈이 퉁퉁 붓고 머리가 지끈거렸다. 그녀는 정말 어쩔 수 없는 경우, 너무 배가 고파서 도저히 견딜 수 없는 때를 제외하고는 밖으로 나가지 않았다. 그녀는 자신이 나오지 않는 영화 세트장 속을 거닐듯, 움직이는 사람들을 바라보는 투명인간처럼 거리를 걸었다. 모든 이들이 어딘가 갈 데가 있는 것 같아 보였다.

고독은 꼭 마약 같았다. 그녀는 자신이 마약을 안 하고 싶은 건지 잘 알 수 없었다. 루이즈는 얼이 빠진 채, 눈이 쿡쿡 쑤셔올 만큼 크게 뜨고 거리를 헤매고 다녔다. 고독 속에서 그녀는 사람들을 보기 시작했다. 사람들을 진짜로 보기 시작했다. 다른 사람들의 삶이 그 어느 때보다 구체적으로 다가와, 진동이 느껴지고 손에 만져졌다. 그녀는 아주 세세한 부분까지 지켜보았다. 테라스에 앉은 커플의 몸짓. 버림받은 노인의 곁눈질. 벤치 등받이에 걸터앉아 책을 펴 들고 있는 여학생들의 교태. 광장에서, 전철역 출구에서, 초조해하며 짜증을 내고 있는 사람들의 기묘한 퍼레이드를 알아보았다. 그녀는 약속 상대가 나타나기를 그들과 함께 기다렸다. 광기를 함께 나누는 동반자들, 혼자 중얼거리는 외로운 사람들, 미친 사람들, 거지들을 매일 마주쳤다.

그 시기에 도시는 미친 사람들로 가득했다.

겨울이 오고 똑같은 나날이 이어진다. 비가 많이 내리는 차가운 11월. 바깥 보도는 빙판이다. 나갈 수가 없다. 루이즈는 아이들을 재미있게 해주려고 애쓴다. 놀이를 만들어 내고 노래를 부른다. 그들은 종이상자로 집을 만든다. 그러나 하루는 끝날 것 같지 않다. 열이 있는 아당이 계속 칭얼거린다. 루이즈는 아당이 잠들 때까지 거의 한 시간 동안 두 팔로 아이를 안고 달랜다. 거실을 빙빙 돌던 밀라 역시 신경이 날카로워진다.

"이리 와봐." 루이즈는 아이에게 말한다. 밀라가 다가오자 보모는 아이가 몹시도 궁금해했던 조그만 흰색 파우치를 가방에서 꺼낸다. 밀라에게 루이즈는 세상에서 최고로 아름다운 여자로 보인다. 니스로 가는 비행기에서 사탕을 건네주었던, 예쁘게 꾸민 금발 승무원과 닮았다. 루이즈는 설거지를 하고, 학교에서 집까지 뛰고, 하루 종일 아무리 바삐 움직여도 조금의 흐트러짐 없이 늘 완벽하다. 머리카락은 꼼꼼하게 뒤로 빗어 넘겼다. 검은색 마스카라를 적어도 세 번은 짙게 덧발라 눈은 꼭 놀란 인형 같다. 그다음, 그녀의 손, 부드럽고 꽃 냄새가 나는 손. 절대 갈라지는 법이 없는 매니큐어를 바른 손.

때로 루이즈가 밀라 앞에서 손톱 손질을 할 때면 아이는 두 눈을 감고 아세톤 냄새, 그리고 절대 손톱을 벗어나는 법 없이 재빨리 펴 바르는 매니큐어 냄새를 들이마신다. 아이는 그녀가 허공에 손을 흔들고 손톱에 입김을 불어 말리는 모습을 홀린 듯 쳐다본다.

밀라가 루이즈의 뽀뽀를 허용하는 것은 그녀의 뺨에서 나는 파우더 냄새를 맡고 눈꺼풀에서 반짝이는 아이섀도를 좀 더 가까이에서 보기 위해서다. 아이는 그녀가 입술에 립스틱 바르는 모습을 관찰하는 것도 좋아한다. 루이즈는 언제나 티 한 점 없는 거울을 한 손에 들고 묘하게 얼굴을 찡그리며 입술을 양쪽으로 펴는데, 밀라는 나중에 욕실에 가서 그대로 따라해본다.

루이즈는 파우치를 뒤진다. 그녀는 아이의 손을 잡고 아주 작은 통에서 장미 크림을 덜어내 손바닥에 발라준다. "냄새 좋지?" 그녀가 밀라의 작은 손톱에 매니큐어를 칠해주자 아이는 놀라 눈이 휘둥그레진다. 아세톤 냄새가 심하게 나는 흔해빠진 분홍색 매니큐어. 밀라에게는 여자를 의미하는 냄새다.

"양말 벗어볼래?" 그러고는 이제 막 유아기를 벗어난 오동통한 발가락에 매니큐어를 바른다. 루이즈는 탁자에 파우치의 내용물을 모두 꺼내놓는다. 주황색 먼지와 파우더 냄새가 퍼진다. 밀라는 좋아서 펄쩍 뛰며 웃는다. 루이즈는 이제 아이에게 빨간 립스틱과 푸른색 아이섀도를 발라주고 두 뺨에는 주황색 볼터치를 발라준다. 아이의 머리를 숙이게 하고서 너무 가늘고 곧은 머리카락을 거꾸로 빗어올려 말갈기처럼 부풀어 오르게 한다.

두 사람은 얼마나 깔깔 웃어댔는지, 폴이 현관문을 닫고 거실로 들어오는 소리도 못 듣는다. 밀라는 두 팔을 활짝 펴고 입을 벌려 미소 짓는다.

"이것 좀 봐, 아빠. 루이즈 아줌마가 해준 것 좀 봐!"

폴은 아이를 뚫어져라 쳐다본다. 평소보다 일찍 집에 들

어와 아이들을 볼 수 있어 몹시 기분이 좋았던 그는 혐오
감에 사로잡힌다. 불결하고 퇴폐적인 광경을 목도한 느낌
이다. 신의 딸이, 저토록 작고 어린 딸이 꼭 여장 남자같이,
망가지고 퇴물이 된 옛 카바레 여가수같이 화장을 하고 있
다. 그는 정신을 잃는다. 노발대발 불같이 화를 낸다. 이런
광경을 보게 만든 루이즈가 끔찍하게 싫다. 밀라, 그의 천
사, 그의 파란 잠자리가 저렇게 길거리 동물처럼 추하다
니, 히스테릭한 할머니가 산책길에 옷을 입혀 데리고 나선
개처럼 우스꽝스럽다니.

"아니, 이게 다 뭡니까? 대체 무슨 생각을 하는 거예요?"
폴이 고함을 지른다. 그는 밀라의 팔을 붙잡고 욕실로 데
려가 의자에 앉힌다. 거칠게 얼굴에 묻은 화장을 닦아낸
다. 아이는 "아프단 말이야."라고 울부짖는다. 아이는 흐느
껴 울고, 붉은 립스틱은 아이의 하얀 피부에 더 끈끈하게
번지기만 한다. 폴은 자신이 아이를 점점 더 망가뜨리고,
더 더럽히고 있다는 느낌이 들어 분노가 걷잡을 수 없이
커진다.

"루이즈, 경고하는데요, 다시는 이런 꼴 보고 싶지 않습
니다. 이런 거 정말 끔찍해요. 내 딸한테 이런 상스러운 짓
은 가르칠 생각 없어요. 이렇게 어린아이를 이런…… 이런

꼴로 변장을 시키다니. 무슨 말인지 알겠죠."

　루이즈는 아당을 팔에 안고 욕실 입구에 서 있다. 아빠
가 소리를 질러대고 소란이 벌어지는데도 아기는 울지 않
는다. 마치 자기는 신의 편을, 루이즈 편을 이미 선택했다
는 것을 의미하는 듯, 차갑고 경계하는 시선으로 폴을 바
라본다.

스테파니는 죽었을 수도 있다. 루이즈는 때로 그런 생각을 한다. 그 아이가 살지 못하게 할 수도 있었다. 알 속에 있을 때 숨을 틀어막을 수도 있었다. 아무도 몰랐을 것이다. 누군가 열렬히 관심을 가지고 그런 그녀를 비난할 생각도 안 했을 것이다. 아이를 없애버렸다면 어쩌면 사회가 오늘날 그녀에게 감사했을지도 모른다. 시민의식, 냉철함을 보여주었다고 말이다.

루이즈가 스물다섯 살이었던 때, 아침에 일어나는데 가슴이 묵직하고 통증이 느껴졌다. 새로운 슬픔이 그녀와 세상 사이에 끼어들었다. 무언가 잘못되고 있다는 것이 확실히 느껴졌다. 그 당시 그녀는 화가 프랑크 씨와 그의 어머니가 함께 사는 14구의 저택에서 일하고 있었다. 루이즈는 프랑크 씨의 작품들이 잘 이해가 되지는 않았다. 그녀는 거실과 복도, 침실 벽에 걸린 그림들 앞에 멈춰 서서 형태가 일그러진 여자들의 거대한 초상들을 바라보곤 했다. 고통으로 꼼짝하지 못하는, 또는 황홀감에 마비된 여자들의 몸, 그 화가를 유명하게 만든 여자들의 모습이었다. 루이즈는 그 몸들이 아름다운지 아닌지는 알지 못했지만, 그 그림들이 좋았다.

프랑크 씨의 어머니, 쥬느비에브는 기차에서 내리다가 대퇴골 경부 골절상을 입었다. 그녀는 그때부터 일어나 걷지 못했고, 플랫폼에서 정신도 놓아버렸다. 그녀는 대부분 1층의 밝은 침실에서 발가벗은 채 누워서 지냈다. 옷을 입히는 것이 너무나 힘들었다. 어찌나 세차게 발버둥을 쳐대는지 사람들은 가슴과 성기를 다 드러내놓은 그녀를 펼쳐놓은 침구 위에 눕히는 데 만족해야 했다. 방치된 그 몸을 바라보는 일은 끔찍했다.

프랑크 씨는 숙련되고 매우 비싼 간호사들을 고용하기 시작했다. 하지만 이들은 노인의 투정이 심하다고 불평했다. 그녀들은 약으로 그녀를 때려눕혔다. 아들은 그들이 냉정하고 난폭하다고 생각했다. 그는 눈을 위로 치켜뜨거나 한숨을 내쉬지 않고, 자기 어머니의 헛소리를 잘 들어줄 친구 같은 사람, 유모, 다정한 여자를 꿈꾸었다. 루이즈가 너무 젊긴 했지만 그는 그녀의 엄청난 힘에 깊은 인상을 받았다. 첫날 그녀는 침실로 들어가더니 혼자서 그 무거운 몸을 마치 판때기 하나 들듯 들어 올렸다. 끊임없이 말을 하면서 그녀가 몸을 씻기는데 쥬느비에브가 이번에는 소리를 지르지 않는 것이었다.

루이즈는 할머니와 같이 잤다. 할머니를 씻겼다. 밤이면 헛소리를 들어주었다. 쥬느비에브는 아기들처럼 해질녘을 무서워했다. 어둑해지는 햇빛, 어스름, 침묵이 두려워 그녀는 소리를 질렀다. 저녁 공포가 있었다. 그녀는 벌써 사십년 전에 죽은 자기 어머니를 불러대며 자기를 데리러 오라고 애원했다. 의료용 침대 옆에서 잠을 자던 루이즈는 할머니를 달래보려고 했다. 할머니는 그녀에게 욕설을 퍼붓고 창녀, 화냥년, 똥개 취급을 했다. 그녀를 때리려고도 했다.

얼마 후 루이즈는 어느 때보다 깊이 잠들기 시작했다. 쥬느비에브가 아무리 소리를 질러도 이제 방해가 되지 않았다. 곧이어 그녀는 더 이상 할머니를 돌아 눕히거나 휠

체어에 앉히지도 못하게 되었다. 팔에 힘이 다 빠진 것 같았고 등이 끔찍하게 아팠다. 어느 날 오후 벌써 어둑어둑해지려는 무렵, 쥬느비에브가 중얼중얼 무언가 간절하게 빌어대는 때, 루이즈는 프랑크 씨의 아틀리에로 올라가 상황을 설명했다. 프랑크는 루이즈가 예상치 못하게 격노했다. 그는 방문을 닫더니 그녀에게 다가와 회색 눈을 똑바로 뜨며 그녀를 쏘아보았다. 그가 자신을 해치려 한다는 생각이 잠깐 그녀를 스쳤다. 그런데 그가 웃기 시작했다.

"루이즈, 당신 같은 처지라면, 독신에 겨우 밥벌이를 하는 그런 상황이면 말이에요, 보통은 아이를 낳지 않아요. 내 생각을 그대로 말하자면, 당신이 완전히 무책임하다고 느껴져요. 눈을 동그랗게 뜨고 바보같이 웃으며 나한테 와서 이렇게 통보를 하다니요. 그러면 어쩌라고요? 샴페인이라도 딸까요?" 그는 커다란 방에서 뒷짐을 지고 미완성 캔버스들 사이를 왔다 갔다 했다. "당신은 이게 좋은 소식이라고 생각해요? 그렇게 분별력이 없어요? 내 말 들어봐요, 당신은 상황이 나아지게 도움을 주려는 나 같은 주인을 만난 게 다행이에요. 벌써 진즉에 내쫓았을 사람들을 내가 많이 알죠. 세상에서 내게 가장 중요한 사람, 내 어머니를 당신에게 믿고 맡기는데, 당신은 이렇게 경솔하고 경우라

고는 전혀 없는 사람이었군요. 일이 없는 저녁에 당신이
뭘 하든 상관 안 해요. 문란한 당신 사생활은 내가 상관할
바 아니에요. 하지만 삶은 파티가 아니라고요. 아기를 낳
아서 어떻게 하려고요?"

사실 프랑크 씨는 루이즈가 토요일 저녁에 하는 일에 개
의치 않은 것이 아니었다. 그는 점점 더 집요하게 질문을
해댔다. 그는 그녀가 실토하도록 그녀를 잡아 흔들고 따귀
를 때리고 싶었다. 자기 눈이 닿는 곳에, 쥬느비에브의 침
대 머리맡에 있지 않을 때 그녀가 뭘 하는지 말을 하도록.
그는 어떤 애무로부터 이 아이가 생겨났는지, 어떤 침대에
서 루이즈가 쾌락과 음욕과 웃음에 몸을 맡겼는지 알고 싶
었다. 그는 아이의 아버지가 누군지, 어떤 사람인지, 어디
서 만났는지, 어떻게 하겠다고 하는지 그녀에게 끊임없이
물어댔다. 하지만 루이즈는 한결같이 "아무도 아니에요."
라고 답할 뿐이었다.
프랑크 씨는 모든 일을 자기가 맡았다. 그녀를 직접 의
사에게 데려갈 것이며 수술받는 동안 기다리겠다고 했다.
일단 그 일이 끝나면 그녀와 정식 계약을 맺을 것이고, 그
녀 이름으로 된 은행 계좌에 돈을 입금해줄 것이며, 유급

휴가도 줄 것이라고 약속까지 했다.

　수술 당일 루이즈는 잠에서 깨지 못했고 예약을 놓쳐버
렸다. 스테파니는 그녀 속으로 파고들며, 그녀를 늘어뜨리
며, 그녀의 젊음을 갈가리 찢어놓으며 자신의 존재를 주장
했다. 축축한 나무에서 버섯이 자라듯 그녀는 자랐다. 루
이즈는 프랑크 씨 집에 돌아가지 않았다. 할머니를 다시는
보지 않았다.

마세 씨네 아파트에 틀어박혀 그녀는 때로 미쳐가는 느낌이 든다. 며칠 전부터 뺨과 손목에 붉은색 반점들이 나타났다. 루이즈는 손과 얼굴을 차가운 얼음물에 담가 타는 듯한 통증을 가라앉혀야만 한다. 기나긴 겨울의 하루하루에 엄청난 고독감이 그녀를 죄어온다. 공포에 사로잡혀 아파트를 나서고, 현관문을 닫고, 추위에 맞서 아이들을 작은 공원에 데려간다.

작은 공원들, 겨울날의 오후들. 가랑비에 낙엽이 쓸려간다. 차가운 자갈이 날아와 아이들 무릎에 들러붙는다. 한

적한 산책로의 벤치에서 세상이 더 이상 원치 않는 사람들과 마주친다. 그들은 비좁은 아파트, 음울한 거실, 무위와 권태로 움푹 파인 안락의자를 피해 밖으로 나온다. 팔짱을 낀 채 몸을 웅크리고 덜덜 떠는 편이 낫다. 오후 4시, 아무 일 없는 하루가 영원히 끝나지 않을 것 같아 보인다. 오후의 한가운데, 시간이 헛되이 흘러가버렸음을 알게 되는 시간, 이제 저녁이 오면 어떻게 하나 걱정하는 시간이다. 이 시간이 되면 사람들은 자신이 아무 데도 소용되지 않는다는 것이 부끄러워진다.

겨울의 오후, 작은 공원에는 부랑자, 거지, 실업자, 노인, 병자, 떠돌이, 불안정한 온갖 사람들이 드나든다. 일하지 않는 사람들, 아무것도 생산하지 않는 사람들. 돈을 벌지 않는 사람들. 봄에는 물론 연인들이 돌아오고, 몰래 만나는 커플들이 보리수 아래, 꽃 핀 규방에서 은신처를 찾고, 관광객들은 조각상 사진을 찍는다. 하지만 겨울, 겨울은 다르다.

차가운 미끄럼틀 주위에 보모들과 그들 아이들 군단이 있다. 어린아이들은 거북할 만큼 두꺼운 털옷에 감싸여 콧물을 흘리며, 손가락은 새파래진 채로 뚱뚱한 일본 인형처럼 뛰어다닌다. 그들은 하얀 입김을 내뿜고는 신기해서 쳐다본다. 중무장을 하고 유모차에 탄 아기들은 자기네보다 나이가 많은 아이들을 쳐다본다. 아마도 어떤 아기들은 침울해지거나 조급함을 느낄 것이다. 어쩌면 이 아기들은 자기들도 얼른 나무 평행봉에 기어올라 몸을 덥히고 싶을지 모른다. 아기들은 저 여자들의 감시를 벗어날 생각에 안달이 난다. 여자들의 단호하거나 난폭한 손에, 부드럽거나 힘없는 손에 다시 붙잡히겠지만. 차디찬 겨울날, 헐렁한 북아프리카 윗옷을 입은 여자들의 손에.

어머니들도 있다. 희미한 시선의 어머니들. 최근의 출산으로 세상의 경계에 붙들린 어머니, 벤치에 앉아 아직 물렁물렁한 자기 배의 무게를 느끼는 어머니. 그녀는 고통의 몸, 무언가를 분비하는 몸, 시큼한 모유와 피 냄새가 나는 몸을 입고 있다. 그녀가 끌고 다니는 몸, 그녀가 돌보지도 않고 쉬게 하지도 않는 몸. 미소를 머금은, 환하게 빛나는 어머니, 모든 아이들이 은근히 쳐다보는 어머니도 아주 드물게 있다. 오늘 아침 작별 인사를 하지 않은 어머니들, 다른 여자의 품에 아이를 맡기지 않은 어머니들. 특별한 휴가 덕분에 그곳에 나오게 된 어머니들, 공원에서 이 평범한 겨울의 하루를 묘한 열기를 띠고 활용하는 어머니들.

남자들도 있지만 작은 공원의 벤치 가까이, 모래 통이

있는 곳에 더 가까이, 아이들 더 가까이 머물러 있다. 여자들은 촘촘한 벽을 만들고, 넘을 수 없는 방어진을 친다. 누군가에게 바짝 다가서는 남자들, 보통 여자들의 세상에 관심을 갖는 남자들을 사람들은 경계한다. 아이들에게 미소 짓는 남자, 아이들의 포동포동한 뺨과 짧은 다리를 쳐다보는 남자를 사람들은 멀리 쫓아낸다. 할머니들은 "요즘엔 어쩨 그리 소아성애자가 많은지. 우리 때는 그런 거 없었어."라며 통탄한다.

루이즈는 밀라에게서 눈을 떼지 않는다. 아이는 미끄럼틀에서 그네로 뛰어간다. 아이는 추위에 사로잡히지 않으려고 잠시도 멈추지 않는다. 아이는 다 젖은 자기 장갑을 분홍색 외투에 문질러 닦는다. 아당은 유모차에서 자고 있다. 루이즈는 담요로 둘둘 만 아당의 스웨터와 양털 모자 사이 목덜미를 가만히 쓰다듬는다. 금속처럼 반짝이는 차가운 겨울 햇살에 그녀가 눈을 찌푸린다.

"먹을래요?"

젊은 여자 하나가 다리를 벌리고 그녀 곁에 다가와 앉았다. 여자는 꿀을 바른 케이크가 들러붙은 작은 상자를 내민다. 루이즈는 여자를 쳐다본다. 스물다섯 살도 채 안 된 여자, 좀 상스럽게 미소를 짓는다. 검은색 긴 머리카락은 지저분하고 빗질도 하지 않았지만 예쁘장한 모습이 엿보인다. 아무튼 매력이 있다. 육감적인 살집에 불룩한 배, 굵은 허벅지. 그녀는 입을 벌리고 케이크를 먹어대고 꿀로 범벅이 된 손가락들을 쪽쪽 빤다.

"고맙지만 괜찮아요." 루이즈는 손짓으로 케이크를 사양한다.

"우리 나라에서는 언제나 모르는 사람들한테 먹을 걸 권해요. 사람들이 뭘 혼자 먹는 건 여기서 처음 봤어요." 네 살가량 된 남자아이가 이 젊은 여자에게 다가오자 여자가 입에 케이크를 밀어 넣어준다. 꼬마가 웃는다.

"네 몸에 좋은 거야." 그녀가 아이에게 말한다. "비밀이야, 알았지? 엄마한테는 아무 말 안 하는 거야."

꼬마의 이름은 알퐁스이고 밀라는 그 아이와 노는 걸 좋아한다. 루이즈는 작은 공원에 매일 가고 매일 와파가 권하는 기름진 페이스트리를 사양한다. 그녀는 밀라도 먹지 못하게 하지만 와파는 기분 나빠하지 않는다. 수다스러운 그 여자는 벤치에서 루이즈에게 바싹 엉덩이를 붙이고 앉아 자기가 살아온 이야기를 한다. 주로 남자들 이야기다.

와파는 별로 섬세하지 못하지만 곤경을 잘 벗어나는 커

다란 고양잇과 동물을 떠올리게 한다. 아직 체류증이 없는데도 별로 걱정하는 것 같아 보이지 않는다. 그녀는 카사블랑카의 수상한 호텔에서 한 늙은 남자에게 마사지를 해주다가 그 사람 덕분에 프랑스에 왔다. 남자는 너무도 부드러운 그녀의 손에 애착을 가지게 되고, 그다음에는 그녀의 입에, 엉덩이에, 그리고 마침내는 그녀가 자신의 본능과 어머니의 조언에 따라 그에게 제공한 몸 전체에 애착을 가지게 되었다. 그 늙은 남자가 그녀를 파리에 데려왔는데, 살고 있는 아파트는 정말 형편없었고, 국가의 돈을 받아 생계를 이어가고 있었다. "그 사람은 내가 임신을 할까 봐 겁을 냈고, 그 사람 자식들은 나를 내쫓으라고 난리였어요. 하지만 노인네는 내가 남아 있기를 원했을 거예요."

루이즈 앞에서 그리고 그녀의 침묵 앞에서, 와파는 사제나 경찰에게 사실을 털어놓듯 이야기를 한다. 그녀는 결코 기록되지 못할 인생의 자잘한 이야기들을 루이즈에게 들려준다. 그 늙은 남자 집을 떠난 뒤에는 한 여자가 그녀를 거둬서 신분증이 없는 젊은 이슬람 여자들을 위한 만남 사이트에 등록해주었다. 어느 날 저녁 한 남자가 그녀에게 교외의 맥도날드에서 만나자고 했다. 그 남자는 그녀가 예쁘다고 했다. 그는 그녀에게 선금을 주었다. 겁탈을 하려

들기까지 했다. 그녀는 가까스로 그를 진정시켰다. 그리고
돈 이야기를 시작했다. 유세프라는 그 남자는 2만 유로를
받고 그녀와 결혼해주기로 했다. "프랑스 신분증명서를 얻
는 데 비싼 것도 아니야."라고 했다.

그녀는 프랑스인과 미국인 부부 집에서 운 좋게 이 일을
찾았다. 그들은 까다롭긴 하지만 그녀에게 잘 대해준다.
집에서 100미터 떨어진 곳에다 옥탑방을 얻어주었다. "그
사람들이 방세를 내주는 대신 하라는 건 다 해야 돼요."

"난 저 애를 무지 좋아해요." 그녀는 알퐁스를 눈에 넣
을 듯 사랑스럽게 바라보며 말한다. 루이즈와 와파는 아무
말 하지 않는다. 차가운 바람이 공원을 휩쓸고 가고, 그녀
들은 이제 곧 가야 한다는 것을 안다. "불쌍한 녀석. 쟤 좀
봐요. 겨우 움직이잖아요. 내가 너무 껴입혔죠. 감기에 걸
리면 쟤 엄마가 나를 죽이려고 들 거예요."

와파는 때로 이런 공원에서 나이 들어가는 것이 두렵다.
이 얼어붙은 낡은 벤치에서 무릎에 힘이 빠지는 걸 느끼는
것, 더 이상 아이를 들어 올릴 힘도 없어지는 것. 알퐁스는
자랄 것이다. 그는 겨울의 어느 오후에 더 이상 공원에 발
을 들여놓지 않을 것이다. 그는 햇빛이 있는 곳으로 가리
라. 휴가를 떠나리라. 심지어 어쩌면 그녀가 남자들을 마

사지했던 그랜드 호텔에서 자게 되는 일도 있으리라. 자기가 키운 저 아이가 노랑과 파랑 타일이 깔린 테라스에서 그녀의 자매나 사촌에게 서비스를 받으리라.

"있잖아요, 모든 게 돌고 돌아 거꾸로 돼요. 저 아이의 유년과 내 노년. 내 젊음과 저 아이의 남자로서의 인생. 운명은 뱀처럼 사악해요. 항상 비탈의 나쁜 쪽으로 우리를 밀어붙이려 든단 말이죠."

비가 내린다. 들어가야 한다.

폴과 미리암에게 겨울은 쏜살같이 지나간다. 부부는 최근 몇 주간 거의 얼굴을 보지 못한다. 둘 중 하나가 잠들어 있는 침대에 다른 하나가 들어가 눕는다. 시트 속에 들어가 서로의 발을 포개거나 목덜미에 키스를 하고, 상대가 자다가 방해를 받아 동물처럼 그르렁거리는 소리를 들으며 웃는다. 낮에는 서로 전화를 하고 메시지를 남긴다. 미리암은 사랑의 표현을 담은 포스트잇을 써서 욕실 거울에 붙인다. 폴은 한밤중에 그녀에게 연습 장면 영상들을 보내 준다.

삶은 이런저런 책무와 완수해야 할 계약, 잊으면 안 될 약속의 연속이 되었다. 미리암과 폴은 일로 정신이 없다. 그들은 그렇게 일에 치인다는 것이 곧 성공을 알리는 징표이기라도 한 듯, 끊임없이 정신이 없다는 말을 한다. 그들의 삶은 용량을 초과해서, 남은 자리는 겨우 잠을 위한 것일 뿐, 무언가를 응시할 자리는 전혀 없다. 그들은 택시에서 신발을 갈아 신어가며 뛰어다니고, 자기 일에 중요한 사람들과 술잔을 든다. 그들 두 사람은 수입과 지출이라는 명확한 목표와 더불어 돌아가는 기업의 주인이 된다.

종이 냅킨, 포스트잇, 또는 책의 마지막 장 등 집 안 여기저기에서 미리암이 쓴 메모들이 발견된다. 그녀는 그것들을 어디에 두었는지 찾느라 시간을 보낸다. 그 목록을 버리면 해야 할 일을 자칫 놓치기라도 할 것처럼 버리기를 두려워한다. 아주 옛날 것까지 보관해두는데, 때로는 메모 내용이 모호하고 무슨 일과 관련된 것인지 생각이 나지 않아 한참을 물끄러미 바라보며 다시 읽는다.

— 약국
— 밀라에게 닐스 이야기 해주기
— 그리스 예약
— M에게 전화하기

— 내 메모들 모두 다시 읽기

— 옷집 다시 가보기. 그 드레스 사기?

— 모파상 다시 읽기

— 그에게 깜짝 선물하기?

폴은 행복하다. 자기 삶이 이제야 마음속 욕망과 폭발하는 에너지, 삶의 즐거움을 감당할 수 있는 수준에 이른 것 같다. 들판에서 뛰어놀며 소년기를 보낸 그가 이제 비로소 날개를 활짝 펼친다. 몇 달 만에 일이 제대로 전환점을 맞아, 난생처음으로 정확히 자신이 원하는 것을 하게 된다. 그는 더 이상 히스테릭한 프로듀서나 어린애 같은 가수들 앞에서 그 사람들 일을 하느라고, 입을 다물고 하라는 대로 하느라고 나날을 보내지 않는다. 연락도 없이 여섯 시간씩 늦는 그룹들을 기다리며 보낸 날들은 이제 끝이다. 컴백하는 버라이어티쇼 가수들과 하는 녹음, 첫 음을 시작하려면 술 몇 리터에 수십 번 지적이 필요한 이들과의 녹음도 끝이다. 폴은 늘 굶주렸던 음악과 새로운 아이디어, 왁자한 웃음소리에 둘러싸여 스튜디오에서 여러 밤을 보낸다. 그는 작은북의 음, 타악기 배열 등을 주도면밀하게 정비한다. 아이들과 집에 같이 있지 못하는 걸 아내가 걱정할 때마다 그는 "루이즈가 있잖아."라고 말한다.

미리암이 임신했을 때 몹시 기뻐하긴 했지만, 자신의 삶이 달라지게 하지는 않을 거라고 친구들에게 미리 알렸다. 미리암은 그가 옳다고 생각했고, 어쩌면 저렇게 활동적이고, 저렇게 잘생기고, 저렇게 독립적일까 더욱더 감탄하며 자기 남자를 바라보았다. 그는 자신들의 삶이 빛을 잃지 않게 하겠다고, 살면서 놀라운 일들이 계속 일어나게 하겠다고 그녀에게 약속했다. "우리 여행도 많이 하고, 아이는 팔 밑에 끼고 다니자. 당신은 대단한 변호사가 될 거고, 나는 잘나가는 아티스트들을 프로듀싱할 거야, 아무것도 달라질 건 없어." 그들은 그런 척했고, 분투했다.

밀라가 태어나고 몇 달 후, 삶은 약간 비장한 코미디가 되었다. 미리암은 다크서클과 우울을 숨겼다. 그녀는 하루 종일 잠이 온다는 것을 인정하기 두려웠다. 그 시기에 폴이 그녀에게 "무슨 생각해?"라고 묻기 시작했는데, 그때마다 그녀는 울고 싶었다. 친구들을 집에 초대하기도 했다. 미리암은 그들을 문밖으로 내쫓거나, 테이블을 뒤집어엎고, 열쇠로 문을 잠근 채 방에 틀어박히고 싶은 것을 꾹 참아야 했다. 친구들은 깔깔 웃고 마셔대며 놀았고 폴은 술을 계속 더 따랐다. 그들이 토론을 벌이면 미리암은 딸이

깰까 걱정했다. 그녀는 피곤해서 울부짖고 싶었다.

아당이 태어나자 모든 것이 더 악화되었다. 퇴원하고 돌아온 날 밤 미리암은 투명한 요람을 곁에 두고 침실에서 잠이 들었다. 폴은 잠을 청하지 못했다. 집에서 이상한 냄새가 나는 것 같았다. 애완동물 가게에서 나는 냄새, 또는 주말에 가끔 밀라를 데리고 갔던 강둑에서 나는 냄새. 분비물과 감금의 냄새, 오줌에 젖었다가 마른 이불 냄새. 이 냄새 때문에 그는 토할 것 같았다. 일어나서 쓰레기통을 아래층에 내려다놓았다. 창문을 열었다. 그런 다음 깨달았다. 뒤죽박죽 엉망인 화장실, 집에 이 썩은 공기를 퍼뜨리고 있는 화장실에서 밀라가 온갖 것을 다 가져다가 아무데나 내던져놓았다는 것을.

이 시기에 폴은 자신이 해야 할 일들에 짓눌려 마치 덫에 걸린 느낌이었다. 어쩌면 저렇게 모든 게 자연스럽고, 웃음은 호탕하며 미래에 대한 믿음이 굳건하느냐며 모두들 감탄했지만 그는 빛을 잃고 시들어갔다. 금발에 키가 훤칠한 그가 지나가면 여자들이 모두 뒤돌아보아도 자기는 의식도 못 하던 사람. 이제 그는 기발한 아이디어를 내는 일도 없고, 주말 산행을 제안하지도 않으며, 차를 달려 해변에 굴을 먹으러 가자고 하지도 않는다. 아당이 태어나고 몇 달 후, 그는 집을 피하기 시작했다. 없는 약속을 지어내고, 집에서 먼 동네로 가서 혼자 몰래 맥주를 마셨다. 그의 친구들 역시 부모가 되었고, 대부분은 파리를 떠나 교외나 지방으로 또는 유럽 남쪽 따뜻한 지역으로 갔다. 몇 달 동안 폴은 무책임하고 한심한 어린애가 되었다. 비밀이 생겼고 도망을 치고만 싶었다. 그렇다고 자신에 대해 관대하지도 못했다. 자신의 태도가 얼마나 진부한지 잘 알았다. 그가 원하는 건 집에 들어가지 않는 게 전부였다. 자유롭고 싶은 것, 좀 더 인생을 살고 싶은 것이 다였다. 조금밖에 살아보지 못했는데 너무 늦게야 그걸 깨달은 것이었다. 아버지라는 옷은 그에게 너무 크고도 침침해 보였다.

그러나 이미 일은 벌어졌고, 그걸 더 이상 원하지 않는다고 할 수는 없었다. 사랑하는 아이들, 너무나 예쁜 아이들, 왜 낳았을까 하는 생각은 떠올릴 수도 없다. 그러나 모든 것에 회의가 들었다. 아이들의 몸짓을 보고 냄새를 맡으면, 자신을 그렇게 따르는 것을 보면 형언할 수 없을 만큼 가슴이 뭉클해진다. 때로 그는 아이들과 더불어 자신도 아이이고 싶었다. 그들과 똑같은 아이가 되어 유년으로 녹아들고 싶었다. 자기 안의 무언가가 죽었는데 그건 단지 젊음만도 아니었고 아무 걱정 없는 무사태평한 마음만도 아니었다. 그는 더 이상 무용한 존재가 아니었다. 누군가 그를 필요로 했고, 그렇게 되어야지 어쩔 도리가 없었다. 아버지가 되면서 그는 원칙과 확신, 절대 가지지 않겠다고 맹세했던 그것들을 받아들였다. 그의 관대함은 상대적이 되었다. 열정은 미지근해졌다. 그의 우주가 줄어들었다.

이제 루이즈가 있어서 폴은 다시 아내에게 밖에서 만나자는 약속을 하기 시작했다. 어느 날 오후 그녀에게 메시지를 보냈다. "프티페르 광장." 그녀의 답이 없자 오히려 그것이 근사하게 여겨졌다. 사랑에 빠진 여인의 조신함, 침묵 같은 것처럼. 그는 떨리는 가슴으로 약속 시간에 못 미처 살짝 걱정을 하면서 광장에 도착했다. "올 거야, 틀림없이 올 거야." 그녀가 왔고, 그들은 예전처럼 강둑을 거닐었다.

루이즈가 얼마나 필요한지 알고 있으면서도 그는 이제 그녀를 견디기가 힘들다. 인형 같은 몸, 불쾌한 얼굴로 그녀는 그를 짜증 나게 하고 신경이 곤두서게 한다. 그는 어느 날, "너무 완벽하고 예민해서 가끔 혐오감 같은 게 들어."라고 미리암에게 털어놓는다. 그녀의 소녀 같은 몸매도, 아이들의 몸짓을 하나하나 분석하는 방식도 끔찍하다. 그는 루이즈의 한심한 교육이론, 할머니 같은 방식들을 무시한다. 그녀가 하루에도 열 번씩 그들의 휴대전화에 보내주는 사진들을 조롱한다. 사진 속에서 아이들은 활짝 웃으면서 빈 접시를 들어 보이고, 그녀는 거기에다 "다 먹었어요."라는 말을 덧붙여놓는다.

화장 사건 후로 그는 그녀에게 최소한의 말만 한다. 그날 저녁에는 그녀를 내보낼 생각까지 했다. 그는 전화로 미리암과 의논을 하려 했다. 그녀는 사무실에서 전화를 받았지만 의논할 시간은 없었다. 그래서 아내가 돌아오길 기다렸다. 밤 11시쯤 그녀가 현관문을 열고 들어오자 그는 어떤 일이 있었는지, 루이즈가 자기를 어떻게 쳐다봤는지, 얼마나 차갑게 입을 꼭 다물고 있었는지, 얼마나 거만했는지 이야기했다.

미리암은 그를 설득했다. 그녀는 별일이 아니라고 했다. 그가 너무 심했다고, 루이즈의 마음을 상하게 했다고 나무랐다. 안 그래도 그녀들은 그에 맞서서 늘 두 마리 곰처럼 연대한다. 아이들과 관련해서 두 여자는 그를 아무것도 모르는 사람 취급을 하는데, 그럴 때마다 그는 화가 치민다. 두 여자는 아이들을 돌보는 존재로서 한데 뭉친다. 그를 어린애로 만든다.

폴의 어머니 실비는 그들을 비웃었다. "너희는 보모에게 아주 대단한 주인처럼 구는구나. 좀 너무하는 것 같지는 않니?" 폴은 기분이 상했다. 그의 부모는 돈과 권력을 혐오하고 약자에 대한 존중을 약간은 과시하면서 그를 길렀다. 그는 자신과 동등하다고 느끼는 사람들과 늘 편안한 분위기에서 일해왔다. 그는 상사에게도 언제나 말을 편하게 했다. 명령을 내린 적도 없다. 하지만 루이즈로 인해 그는 주인이 되었다. 아내에게 경멸스러운 조언을 하는 자신의 목소리를 듣는다. 팔을 뻗어 아내의 어깨에 손을 얹으면서, "말을 너무 다 들어주지 마, 계속해서 뭘 요구해댈 거야."라고 말한다.

욕조 속에서 미리암이 아들과 논다. 아이를 다리 사이에 끼워 꼭 끌어안고서, 아당이 나중에는 몸부림을 치고 울음을 터뜨릴 때까지 간지럼을 태운다. 아이의 포동포동한 몸, 이 완벽한 아기 천사의 몸 구석구석에 뽀뽀를 하지 않고 배길 수가 없다. 아이를 바라보고 있자니 모성애가 샘솟는다. 그녀는 머지않아 이렇게 발가벗고 같이 목욕을 할 수 없게 되겠구나 하고 생각한다. 그렇게 될 것이다. 생각보다 빨리 그녀는 나이 들 것이고, 잘 웃는 이 사랑스러운 아이는 남자가 될 것이다.

아이의 옷을 벗기는데 팔과 등 위쪽 어깨쯤에서 이상한

흔적이 보였다. 희미해지긴 했지만 잇자국으로 보이는 붉은색 상처. 그녀는 거기에 부드럽게 입을 맞춘다. 아들을 꼭 끌어안는다. 미안하다고, 엄마가 없을 때 이런 속상한 일을 겪었다며 아이의 마음을 뒤늦게 달래준다.

미리암은 다음 날 아침 루이즈에게 그 이야기를 꺼낸다. 보모가 이제 막 집 안에 발을 들여놓은 참이다. 그녀가 채 외투를 벗을 새도 없이 벌써 미리암이 아당의 작은 팔을 내밀어 보여준다. 루이즈는 놀라는 기색이 아니다.

그녀는 눈썹을 치켜뜨며 외투를 걸고는 "밀라는 폴이 학교에 데려갔나요?"라고 묻는다.

"네, 방금 나갔어요. 루이즈, 이거 봤어요? 물린 자국 아니에요?"

"네, 알아요. 딱지가 잘 앉으라고 내가 연고를 발라줬어요. 밀라가 물었어요."

"확실해요? 옆에 있었어요?"

"당연히 옆에 있었죠. 저녁 준비를 하는 동안 둘이 거실에서 놀고 있었어요. 그러다가 아당이 울부짖는 소리가 들렸어요. 아기가 우는데 처음에는 왜 그러는지 몰랐어요. 밀라가 옷 위로 물어서 금방 몰랐던 거예요."

"이해가 안 가네요." 아당의 민머리에 입을 맞추며 미리암이 되풀이해서 말한다. "밀라한테 네가 그런 거냐고 여러 번 물어봤어요. 혼내지 않을 거라는 말까지 했고요. 어디서 물린 건지 자기도 모른다고 맹세를 하더라고요."

루이즈가 한숨을 내쉰다. 고개를 숙인다. 망설이는 기색이다.

"아무 말 하지 않겠다고 밀라와 약속했는데 아이하고 한 약속을 깨뜨려야 하니 정말 곤란하네요."

그녀는 검은색 카디건을 벗고 셔츠형 원피스의 단추를 풀어 어깨를 내보인다. 미리암이 들여다보고는 놀라고 끔찍해서 소리를 내지르고 만다. 그녀는 루이즈의 어깨에 덮인 갈색 흔적을 뚫어져라 쳐다본다. 상처는 오래되었지만 분명히 자그마한 이빨들이 물어뜯은 자국이다.

"이렇게 한 게 밀라예요?"

"저기요, 밀라에게 아무 말 하지 않겠다고 약속했어요. 아이한테 아무 말 하지 말아주세요. 우리 사이에 신뢰관계가 깨지면 밀라는 더 정서가 불안해질 거예요, 그렇지 않겠어요?"

"아."

"밀라는 동생에게 샘을 내고 있어요, 하지만 아주 자연스러운 거예요. 제게 맡겨주세요, 네? 다 괜찮아질 거예요."

　"네. 아마도. 하지만 정말, 이해가 안 가요."

　"뭐든 다 이해하려고 애쓰지 마세요. 아이들도 어른이나 똑같아요. 이해하고 말고 할 게 없어요."

미리암이 일주일간 아이들을 데리고 산에 있는 폴의 부모님 댁에서 지내게 되었다고 알렸을 때 루이즈의 표정은 눈에 띄게 어두워졌다. 그 생각만 하면 미리암은 온몸에 소름이 돋는다. 루이즈의 검은 눈 속에 폭풍이 일었다. 그날 저녁 보모는 아이들에게 인사도 하지 않고 가버렸다. 유령처럼, 기괴할 만큼 소리 없이 현관문을 닫고 나간 탓에 밀라와 아당이 "엄마, 루이즈 아줌마가 사라졌어요."라고 할 정도였다.

며칠 후 출발하는 날, 실비가 식구들을 데리러 왔다. 루이즈가 미처 대비하지 못한 의외의 일이었다. 흥이 많은

이 할머니는 기쁨에 겨워 함성을 지르며 아파트에 들어섰다. 그녀는 바닥에 가방을 내던지고 아이들과 침대에서 뒹굴면서, 일주일 동안 파티를 하고 신나게 놀며 맛있는 것을 실컷 먹을 거라고 약속했다. 미리암은 시어머니의 장난기 많은 우스운 행동을 보고 웃다가 고개를 돌렸다. 거기, 부엌에, 루이즈가 그들을 보고 서 있었다. 죽은 사람처럼 창백한 얼굴에 다크서클이 드리운 두 눈은 움푹 꺼져 보였다. 그녀가 무슨 말인가 중얼거리는 듯했다. 미리암이 다가가려는데 벌써 루이즈는 트렁크를 닫느라고 몸을 숙이고 있었다. 다음 순간 미리암은 자기가 무언가 착각한 모양이라 여기고 말았다.

미리암은 이 느낌이 뭔지 정리해보려고 한다. 죄책감을 느낄 이유가 전혀 없다. 보모에게 잘못한 것은 없다. 그런데 왠지 모르게 루이즈에게서 그녀의 아이들을 빼앗는 느낌, 그녀에게 뭔가를 거절한 느낌이다. 그녀를 벌주는 느낌이 든다.

어쩌면 루이즈는 이 소식을 너무 늦게 알게 된 것, 미리휴가 일정을 조정할 수 없었던 것이 언짢았는지도 모른다. 아니면 단지 아이들이 실비와, 그녀가 깊은 반감을 품은 그 할머니와 시간을 보내는 것이 싫은 건지도 모른다. 미리암이 시어머니에 대해 불평을 할 때면 루이즈는 몹시 화를 내곤 한다. 그녀는 좀 과하게 흥분하며 미리암 편을 들면서, 할머니가 제정신이 아니고 히스테릭하다며, 아이들에게 나쁜 영향을 미친다고 비난한다. 그녀는 미리암에게 가만히 있지 말라고 부추길 뿐만 아니라 아이들에게서 할머니를 멀리 떨어뜨려놓으라고 한다. 그럴 때 미리암은 그녀가 자기 편이 되어주는 게 든든하기도 하면서 한편으로 좀 거북하기도 하다.

폴이 차 안에서 시동을 걸려고 하다가 왼쪽 손목에 찬 시계를 푼다.

"이거 당신 가방에 좀 넣어둘래?"라고 미리암에게 건넨다.

그는 유명한 가수와 계약을 한 덕분에 두 달 전에 이 시계를 샀다. 친구가 아주 합리적인 가격에 구해준 중고 롤렉스이다. 사기 전에 폴은 많이 망설였다. 무척 가지고 싶고 정말 멋있어 보였지만, 물건에 대한 이런 집착과 헛된 욕망이 좀 부끄럽기도 했다. 처음 손목에 그 시계를 차니 정말 근사하면서도 동시에 너무 과해 보였다. 무겁고 요란했다. 그는 끊임없이 상의 소매를 끌어내려 시계를 감췄다. 하지만 금세 왼팔 끝의 무게에 익숙해졌다. 사실 속으로는 자기가 처음 지녀보는 이 유일한 귀중품이 그리 요란하게 드러나는 편은 아니라고 생각했다. 또 그는 마음에 드는 것을 살 권리가 분명히 있었다. 누구에게 훔친 것도 아니었다.

"왜 시계를 풀어?" 그 시계에 대한 애착이 얼마나 큰지 아는 미리암이 그에게 묻는다. "잘 안 가?"

"아니, 아주 잘 가지. 하지만 우리 어머니 잘 알잖아. 이해 못 하실 거야. 그걸로 싸우면서 저녁을 보내고 싶지 않아."

그들은 저녁이 시작되는 무렵, 절반 정도가 아직 공사 중인 싸늘한 집에 도착한다. 부엌 천장은 무너져 내릴 지경이고, 욕실에는 전선이 다 바깥으로 늘어져 있다. 미리암은 이곳이 정말 싫다. 아이들이 걱정된다. 걱정스러운 눈으로, 아이들이 넘어지면 바로 붙잡을 태세로 집 안 곳곳마다 아이들을 따라다닌다. 계속 주위를 맴돈다. 놀이를 중단시킨다. "밀라, 이리 와서 스웨터 갈아입어." "아당이 숨을 잘 못 쉬네, 안 그래요?"

어느 날 아침 미리암은 꽁꽁 얼어붙은 채 잠에서 깬다. 그녀는 아당의 얼어붙은 손에 입김을 불어준다. 밀라가 얼굴이 창백한 게 걱정스러워서 집 안에서도 모자를 쓰고 있으라고 한다. 실비는 아무 말 하지 않기로 한다. 그녀는 아이들에게 평소에 금지된 야생의 삶과 환상을 주고 싶다. 아이들이 자신과 함께할 때, 규율 같은 건 없다. 그녀는 부모들이 곁에 있어주지 못하는 것을 보상하려고 아이들에게 사주는 그런 시시한 장난감들을 안겨주지 않는다. 사용하는 어휘도 신경을 쓰지 않아서 끊임없이 폴과 미리암의 질책을 받는다.

그녀는 아이들을 "둥지에서 떨어진 내 작은 새들"이라고 불러서 며느리의 화를 돋운다. 아이들이 도시에 살면서 몰상식한 일상과 공해를 겪는 것을 가엾어한다. 올바르고 단정한 사람으로 살게 되어 있는 이 아이들, 비굴하면서 동시에 권위적인 사람, 겁쟁이들이 될 운명인 이 아이들의 지평을 넓혀주고 싶어 한다.

실비는 자제한다. 아이들 교육 문제에 대한 언급은 가능한 한 삼간다. 몇 달 전 두 여자 사이에 격렬한 언쟁이 있었다. 시간이 지난다고 잊히지 않는, 그 후로도 오랫동안 얼굴을 볼 때마다 그때 했던 말들이 마음속에 울리게 되는 그런 종류의 언쟁. 다 같이 술을 마셨다. 너무 많이. 감상적이 된 미리암은 실비가 자기 말을 듣고 공감해주길 바랐

다. 그녀는 아이들을 보지 못하는 것이 괴롭다고, 아무 칭
찬도 듣지 못하면서 이렇게 질주하는 삶이 고통스럽다고
하소연했다. 하지만 실비는 그녀를 위로해주지 않았다. 미
리암의 어깨에 손을 얹어주지도 않았다. 오히려 며느리에
게 공격을 개시하여, 응당 해야 할 말들을 퍼부었다. 필요
할 경우를 대비해 칼날을 갈아놓은 것 같았다. 실비는 자
기도 폴의 어린 시절 내내 일을 했고, 늘 독립적 개체임을
당당히 내세웠으면서도, 일에 너무 많은 시간을 할애한다
고 미리암을 비난했다. 그녀를 무책임하고 이기적인 사람
으로 취급했다. 아당이 아픈데도, 폴이 앨범 녹음을 끝내
가던 시기인데도, 미리암이 출장을 강행했던 게 몇 번이
었는지 손가락으로 헤아렸다. 아이들이 저렇게 천방지축
인 것, 제멋대로인 것, 투정이 많은 것은 미리암 잘못이라
고 했다. 미리암, 그리고 루이즈의 잘못. 저 싸구려 짝퉁 같
은 보모, 미리암이 비겁해서 자기 편리대로 의지하는 어머
니 대용품. 미리암은 울기 시작했다. 경악한 폴은 아무 말
도 하지 못했고 실비는 두 팔을 치켜들면서 "아니 이젠 또
울어! 재 좀 봐라. 저렇게 울면, 바른 말을 새겨듣지도 못
하니 너무 가여워서 불쌍히 여겨야겠구나."라고 연거푸 말
했다.

미리암이 실비를 볼 때면 그날 저녁의 기억이 마음을 짓누른다. 그녀는 그때 공격을 당하는 느낌, 바닥에 쓰러뜨려져 수없이 칼에 찔리는 느낌이었다. 미리암은 남편 앞에 내장을 다 드러낸 채 내던져져 있었다. 실비의 말이 일부분 맞는 말이라는 것을 알지만 그것이 자신의 몫이자 다른 많은 여자들의 몫이라고 여겨왔을 뿐, 그렇게 퍼붓는 비난에 맞서 스스로를 방어할 힘이 없었다. 단 한순간도 너그럽고 따뜻한 마음을 기대할 여지가 없었다. 어머니 대 어머니, 여자 대 여자로서 단 한마디의 조언도 기대할 수 없었다.

아침 식사 동안 미리암의 시선은 온통 전화로 향해 있다. 필사적으로 이메일 확인을 해보려고 하지만 인터넷망이 너무 느리다. 화가 머리끝까지 치민 그녀는 결국 휴대전화를 벽에 집어던지고 만다. 히스테릭해진 그녀는 폴에게 파리로 돌아가겠다고 위협한다. 실비는 얼굴에 드러나게 기분이 상해서 눈썹을 치켜뜬다. 그녀는 아들에게 어울리는 다른 종류의 여자, 좀 더 온화하고, 좀 더 활동적이고, 좀 더 환상적인 여자를 꿈꾸었다. 자연과 산행을 좋아하고 이 매력적인 집의 불편함을 불평하지 않는 여자.

오랫동안 실비는 자신의 젊은 시절 이야기, 사회참여 전력, 혁명 동지들 이야기를 매번 똑같이 되풀이하고 또 했다. 그러다가 나이가 들어가면서 성질을 조금 누그러뜨릴 줄 알게 되었다. 특히 그녀가 배신자들의 세상에 대해서, 텔레비전 화면과 도살된 고기로 연명하는, 이미 끝장난 멍청이들 세상에 대해서 모호한 이론을 펼칠 때면 모두들 비웃는다는 것을 깨닫게 되었다. 그녀는 그들 나이에 혁명만을 꿈꾸었다. "어쨌든 우리는 좀 순진했지." 그녀의 남편 도미니크는 아내가 언짢아하는 모습이 서글퍼서 이런 견해를 내놓는다. "그래, 순진했는지도 모르지. 하지만 적어도 바보는 아니었어." 그녀는 자신이 품은 이상을 남편이 하나도 이해하지 못하고, 모두들 비웃는다는 것을 안다. 그는 그녀가 실망과 괴로움을 토로하는 것을 얌전히 듣는다. 그녀는 자기 아들이 어쩌다 이렇게 됐느냐며—"그렇게 자유분방하던 아이였는데. 당신 기억하지?"—아내에게 매여 사는 남자, 돈 욕심과 허영의 노예가 되었다고 통탄한다. 그녀는 남녀가 함께 혁명을 이룩할 것이고, 지금 자기 손자들이 크고 있는 이런 세상과는 완전히 다른 세상이 올 것이라고 오랫동안 믿어왔다. 삶다운 삶을 살 수 있는 세상. 도미니크는 "여보, 당신이 순진한 거야. 여자들은 다 자본주의자들이라니까."라고 말한다.

미리암은 전화기를 붙들고 부엌을 맴돈다. 도미니크는 분위기를 풀어보려고 산책을 가자고 한다. 미리암은 좀 진정이 되어 아이들에게 스웨터를 세 개나 껴입히고 목도리와 장갑을 챙겨준다. 일단 밖으로 나가자 아이들은 신이 나서 눈 위를 달린다. 실비는 자기 아들들, 폴과 파트리크가 어릴 때 쓰던 오래된 썰매 두 개를 가지고 나갔다. 미리암은 걱정하지 않으려고 애를 쓰면서, 아이들이 비탈을 미끄러져 내려가는 것을 숨을 멈추고 바라본다.

'애들 목이 부러질 거야.'라는 생각이 들고 울음이 터질 것 같은 심정이 된다. '루이즈는 내 마음을 이해할 텐데.'라는 생각이 끊임없이 맴돈다.

신이 나서 커다란 손짓을 해대는 밀라를 응원하며 폴이 말한다. "아빠 봐. 아빠가 썰매를 어떻게 타는지 봐!" 점심은 벽난로에서 장작이 타닥타닥 타는 예쁜 식당에서 먹는다. 사람들과 좀 떨어진 창가 자리에 앉는데, 유리창 너머로 빛나는 햇살이 다가와 아이들의 분홍빛 뺨을 어루만진다. 밀라가 계속 조잘조잘 떠들어대는 소리에 어른들이 웃는다. 아당은 다른 때와 달리 음식을 맛있게 잘 먹는다.

그날 저녁 미리암과 폴은 녹초가 된 아이들을 침실에 데려간다. 밀라와 아당은 팔다리가 노곤하고 영혼은 발견과 기쁨으로 가득하여 동요 없이 평온하다. 부모는 그들 곁에 잠시 머문다. 폴은 바닥에 앉고 미리암은 딸의 침대 가장자리에 앉는다. 그녀는 다정하게 이불을 잘 덮어주고 아이의 머리카락을 쓰다듬는다. 무척 오랜만에 부모가 같이 자장가를 불러준다. 밀라가 태어났을 때 가사를 다 외워서 아기 때 내내 두 사람이 함께 불러주던 자장가. 아이들 눈이 이미 감겼지만 그들은 아이들의 꿈길을 함께 가는 기쁨을 위해 계속 노래를 부른다. 아이들 곁을 떠나지 않기 위해.

폴은 감히 아내에게 말하지는 못하지만 그날 밤 가슴이 뻥 뚫린 느낌이다. 이곳에 오고부터 가슴을 짓누르는 무거운 무언가가 사라진 것 같았다. 추위에 얼얼해진 상태로 반쯤 잠든 채 그는 파리로 돌아갈 일을 생각한다. 자기 아파트를 생각하니 썩어가는 수초들이 무성한 수족관, 털 뽑힌 짐승들이 헐떡이며 맴도는 밀폐된 구덩이가 떠오른다.

이런 음울한 생각은 집으로 돌아가면서 금세 다 사라졌다. 루이즈는 거실에 달리아 다발을 가져다놓았다. 저녁 식사가 준비되어 있고 시트에서는 비누 냄새가 난다. 차가

운 침대에서 자고 부엌 탁자에서 거친 음식들을 먹으며 일
주일을 보낸 뒤, 그들은 행복하게 가족의 안락함을 되찾는
다. 그들은 생각한다. 루이즈 없이 지내는 건 불가능해. 그
들은 응석받이 아이, 집고양이 같은 식으로 행동한다.

폴과 미리암이 떠나고 몇 시간 뒤 루이즈는 가던 길을 되짚어 오트빌 가로 돌아간다. 그녀는 마세 씨네 아파트로 들어가 미리암이 닫아놓은 덧창들을 연다. 시트를 모두 갈고, 벽장을 비우고, 선반들을 청소한다. 미리암이 처분하지 않으려 한 오래된 베르베르 카펫을 털고 진공청소기를 돌린다.

임무를 완수한 뒤 그녀는 소파에 앉아서 존다. 일주일 내내 밖에 나가지 않고 거실에 하루 종일 텔레비전을 켜놓고 있다. 그녀는 폴과 미리암의 침대에 절대 눕지 않는다. 소파에서 생활한다. 아무것도 쓰지 않기 위해 냉장고에 있는 것만 먹고, 미리암은 뭐가 있는지도 모를 지하 저장실의 비축 식품에만 아주 조금 손을 댄다.

뉴스, 오락, 리얼리티 프로그램, 그녀를 웃기는 토크쇼 다음에 요리 프로그램이 이어진다. 「범죄 추적」 방송을 보면서 그녀는 잠이 든다. 어느 날 저녁 그녀는 작은 산악 도시 끝자락 집에서 한 남자가 사체로 발견된 사건을 시청한다. 몇 달 전부터 덧창들이 닫혀 있고 우편함에 편지들이 넘쳤지만 아무도 이 집 주인의 행방을 묻지 않았다. 동네를 다 비워야 하는 일이 생겼을 때 그제야 마침내 소방대원들이 문을 따고 들어가 사체를 발견했다. 방 안이 서늘하고 공기가 통하지 않아서 사체는 거의 미라가 되어 있었다. 확실한 사망일자 추정은 오로지 냉장고에 있던, 유효 기간이 여러 달 지난 요구르트 덕분이었다는 사실을 화면 밖 목소리가 여러 번에 걸쳐서 강조한다.

어느 날 오후 루이즈는 깜짝 놀라 잠에서 깬다. 너무도 깊은 잠이었다. 깨어날 때 슬프고, 방향을 잃고, 몸에 울음이 가득 차는 그런 잠. 너무도 깊고 어두운 잠, 자기가 죽는 것을 보는 잠, 식은땀으로 흠뻑 젖는 잠, 자고 났는데 오히려 녹초가 되는 잠. 그녀는 몸을 뒤척이다 벌떡 일어서서

자기 얼굴을 때린다. 머리가 너무나 아파서 눈을 뜨기가
힘들다. 심장 뛰는 소리가 귀에 들려올 것 같다. 신발을 찾
는다. 바닥에 미끄러져 넘어지고 아파서 울부짖는다. 너무
늦었다. 아이들이 기다릴 것이다. 학교에서 전화가 오고,
유치원에서 미리암에게 그녀의 부재를 알릴 것이다. 어떻
게 잠이 들어버릴 수 있단 말인가? 어떻게 그렇게 부주의
할 수 있단 말인가? 나가야 한다, 달려야 한다, 그런데 아
파트 열쇠를 찾을 수가 없다. 그녀는 온 사방을 찾아다니
다가 마침내 벽난로 위에서 열쇠를 발견한다. 벌써 계단으
로 나와 있다. 건물 문이 닫힌다. 밖에 나오니 사람들이 모
두 자기를 쳐다보는 것 같다. 숨이 가빠 헉헉거리며 거리
를 미친 듯이 달린다. 손으로 배를 누른다. 옆구리가 너무
아프지만 속도를 늦추지 않는다.

횡단보도에서 길 건너는 것을 도와주는 사람이 보이지
않는다. 평소에는 언제나 형광색 조끼를 입고 작은 깃발을
든 누군가가 지키고 있다. 교도소에서 나온 것 같은, 이가
빠진 청년이나 아이들 이름을 다 아는 커다란 흑인 여자였
다. 루이즈 혼자 멍청하게 거기 서 있다. 신물이 올라와 혀
를 찌른다. 토하고 싶다. 아이들이 거기 없다. 그녀는 이제
고개를 숙이고 눈물을 흘리며 걸어간다. 아이들은 휴가 중

이다. 그녀는 혼자다. 잊어버렸다. 그녀는 공포에 질려 자기 이마를 친다.

하루에도 여러 번 와파는 "그냥 이야기나 하려고" 전화를 건다. 어느 날 저녁 그녀는 루이즈에게 들르고 싶다고 제안한다. 그녀의 주인들도 휴가를 떠났기 때문에 이제 자기 마음대로 할 수 있다. 루이즈는 와파가 자기의 무엇을 보고 다가오는지 의문스럽다. 그녀는 누가 그렇게 열렬히 자기와 같이 있고 싶어 한다는 것이 잘 믿어지지 않는다. 하지만 지난밤 악몽이 맴돌아 그녀는 수락한다.

마세 씨 집 건물 아래에서 만나자고 한다. 현관에서 와파는 둘둘 말아놓은 커다란 비닐봉투 속에 자기가 뭘 숨겨왔는지 아느냐며 큰 소리로 떠들어댄다. 루이즈는 조용히 하라는 신호를 보낸다. 그녀는 사람들이 자기들이 하는 말을 들을까 봐 겁낸다. 엄숙하게 계단을 올라 아파트 문을 연다. 거실이 그녀에게 끔찍하게 음침해 보여서 손바닥으로 두 눈을 누른다. 그녀는 뒤로 돌아 와파를 계단으로 밀어내고 텔레비전으로 돌아가고 싶다. 텔레비전은 마음에 평화를 주는 이미지를 사료처럼 제공해줄 것이다. 하지만 와파는 부엌 싱크대에 큰 비닐봉투를 올려놓더니 향신료 봉지들, 닭 한 마리, 자기 꿀 케이크를 감추는 유리병을 꺼낸다. "내가 요리를 해주려고. 좋아요?"

태어나서 처음으로 루이즈는 소파에 앉아 누군가가 자기를 위해 요리하는 것을 바라본다. 어린아이일 때조차 그녀는 오로지 자기만을 위해서, 자기를 기쁘게 해주려고 누가 그렇게 하는 것을 본 기억이 없다. 아이일 때 그녀는 다른 이들이 남긴 것을 먹었다. 마지막 한 방울까지 며칠이나 데우고 또 데운 수프가 아침 식사였다. 접시 가장자리에 기름 찌꺼기가 들러붙어 있어도, 시큼한 토마토 냄새가 나고 갉아먹은 뼈다귀가 들어 있어도 그녀는 다 먹어야 했다.

와파는 보드카를 따르고 차가운 사과주스를 부어 잔을 채운다. 루이즈와 술잔을 부딪치며 "나는 술이 달콤한 게 좋더라."라고 한다. 와파는 서 있다. 그녀는 잔을 들고 책장 선반들을 바라본다. 사진 하나가 그녀의 주의를 끈다.

"당신이에요? 주황색 원피스를 입으니 예쁘네." 사진에서 루이즈는 머리를 풀고 미소 짓고 있다. 그녀는 낮은 담에 앉아 양팔에 아이를 안고 있다. 미리암은 이 사진을 꼭 거실 선반 위에 놓으려고 했다. "당신은 우리 가족이에요."라고 보모에게 말했다.

루이즈는 폴이 이 사진을 찍었던 순간을 아주 잘 기억한다. 미리암이 도자기 가게에 들어가 무엇을 고를지 힘들어하고 있었다. 좁은 상점가에서 루이즈가 아이들을 데리고 있었다. 밀라가 담벼락에 올라섰다. 아이는 회색 고양이를 잡으려 했다. 그 순간 폴이 말했다. "루이즈, 얘들아, 나 좀 봐. 빛이 아주 좋다." 밀라가 루이즈 옆에 꼭 붙어 앉았고 폴이 외쳤다. "자, 웃어요!"

"우리는 올해도 그리스에 또 갈 거예요."라고 루이즈가 말해준다. 매니큐어 칠한 손끝으로 사진을 가리키며 "거기, 시프노스에."라고 덧붙인다. 아직 그런 이야기를 나눈 적은 없지만 루이즈는 그들이 분명히 다시 그 섬에 갈 것이며, 투명한 바닷물에서 헤엄을 치고, 촛불을 밝힌 항구에서 저녁을 먹으리라고 확신한다. 미리암이 목록을 작성하고 있다고 그녀가 와파에게 설명한다. 와파는 그녀 발치의 바닥에 앉았다. 거기에 곧 다시 갈 것이라고 적어놓은 메모가 거실에도 돌아다니고 그들 침대의 시트 속에서도 나온다. 그들은 바위로 둘러싸인 작은 만을 거닐 것이다. 게도 잡고 성게와 해삼도 잡을 것이다. 루이즈는 그것들이 양동이 속에서 움츠러드는 것을 볼 것이다. 그녀는 점점 더 멀리 헤엄쳐 나갈 테고 올해는 아당도 함께 수영을 하게 될 것이다.

그러다 돌아갈 때가 다가올 것이다. 떠나기 전날 밤에는 아마 미리암이 무척 좋아했던 그 식당에 갈 것이다. 그곳 여주인이 아이들에게 아직 살아 있는 물고기들을 진열대에서 고르게 했는데. 거기서 그들은 포도주를 약간 마실 테고 루이즈는 다시 돌아가지 않겠다는 결심을 그들에게 알릴 것이다. "저는 내일 비행기를 타지 않을 거예요. 저는 여기서 살 거예요." 그들은 틀림없이 놀랄 것이다. 그녀의 말을 진지하게 듣지 않을 것이다. 그들은 웃을 것이다. 술을 너무 많이 마셨거나 또는 기분이 편치 않을 테니까. 그러고 나서 보모의 결단에 대해 걱정할 것이다. 그녀를 설득하려 애쓸 것이다. "아니, 하지만 루이즈, 그건 말이 안돼요. 여기 남아 있을 수는 없어요. 뭘 해서 먹고살려고요?" 그리고 그때, 이제 루이즈가 웃을 차례가 될 것이다.

"물론 겨울 생각도 했지요." 그때는 아마도 섬의 얼굴이 바뀔 것이다. 11월의 빛 속에서는 이 마른 바위나 마요라나와 엉겅퀴 덤불이 분명히 황량해 보일 테지. 저 위쪽은 첫 소낙비가 쏟아지면 어두침침해질 것이다. 하지만 그녀는 단념하지 않을 것이다. 그 누구도 그녀를 돌아가게 만들지 못할 것이다. 다른 섬으로 갈 수는 있어도 돌아가지는 않을 것이다.

"아니면 아무 말도 하지 않을 거예요. 그냥 휙 사라져버리는 거지." 그녀는 손가락으로 딱 소리를 내며 말한다.

와파는 루이즈가 들려주는 계획에 귀를 기울이고 있다. 그녀는 푸른 수평선, 포석이 깔린 골목들, 아침 해수욕 등을 어려움 없이 머릿속에 떠올린다. 가슴이 저미는 향수를 느낀다. 루이즈의 이야기를 들으며 그녀는 저녁 무렵 절벽 위 산마루에 서면 불어오던 대서양의 톡 쏘는 냄새, 가족이 모두 함께 지켜보던 라마단 기간 일출 같은 예전 추억을 떠올린다. 그런데 루이즈가 갑자기 웃음을 터뜨리는 바람에 와파가 푹 빠져 있던 꿈을 깨뜨려버린다. 그녀가 수줍은 소녀처럼 손으로 입을 가리고 웃으며 친구에게 손을 내밀자 친구가 그녀 옆 소파에 와서 앉는다. 그녀들은 술잔을 들어 맞부딪친다. 그녀들은 이제 서로 농담을 하고 비밀을 털어놓으며 무언가를 같이 공모한 동급생, 어린 여자아이들 같다. 어른들 세상에서 길을 잃은 두 아이.

와파는 어머니나 언니 같은 성향을 지니고 있다. 그녀는 루이즈에게 물을 한 잔 줄까, 커피를 만들어줄까, 무언가 먹을 걸 해줄까 묻는다. 루이즈는 다리를 꼬아 탁자에 얹는다. 와파는 잔 옆에 놓인 루이즈의 더러운 신발 밑창을 보고는 이 친구가 이렇게 행동하는 걸 보면 많이 취한 모양이라고 생각한다. 루이즈의 몸가짐과 예의 바른 몸짓을 보면 진짜 중산층 여자처럼 보여서 늘 감탄스러웠다. 와파는 탁자 가장자리에 맨발을 내려놓는다. 그리고 취한 어조로 묻는다.

"그 섬에서 어쩌면 누군가를 만나겠죠? 당신과 사랑에 빠질 잘생긴 그리스 남자."

"아, 그건 아니에요. 이제 누구든 내가 챙기거나 신경을 쓰거나 하지 않으려고 거기 가는 건데. 자고 싶을 때 자고, 먹고 싶을 때 먹고 그렇게 하려고." 루이즈가 대답한다.

처음에는 와파의 결혼식에서 아무것도 하지 않기로 되어 있었다. 시청에 가서 서류에 서명만 하고, 프랑스 신분 증명서 취득 시까지 와파가 유세프에게 일정 금액을 매달 입금만 하면 되었다. 그러나 미래의 신랑이 나중에 의견을 바꾸었다. 그는 친구들 몇을 초대하는 것이 보기 좋겠다고 자기 어머니를 설득했는데, 그 어머니도 적극 찬성이었다. "어쨌든 내 결혼식이잖아. 그리고 혹시 알아? 그러면 이민 국에서 확실히 믿어줄지."

그들은 금요일 아침에 누아지르세크 시청 앞에서 만나기로 한다. 난생처음 증인이 된 루이즈는 하늘색 둥근 칼

라 옷을 입고 귀걸이를 하고 있다. 시장이 내미는 서류 하
단에 그녀가 서명을 하자 결혼은 거의 진짜 같아 보인다.
심지어 환호 소리, "신랑 신부 만세!", 박수 소리까지 다 진
실돼 보인다.

작은 무리가 식당까지 걸어간다. 와파의 친구가 운영하
는 아가디르의 가젤이라는 식당인데, 와파가 종업원으로
일한 적이 있다. 루이즈는 선 채로 음식을 먹고 서로 어깨
를 툭툭 치며 웃는 사람들을 관찰한다. 유세프의 형제들은
금색 비닐 리본을 수십 개나 매단 검은색 세단 한 대를 식
당 앞에 세워놓았다.

식당 주인은 음악을 크게 틀어놓았다. 그는 이웃들은 신
경 쓰지 않는다. 오히려 그렇게 하면 자기를 알릴 수도 있
고, 길을 가던 사람들이 유리창 너머로 잘 차려진 테이블
들을 쳐다볼 테고, 손님들의 흥겨운 분위기를 부러워할 거
라고 생각한다. 루이즈는 여자들을 관찰한다. 제일 먼저
넓은 얼굴과 두툼한 손이 눈에 띄고, 허리띠를 너무 꽉 졸
라매서 거대한 엉덩이가 더 부각돼 보이는 게 눈에 들어온
다. 그 여자들은 큰 소리로 떠들고, 웃고, 식당 양쪽 끝에서
서로를 부른다. 그녀들은 주빈 테이블에 와파를 앉히고 주
위를 둘러싸고 있는데, 루이즈가 파악한 바로는 와파가 거

기에서 움직이면 안 되는 모양이다.

루이즈의 자리는 거리로 난 창쪽과 떨어진 구석 자리, 와파가 그날 아침 소개한 어떤 남자 옆자리다. "에르베 이야기를 한 적 있잖아요. 내 다락방 공사를 해줬어요. 이 동네에서 멀지 않은 데서 일해요." 와파는 일부러 그의 곁에 그녀를 앉혔다. 그녀에게 잘 어울리는 남자다. 아무도 원하지 않는 남자, 하지만 루이즈는 선택할 만한 남자. 그녀는 오래된 옷을 입는 사람, 남들이 다 읽어 페이지가 떨어져 나간 잡지를 읽는 사람, 심지어 아이들이 먹던 와플을 먹는 사람이니까.

그녀는 에르베가 마음에 들지 않는다. 너무 강요하는 듯한 와파의 시선이 거북하다. 그녀는 이렇게 감시받는 느낌, 함정에 빠진 느낌이 정말 싫다. 그리고 이 남자는 보잘것없다. 마음에 들 만한 구석이 하나도 없다. 우선 루이즈보다 키도 겨우 조금 크다. 근육질이긴 하나 짧은 다리에 좁은 엉덩이, 목은 거의 없다. 말할 때면 때로 수줍은 거북이처럼 어깨에 목을 집어넣는다. 루이즈는 테이블에 놓인 그의 손을, 노동자의 손, 가난한 사람의 손, 흡연자의 손을 계속 쳐다본다. 이가 빠진 데도 보인다. 그는 품위가 없다. 오이와 포도주 냄새가 난다. 그녀에게 처음 든 생각은 미리암과 폴에게 이 사람을 소개하기가 부끄러우리라는 것이다. 그들은 실망할 것이다. 그들은 그녀에게 이 남자가 별로라고 말하리라고 그녀는 확신한다.

반면에 에르베는 관심을 가지고 루이즈를 뜯어보는데, 나이 든 사람이 젊은 아가씨에게 뭔가 흥미로운 점을 찾아보려는 듯한 태도다. 그녀가 너무도 우아하고 섬세해 보인다. 그는 그녀가 입은 옷의 섬세한 칼라, 살랑대는 귀걸이를 하나하나 주시한다. 그는 그녀가 무릎에 얹고 비틀고 있는 손을 관찰한다. 분홍색 손톱에 희고 작은 손, 아무 고통도 겪지 않고 고생도 하지 않은 것 같은 손. 루이즈는 선반 위에 놓인 도자기 인형들을 떠올리게 한다. 심부름을 해주거나 공사를 하러 갔던 할머니들의 아파트에서 그런 인형들을 본 적이 있었다. 그 장난감들처럼 루이즈의 얼굴 윤곽은 거의 고정되어 있고, 가끔 꼼짝하지 않고 얼어붙은 모습에는 대단히 매력적인 데가 있다. 허공 속 한곳을 뚫어져라 바라보는 모습을 앞에 두고 에르베는 그녀를 불러 자기에게 오게 하고 싶어진다.

그는 그녀에게 자기 직업에 대해 이야기한다. 배달기사도 하는데 풀타임은 아니라고. 심부름이나 수리, 이사도 한다. 일주일에 사흘은 오스만 대로의 은행 주차장에서 경비 일을 한다. "한가할 때 책을 읽을 수가 있어요." 그가 말한다. "추리소설들을 보는데 그것만 보는 건 아니고요." 루이즈는 무슨 책을 읽는지 그가 묻지만 그녀는 뭐라고 대답하지 못한다.

"그럼 음악은요? 무슨 음악 좋아해요?"

그는 음악이라면 미친다면서 푸르스름한 작은 손가락으로 기타 줄을 퉁기는 몸짓을 한다. 그는 예전에 밴드 음악을 듣던 시절, 가수들이 우상이던 시절 이야기를 한다. 그는 머리가 길었고 지미 헨드릭스를 숭배했다. "나중에 사진들 보여줄게요."라고 그가 말한다. 루이즈는 자기가 음악을 들은 적이 한 번도 없다는 것을 깨닫는다. 그녀는 음악을 듣는 취미를 한 번도 가진 적이 없다. 그저 동요나 어머니에서 딸로 전승되는 단조로운 노래밖에 알지 못했다. 어느 날 저녁 그녀가 아이들과 노래를 흥얼거리는 것을 미리암이 본 적이 있었다. 그녀는 루이즈가 매우 아름다운 목소리를 가지고 있다고 말했다. "아깝네요. 노래를 할 수도 있었을 텐데."

루이즈는 손님들 대부분이 술을 마시지 않는다는 것을 알아차리지 못했다. 테이블 한가운데에는 소다수 병과 커다란 물병이 놓여 있었다. 에르베는 자기 오른쪽 바닥에 포도주 병을 숨겨놓고서 루이즈의 잔이 비면 곧바로 따라 준다. 그녀는 천천히 마신다. 그녀는 마침내 귀를 멍하게 하는 음악 소리와 사람들이 고래고래 악쓰는 소리, 청년들 이 입을 마이크에 갖다 대고 무어라 알아들을 수 없는 말 을 하는 소리에 익숙해진다. 그녀는 와파를 보며 미소까지 짓고, 이 모든 것이 가장행렬, 속임수, 집단 기만에 지나지 않는다는 것을 잊어버린다.

그녀가 술을 마시자, 입술 끝으로 홀짝거리는 술잔 속으 로 살아가는 일의 불편이나 숨도 제대로 못 쉬는 소심함 같은 모든 고통이 다 녹아내린다. 보잘것없는 식당, 보잘 것없는 에르베, 이 모든 것이 새로운 모습을 띤다. 에르베 는 목소리가 달콤하고 침묵을 지킬 줄 안다. 그는 그녀를 쳐다보고 테이블을 내려다보며 미소 짓는다. 할 말이 없으 면 아무 말도 하지 않는다. 속눈썹이 없는 작은 눈, 듬성듬 성한 머리카락, 푸르죽죽한 피부, 그의 태도가 더 이상 그 렇게 싫지 않다.

그녀는 에르베가 데려다주겠다는 말을 받아들이고 전 철역 입구까지 함께 걷는다. 그녀는 작별 인사를 하고 계 단을 내려가며 한 번도 뒤돌아보지 않는다. 돌아오는 길에 에르베는 그녀 생각을 한다. 머릿속을 맴도는 멜로디처럼 그녀가 그의 안에 떠돈다. 영어로 된 가사여서 무슨 말인지 하나도 모르지만, 여러 해가 지나도록 계속 서툰 발음으로 따라 부르는 좋아하는 후렴구처럼.

여느 아침처럼 7시 30분에 루이즈가 아파트 문을 열고 들어온다. 폴과 미리암이 거실에 서 있다. 그녀를 기다리고 있던 기색이다. 미리암은 밤새도록 우리 속을 맴돌던 굶주린 짐승 같은 얼굴이다. 폴은 텔레비전을 켜고 오늘만은 등교 전에 만화영화 보는 것을 아이들에게 허락한다.

"너희는 여기 있어. 꼼짝 말고." 그가 아이들에게 이렇게 명령한다. 아이들은 최면에 걸린 듯 입을 벌리고 히스테릭한 토끼들이 나오는 만화에서 눈을 떼지 못한다.

어른들은 부엌으로 들어간다. 폴이 루이즈에게 앉으라고 한다.

"커피 드릴까요?" 보모가 제안한다.

"아니, 됐어요." 폴이 차갑게 말한다.

그의 뒤에서 미리암이 눈을 아래로 내리깔고 있다. 그녀는 입술에 손을 대고 있다. "루이즈, 우리가 편지를 하나 받았는데 정말 당황스러웠습니다. 솔직히 우리가 알게 된 사실 때문에 무척 난처하네요. 허용이 안 되는 일이 있는 거예요."

그는 손에 든 봉투에 시선을 고정한 채 숨도 쉬지 않고 말했다.

루이즈는 숨을 멈춘다. 입속에 혀가 있는지조차 모르겠고, 울지 않으려고 입술을 깨문다. 그녀는 아이들처럼 굴고 싶다. 두 손으로 귀를 막고, 소리를 지르고, 바닥에 구르고, 전부, 이 대화를 하지 않을 수만 있다면 뭐든 다 하고 싶다. 폴의 손에 들린 편지가 누구에게서 온 건지 알아보려 하지만 아무것도, 주소도 내용도 눈에 들어오지 않는다.

편지가 그랭베르 부인에게서 온 것이라는 확신이 퍼뜩 든다. 그 심술궂은 늙은이가 아마도 폴과 미리암이 없을 때 그녀를 염탐했다가 이제 익명의 제보자 노릇을 하고 있는 것이다. 그 할망구가 고발 편지를 썼고 외로움을 떨쳐 보려 험담을 쏟아놓은 것이다. 그 할망구가 틀림없이 루이즈가 여기서 휴가를 보냈다고 말했을 것이다. 와파를 집 안에 들였다고. 아마 의혹과 악의를 쏟아부었을 뿐만 아니라 편지에 서명도 하지 않았을 것이다. 그리고 온갖 것들을 꾸며내서는 할망구의 환상과 음흉한 헛소리를 종이 위에 늘어놓았을 것이다. 루이즈는 견디지 못할 것이다. 정말로 미리암의 시선을 견디지 못할 것이다. 그녀가 자기네 침대에 들어가 잠을 잤고 그들을 조롱했다고 믿으며 역겨워하는 여주인의 시선을.

루이즈는 몸이 굳어버렸다. 증오로 손가락에 경련이 일자 그녀는 떨림을 감추기 위해 무릎 아래로 손을 숨긴다. 그녀의 얼굴과 목이 백지장처럼 하얗다. 그녀는 분노의 몸짓으로 두 손을 들어 머리카락을 쓸어 넘긴다. 반응을 기다리던 폴이 계속 말을 이어간다.

"이 편지는 국고에서 온 겁니다, 루이즈. 몇 달째 연체된 것 같아 보이는 부채를 당신 급여에서 압류하라고 합니다. 당신은 어떤 독촉장에도 답을 한 적이 한 번도 없네요!"

폴은 보모의 시선에서 안심하는 기색을 분명히 보았다.

"이 상황이 당신에게 몹시 모욕적이라는 걸 잘 알지만 우리에게도 유쾌하지는 않아요. 생각해보세요."

폴은 꼼짝하지 않고 있는 루이즈에게 편지를 내민다.

"보세요."

루이즈는 봉투를 받아들고 땀에 젖은 떨리는 손으로 편지지를 꺼낸다. 그녀의 시야는 뿌옇고, 읽는 척은 하지만 무슨 내용인지 조금도 이해가 가지 않는다.

"거기까지 이르렀으면 그건 최후 수단이에요, 아시겠어요? 그렇게 등한시하면 안 되는 문제였어요." 미리암이 설명한다.

"죄송해요. 죄송해요, 미리암. 제가 해결할게요, 약속해요." 그녀가 말한다.

"필요하면 도와드릴 수 있어요. 해결책을 찾으려면 모든 서류를 제게 가져다줘야 돼요."

루이즈는 멍한 눈으로 손바닥을 펴서 뺨을 문지른다. 그녀는 무슨 말이든 해야 한다는 것을 알고 있다. 그녀는 미리암의 팔을 잡고, 꼭 끌어안고, 도움을 청하고 싶다. 자기는 혼자라고, 너무 혼자라고, 그리고 많은 일이 일어났다고, 이야기할 수 없는 너무 많은 일이 일어났는데 미리암에게는 이야기하고 싶다고, 그렇게 말하고 싶다. 그녀는 혼란스럽고 떨린다. 어떻게 행동해야 할지 모른다.

루이즈의 얼굴이 밝아진다. 그녀는 오해라고 항변한다. 주소가 달라졌다는 둥 변명을 해댄다. 남편 자크가 앞날을 생각하지 못하고 의뭉스러웠다며 잘못을 돌린다. 그녀는 명백한 사실을 앞에 두고 현실을 부정한다. 그 비감한 횡설수설을 듣고 있다가 폴은 두 눈을 위로 치켜뜬다.

"알았어요, 알았어요. 그건 당신 일이에요. 그러니 해결하세요. 저는 더 이상 이런 편지는 받고 싶지 않습니다."

편지들은 자크의 집으로부터 그녀의 원룸까지, 그리고 결국은 이곳, 그의 영역, 그녀가 아니면 유지되지 않는 이 집까지 그녀를 쫓아왔다. 그들은 이곳으로 연체된 자크의 치료비 고지서들을 보냈고, 가산금이 붙은 주민세와 무엇에 해당하는지도 모르는 대출 연체금 고지서들도 보냈다. 그녀는 아무 말 없이 가만히 있으면 결국 그들이 포기해버리리라고 순진하게 생각했다. 하여간 자기는 아무것도 아니고 아무것도 가진 게 없으니 그냥 죽은 척하면 된다고. 그런다고 그들이 뭐 어쩌겠는가? 그녀를 추적할 필요가 뭐가 있겠는가?

편지들이 어디 있는지 그녀는 알고 있다. 버리지 않고 전자계산기 밑에 쌓아둔 수많은 봉투들. 그녀는 거기에 불을 지르고 싶다. 아무튼 그녀는 그 끝없는 문장들, 여러 페이지에 걸친 도표들, 금액이 계속 커지는 숫자 막대들을 하나도 이해하지 못한다. 스테파니가 숙제하는 것을 도와줄 때처럼. 그녀는 받아쓰기를 했다. 수학 문제 푸는 것을 도와주려 했다. 딸은 "엄마가 뭘 안다고 그래? 아무것도 모르잖아."라고 깔깔 웃으며 비웃었다.

그날 저녁, 아이들에게 파자마를 입힌 뒤 루이즈는 아이들 방에서 미적거린다. 미리암은 현관에 똑바로 서서 그녀를 기다린다. "이제 가보셔도 돼요. 내일 봐요." 루이즈는 너무나도 머물고 싶다. 거기, 밀라의 침대 발치에서 자고 싶다. 아무 소리도 내지 않고 아무도 방해하지 않을 것이다. 루이즈는 자기 원룸으로 돌아가고 싶지 않다. 그녀는 매일 저녁 조금씩 더 늦게 귀가한다. 눈을 내리깔고 턱까지 스카프를 올리고 길을 걷는다. 집주인, 붉은색 머리에 눈이 붉게 충혈된 그 늙은 남자를 만날까 두렵다. 그 구두쇠가 그녀에게 방을 내준 건 오로지 "이 동네에서 백인 여자에게 세를 주는 건 거의 꿈도 꾸지 못한 일이기 때문"이라 했다. 이제는 틀림없이 후회할 것이다.

열차 안에서 그녀는 울지 않으려고 이를 악문다. 은근히 젖어드는 차가운 비가 그녀의 외투와 머리카락에 스며든다. 출입구 지붕에서 무거운 빗방울이 그녀의 목 위로 떨어져 내려 그녀를 떨게 한다. 집 근처 골목에 이르자 아무도 없는데 누군가 자기를 지켜보는 느낌이 든다. 돌아보지만 아무도 없다. 잠시 후 어둠 속에서 자동차 사이에 웅크리고 있는 남자 하나가 보인다. 벌거벗은 허벅지, 무릎 위에 놓인 거대한 손이 보인다. 한 손은 신문을 쥐고 있다. 그는 그것을 들여다본다. 그는 적대적이지도 않고 거북해하지도 않는다. 그녀는 뒷걸음질 쳐 물러서며 끔찍한 구토증에 사로잡힌다. 그녀는 울부짖고 싶다. 누군가를 목격자로 잡고 싶다. 그녀의 거리에서, 그녀의 코앞에서, 어떤 남자가 똥을 누고 있다. 심지어 부끄러워하지도 않는 것 같다. 그런 걸 보면 평소에도 저렇게 거리낌 없이, 인간의 존엄도 내던지고 볼일을 보는 것이 분명하다.

　루이즈는 자기 건물 문까지 달려가 떨면서 계단을 올라간다. 그녀는 모든 것을 정리한다. 침대 시트를 간다. 몸을 씻고 싶고 오랫동안 따뜻한 물 아래 서서 몸을 덥히고 싶지만 며칠 전에 샤워기가 내려앉아 사용이 불가능하다. 샤워실 바닥 물받이 아래 나무가 썩어 내려앉는 바람에 샤워대가 거의 무너졌다. 그때부터 그녀는 개수대에서 목욕장갑을 끼고 씻는다. 머리는 사흘 전에 포마이카 의자 위에 앉아 감았다.

침대에 누워서도 그녀는 잠이 들지 못한다. 그녀는 끊임없이 그 어둠 속 남자를 생각한다. 이제 자기가 그렇게 될지도 모른다는 생각을 떨쳐버릴 수가 없다. 거리에 나앉을 거라는 생각. 이 누추한 원룸조차 떠나야 하고 동물처럼 거리에서 똥을 누게 될 거라는 생각.

다음 날 아침 루이즈는 자리에서 일어나지 못한다. 밤새 도록 이를 덜덜 떨 정도로 열이 올랐다. 입이 온통 헐고 목이 부었다. 침도 못 삼킬 것 같다. 이제 겨우 7시 30분인데 전화가 울리기 시작한다. 그녀는 받지 않는다. 미리암이라는 이름이 화면에 뜨는 것을 보면서도. 그녀는 눈을 뜨고 전화기로 팔을 뻗어 전화를 끈다. 베개에 얼굴을 파묻는다.

전화가 다시 울린다.

미리암이 이번에는 메시지를 남긴다. "안녕하세요, 루이즈. 별일 없으시길 바라요. 거의 8시네요. 밀라가 어제부터 아픈데 열이 있어요. 저는 아주 중요한 일이 있는데, 오늘이 변론 날이라고 이야기했지요. 별일 없기를, 아무 일도 없었기를 바라요. 메시지 보면 바로 전화해주세요. 기다리겠습니다." 루이즈는 발치에 전화기를 내던진다. 이불을 뒤집어쓴다. 목이 마르고 견딜 수 없이 오줌이 마렵다는 것을 잊으려 애쓴다. 꼼짝도 할 수가 없다.

그녀는 미지근한 라디에이터 온기를 조금이라도 더 느끼려고 침대를 벽에 바짝 밀어붙였다. 그렇게 누워 있으면 코가 거의 유리창에 닿는다. 거리의 헐벗은 나무들을 본다. 이제 어디에도 출구는 없다. 그녀는 발버둥 쳐봐야 소용없다는 묘한 확신이 든다. 출렁이는 물에 몸을 맡기고 떠 있다가 물이 집어삼키면 삼키는 대로, 물속에 잠기면 잠기는 대로, 그냥 상황들 앞에 가만히 있을 수밖에 없다는 확신. 전날 그녀는 우편물을 다 모았다. 봉투를 열고 하나씩 다 찢었다. 편지 조각들을 개수대에 버리고 수도꼭지를 틀었다. 편지 조각들이 물에 젖자 한데 뭉쳐서 더러운 덩어리가 되고, 다시 뜨거운 물줄기 아래에서 모두 해체되는 것을 그녀는 지켜보았다. 전화기가 울리고 또 울린다. 루이즈는 쿠션 밑으로 전화기를 던져 넣었지만 날카로운 전화벨 소리 때문에 다시 잠이 들지는 못한다.

미리암은 집에서 줄무늬 안락의자 위에 변호사복을 걸쳐놓은 채 발을 동동 구르며 미칠 지경이다. "그녀는 이제 안 올 거야." 그녀가 폴에게 말한다. "하루아침에 보모가 사라져버리는 일은 얼마든지 있어. 그런 이야기를 수도 없이 많이 들었지." 그녀는 다시 전화를 해보지만 루이즈의 침묵 앞에서 완전히 속수무책임을 느낀다. 그녀는 폴을 탓한다. 너무 냉혹하게 굴었고 루이즈를 단순한 피고용인처럼 다루었다고 비난한다. "우리가 그녀에게 모욕을 줬어." 그녀가 결론을 내린다.

폴은 아내를 달래 차분히 생각하게 하려 한다. 루이즈에게 뭔가 문제가 있든가, 정말 무슨 일이 생겼는지도 모른다. 아무 설명도 없이 그들에게 이렇게 할 리가 없다. 아이들을 얼마나 좋아하는데 이렇게 작별 인사도 없이 떠나버릴 리는 없다. "말도 안 되는 시나리오나 쓰고 있지 말고 그녀의 주소를 찾아야지. 계약서를 찾아봐. 한 시간 안에 전화를 안 받으면 내가 집으로 찾아갈 거야."

미리암이 서랍들을 뒤지고 있는데 전화가 울린다. 겨우 알아들을 수 있는 목소리로 루이즈가 변명을 한다. 너무 아파서 침대에서 도저히 나올 수가 없었다, 아침에 다시 잠이 들었는데 전화벨 소리를 못 들었다…… "죄송합니다."라는 소리를 최소한 열 번은 반복한다. 그렇게 단순한 설명에 미리암은 어이가 없어 아무 말도 못 한다. 그렇게 흔한 건강 문제를 떠올리지 못한 것이 민망하다. 마치 루이즈는 절대 문제가 일어나지 않는 사람인 것처럼, 그녀의 몸은 피곤도 모르고 병도 나지 않는 것처럼. "알겠어요. 잘 쉬세요. 우리가 어떻게 해볼게요." 미리암이 대답한다.

폴과 미리암은 친구들, 동료들, 가족들에게 전화를 건다. 마침내 누가 '그들을 궁지에서 구해줄' 한 여학생의 전화번호를 알려주는데 그 학생이 다행히 즉시 와줄 수 있다고 수락한다. 그 아가씨, 스무 살의 예쁜 금발 아가씨는 미리암에게 신뢰감을 주지 않는다. 그 아가씨는 아파트에 들어서면서 천천히 굽이 높은 구두를 벗는다. 목에 끔찍한 문신이 있는 것이 눈에 띈다. 미리암이 일러주는 것들을 제대로 알아듣는 것 같지도 않으면서 "네."라고 대답하는데, 신경이 예민하고 주장이 강한 이 여주인에게서 얼른 벗어나려고 그렇게 하는 것 같다. 소파에서 졸고 있던 밀라에게는 너무 친한 척 과장한다. 자신도 아직 완전히 아이 티를 벗지 못했으면서 마치 엄마라도 된 듯 걱정을 쏟아놓는다.

그러나 무엇보다 가장 기막힌 순간은 저녁이 되어 미리

암이 집에 들어섰을 때이다. 집은 끔찍하게 어질러져 있다. 거실에는 장난감들이 여기저기 나뒹군다. 개수대에는 더러운 설거지 거리가 내던져져 있다. 작은 탁자 위에는 홍당무 퓌레가 말라붙어 있다. 아가씨는 마치 감방에서 꼼짝 못하고 있다가 해방된 죄수처럼 안도의 숨을 내쉬며 자리에서 일어난다. 그녀는 지폐를 받아들고 손에 휴대전화를 쥔 채 현관문으로 달려 나간다. 잠시 후 미리암은 발코니에 담배꽁초 여남은 개가 나뒹굴고, 아이들 방의 파란색 서랍장 위에는 초콜릿 아이스크림이 녹아내려 가구의 칠을 망치고 있는 것을 발견한다.

사흘 동안 루이즈는 악몽을 꾼다. 그녀는 잠 속으로 빠져들지 못하고 도착적인 혼수상태에 들어가 생각은 흐려지고 아픈 몸은 더 힘들어진다. 밤이면 내장을 갈가리 찢는, 자기 안에서 울부짖는 비명이 떠나지 않는다. 그녀는 땀으로 셔츠가 몸에 달라붙은 채, 이를 덜덜 떨며 침대소파 매트리스로 파고든다. 얼굴은 장화 굽에 짓밟힌 듯하고 입안에 흙이 가득한 느낌이다. 엉덩이는 올챙이 꼬리처럼 파들거린다. 그녀는 탈진한다. 물을 마시거나 화장실에 갈 때만 깨어났다가 다시 둥지로 돌아온다.

그녀는 잠에서 깨어난다. 너무 멀리 헤엄쳐나가 산소가

부족할 때 깊은 물속에서 떠오르듯이. 물이 이제 끈끈한 마그마 같아져서 간절히 숨 쉴 공기를 원하다가, 조금만 더 힘을 내 땅에 가닿을 수 있기를, 그래서 한껏 숨을 들이마실 수 있기를 빌다가 수면 위로 떠오르듯이.

그녀는 앙리-몽도르 병원 의사가 사용했던 용어를 꽃무늬 표지의 작은 수첩에 적어놓았다. "망상성 우울증." 루이즈는 그 단어가 아름답게 여겨졌는데, 그러자 그녀의 슬픔 속에 문득 시적인 음영이 드리우고 일탈의 기운이 서렸다. 그녀는 비뚤비뚤 진하게 눌러쓴, 대문자로 된 이상한 글씨체로 그 말을 적어놓았다. 작은 수첩 속 그 단어는 흔들리는 아당의 건축물과 비슷하다. 아당은 오로지 무너지는 것을 보며 기뻐하기 위해 나무토막들을 쌓는다.

처음으로 그녀는 늙는다는 것에 대해 생각한다. 몸에 고장이 나기 시작하고 조금만 움직여도 뼛속까지 느껴지는 통증을 생각한다. 늘어가는 병원비. 그리고 유리창이 더러운 아파트에서 앓아누워 보내는, 병든 노년의 불안. 그것은 강박증이 된다. 그녀는 이곳이 끔찍하게 싫다. 샤워실에서 나는 곰팡이 냄새가 그녀를 떠나지 않는다. 그녀는 입속까지 그것을 느낀다. 모든 이음새, 모든 틈새를 녹색 곰팡이가 가득 메우고 있는데 아무리 미친 듯이 문질러 없애봤자 밤사이 더 무성하게 피어오른다.

몸속에서 증오가 솟아오른다. 증오는 그녀에게로 와서 노예근성과 어린아이 같은 낙관을 저지한다. 모든 것을 흐려놓는다. 그녀는 슬프고 혼란스러운 꿈속으로 빨려 들어간다. 다른 이들의 내밀한 삶, 그녀는 절대 가질 권리가 없는 내밀한 삶을 너무 많이 보고 너무 많이 들었다는 느낌이 그녀의 머릿속을 맴돈다. 그녀는 한 번도 자기 방을 가져보지 못했다.

괴로운 사흘 밤이 지나고 그녀는 다시 일을 할 수 있겠다는 느낌이 든다. 살이 빠지고 어린아이 같은 얼굴이 창백하고 핼쑥한 게 마치 매질이라도 당한 것처럼 길쭉해졌다. 그녀는 머리를 빗고 화장을 한다. 보랏빛 눈꺼풀 위에 섀도를 바르며 마음을 가라앉힌다.

아침 7시 30분, 그녀가 오트빌 가 아파트 현관문을 연다. 밀라가 파란 파자마 바람으로 보모에게 달려간다. 아이는 그녀에게 뛰어올라 품에 안긴다. "루이즈 아줌마다! 아줌마가 왔다!"

어머니 품에서 아당이 몸부림을 친다. 그는 루이즈의 목소리를 들었고, 그녀의 파우더 냄새를 알아차렸고, 바닥에서 나는 가벼운 발소리를 알아들었다. 그가 작은 손으로 어머니의 상체를 밀치자 어머니는 미소 지으며 자기 아이를 루이즈의 다정한 품에 내어준다.

미리암의 냉장고 속에는 층층이 쌓아놓은 아주 작은 통들이 있다. 알루미늄 포일로 덮은 그릇들이 있다. 플라스틱 선반 위에 작은 레몬 조각들이 보이고, 끝이 말라붙은 오이 조각, 냉장고 문을 열자마자 온 부엌에 냄새를 퍼뜨리는 양파 4분의 1 토막도 보인다. 껍질만 남은 치즈 조각. 미리암은 무르고 초록빛이 흐려진 완두콩 몇 개를 통 속에서 발견한다. 스파게티 가락 세 줄. 걸쭉한 수프 한 숟갈. 참새 한 마리가 먹을 양도 못 되는데 루이즈가 잘 보관해둔 칠면조 조각.

폴과 미리암에게 이런 건 농담거리다. 루이즈의 엉뚱한

행동, 음식을 버리는 것에 대한 극도의 공포가 처음에는 그들에게 웃음을 주었다. 보모는 통조림을 싹싹 긁어 다 사용하고 아이들에게 요구르트 용기를 핥아먹게 한다. 그녀의 고용인들은 그것이 우스꽝스럽고도 감동적이라 여긴다.

남긴 음식이나 수선할 엄두가 나지 않는 밀라의 장난감을 미리암이 한밤중에 아래층에 내려다놓는 것을 보고 폴은 놀린다. "루이즈한테 혼날까 봐 겁나는 거지, 인정해!"라며 계단참까지 따라 나와 웃는다.

동네 가게들이 우편함에 넣어놓은, 보통은 기계적으로 버리곤 하는 팸플릿들을 루이즈가 골똘히 들여다보는 것도 그들은 재미있어한다. 보모는 할인 쿠폰들을 모아 미리암에게 자랑스럽게 내보이는데, 미리암은 부끄럽게도 그것이 한심하게 여겨진다. 게다가 남편과 아이들 앞에서 루이즈를 모범으로 삼고 있으니 말이다. "루이즈가 옳아. 낭비하는 건 정말 나쁜 거야. 먹을 게 아무것도 없는 아이들도 있어."

하지만 몇 달이 지나자 이런 집착은 스트레스가 된다. 미리암은 루이즈에게 그녀의 강박증을 나무란다. 그녀의 완고함과 편집증에 대해 불평한다. 폴이 루이즈의 통제에서 벗어나야 한다고 주장하면, 미리암은 "뭐 쓰레기통을 마음껏 뒤지라고 그래. 내가 그녀에게 뭘 해명할 필요는 없어."라고 확실히 말한다. 미리암은 확고한 태도를 보인다. 그녀는 루이즈에게 유통기한이 지난 음식을 아이들에게 주는 것을 금한다. "네, 딱 하루 지난 것도요. 그렇게 하세요. 이렇고 저렇고 더 말할 것도 없어요."

어느 날 저녁, 루이즈가 겨우 회복되고 있던 시기, 미리암이 늦게 귀가한 날이다. 아파트는 캄캄한 어둠 속에 잠겨 있고, 루이즈는 외투를 걸치고 가방을 손에 든 채 문간에서 기다리고 있다. 그녀는 겨우 작별 인사를 하고는 황급히 엘리베이터로 들어간다. 미리암은 너무 피곤해서 아무 생각도 없고 마음이 동요되지도 않는다.

"루이즈가 뿌루퉁하네. 그래서 뭐 어쩌라고?"

그녀는 옷도 안 벗고 신발도 신은 채 그대로 소파에 몸을 던져 잠들 수도 있다. 그러나 포도주를 한 잔 마시려고 부엌으로 간다. 잠깐 거실에 앉아 차가운 백포도주를 한 잔 마시고 담배를 한 대 피우며 긴장을 풀고 싶다. 아이들을 깨울까 겁나지 않는다면 목욕까지 할 것이다.

그녀는 부엌에 들어가 불을 켠다. 부엌은 평소보다 더

깨끗해 보인다. 비누 냄새가 강하게 떠돈다. 냉장고 문도 깨끗이 닦여 있다. 싱크대에 아무것도 돌아다니는 것 없이 말끔하다. 환풍기에 낀 기름 자국도 없고 벽장 손잡이도 스펀지로 닦여 있다. 그리고 그녀 앞의 유리창도 눈부시게 깨끗하다.

미리암이 냉장고 문을 열려는 순간 그것이 보인다. 아이들과 보모가 식사를 하는 작은 테이블 한가운데에. 통닭의 뼈대가 접시 위에 놓여 있다. 살 한 점 붙어 있지 않은, 고기의 미미한 흔적도 없는 반짝이는 뼈. 독수리가 파먹은 것 같다. 아니면 아주 작은 어떤 끈질긴 벌레가. 하여간 어떤 나쁜 벌레든가.

그녀는 고동색 뼈대를 뚫어져라 쳐다본다. 둥그런 등, 뾰족한 뼈, 매끈하고 깨끗한 척추. 넓적다리는 뜯겨 있지만 날개는 관절이 비틀리고 곧 떨어질 것 같은 채로 아직 붙어 있다. 광택이 나는 누르스름한 연골은 말라붙은 고름 같다. 미리암은 구멍 속으로, 작은 뼈들 사이로 알맹이가 다 빠진 검은 흉곽의 텅 빈 내부를 본다. 이 뼈대에는 더 이상 고기도 내장기관도 부패하기 쉬운 어떤 것도 없지만 미리암에게 그것은 짐승의 사체, 그녀가 보는 데서, 자기 부엌에서 계속 썩어가는 흉한 시체인 것 같다.

그녀는 바로 오늘 아침, 분명히 저 통닭을 쓰레기통에 버렸다. 고기가 더 이상 먹을 수 없게 되어서 아이들이 먹고 탈이 날까 봐 없앤 것이다. 쓰레기봉투에 대고 접시를 흔들어서 기름 덩어리로 둘러싸인 그 고기가 봉투 안으로 떨어졌던 것을 분명히 기억한다. 그것은 쓰레기통 바닥으로 둔중한 소리와 함께 떨어져 내리며 뭉개졌고 미리암은 "웩" 소리를 냈다. 이른 아침에 그 냄새가 그녀에게 구토증이 일게 했다.

미리암은 그 동물에 다가가보지만 만져볼 엄두는 나지 않는다. 루이즈의 실수나 망각일 수는 없다. 농담은 더더욱 아니다. 아니, 뼈대에서는 달콤한 아몬드 향 주방세제 냄새가 난다. 루이즈는 물로 여러 번 그것을 씻은 다음, 복수나 불길한 토템으로 저기 놓아두었다.

얼마 후 밀라가 엄마에게 모든 것을 말해주었다. 아이는 루이즈가 그들에게 손으로 고기 먹는 법을 가르쳐준 일을 이야기하며 폴짝폴짝 뛰어대고 웃는다. 아당과 밀라는 자기들 의자에 서서 뼈를 긁어 먹었다. 고기가 바싹 말라 있어서, 목이 메지 않도록 루이즈가 환타를 큰 잔에 따라서 마시게 했다. 루이즈는 뼈를 다치지 않게 하려고 무척 조심했고 통닭에서 잠시도 눈을 떼지 않았다. 그녀는 이것이 게임이며 그들이 규칙을 잘 지키면 상을 줄 거라고 말했다. 그래서 다 끝내고 나서 그들은 새콤한 사탕 두 개를 얻었다.

엑토르 루비에

십 년이 지났지만 엑토르 루비에는 루이즈의 손을 완벽하게 기억한다. 그녀의 손, 그것은 그가 가장 자주 만진 것이었다. 손에서는 으깨진 꽃잎 냄새가 났고 손톱에는 언제나 매니큐어가 칠해져 있었다. 엑토르는 그 손을 꼭 잡았고 자기 몸에 꼭 댔으며, 텔레비전에서 영화를 볼 때 자기 목덜미에 놓여 있는 것을 느끼곤 했다. 루이즈의 손은 따뜻한 물속에서 엑토르의 깡마른 몸을 문질렀다. 그 손은 그의 머리카락에 비누 거품을 내고, 겨드랑이 밑을 비비고, 성기와 배, 엉덩이를 씻겼다.

그는 침대에 누워 베개에 얼굴을 묻고서 파자마 상의를

들어 올려 루이즈에게 문질러달라는 표시를 했다. 그녀가 손톱 끝으로 아이의 등을 살살 긁어주면 그의 살갗은 긴장하며 전율했고, 살짝 부끄러운 느낌 속에 마음이 가라앉아 잠이 들곤 했다. 루이즈의 손가락 때문에 묘한 흥분 상태에 빠져들었다는 것을 어렴풋이 짐작했기 때문이다.

엑토르는 등굣길에 보모의 손을 아주 꼭 쥐었다. 그가 점점 자랄수록, 그의 손바닥이 점점 넓어질수록, 그는 루이즈의 뼈, 그 비스킷과 도자기 같은 손을 으스러뜨릴까 봐 점점 더 겁이 났다. 보모의 손가락 관절들이 아이의 손 안에서 때로 딱 하는 소리를 냈고, 엑토르는 자기가 루이즈의 손을 잡아 길을 건네주고 있다는 생각이 들었다.

루이즈는 한 번도 그를 거칠게 대한 적이 없다. 그는 그녀가 화내는 모습을 본 기억이 없다. 가까이에서 몇 년을 보냈는데도 그에게 그녀의 이미지는 흐릿하고 형체가 없다. 루이즈의 얼굴은 그에게 멀게 느껴지고 지금 길에서 우연히 만나면 알아볼 수 있을지도 자신이 없다. 하지만 말랑하고 부드러운 뺨의 촉감, 아침저녁으로 바르던 파우더 냄새, 그의 얼굴에 닿던 베이지색 스타킹의 감촉, 때로 이를 대고 깨물듯 그에게 뽀뽀를 하던 방식, 마치 그에게 불현듯 야생적인 사랑을 표현하고 싶었던 듯, 그를 전부다 가지고 싶다는 욕망을 말하고 싶었던 듯 그렇게 묘하게 뽀뽀를 하던 방식. 그렇다. 이 모든 것을 그는 기억한다.

그는 또한 그녀가 케이크를 잘 만들었던 것도 잊지 않았다. 그녀가 학교 앞으로 가져오던 케이크도, 소년이 잘 먹는 것을 보며 몹시도 좋아하던 모습도 잊지 않았다. 그녀의 토마토소스 맛, 살짝 익힌 스테이크에 후추를 뿌리던 방식, 버섯을 넣은 크림은 그가 자주 떠올리는 추억이다. 컴퓨터 화면 앞에서 먹는 냉동음식 이전의 세계, 유년과 연결된 신화.

그는 또한 그녀가 그에게 무한한 인내심을 보여주었던 것을 기억한다. 아니 기억한다고 믿는다고 하는 편이 낫겠다. 저녁마다 잠자리에 드는 일로 부모님과 벌이는 의식은 늘 안 좋게 돌아갔다. 안 루비에, 그의 어머니는 엑토르가 울고, 문을 열어두라고 애원하고, 이야기를 하나만 더 해달라고 하고, 물 한 잔만 달라고 하고, 괴물을 분명히 봤다고 하고, 배가 고프다고 할 때 인내심을 잃곤 했다.

루이즈는 그에게 "나도 잠드는 게 무서워."라고 고백했다. 그녀는 악몽에 관대했고, 몇 시간 동안 그의 관자놀이를 어루만져주고 장미 냄새가 나는 긴 손가락으로 잠으로 향하는 그의 길을 동반해줄 수 있었다. 그녀는 아이 방에

램프를 하나 켜두라고 아이 어머니를 설득했다. "그렇게 아이에게 공포를 줄 필요는 없잖아요."

그렇다. 루이즈가 떠났을 때 그것은 가슴이 에는 이별이었다. 그는 그녀가 사무치게 보고 싶었고, 그녀를 대신하게 된 젊은 여자가 너무나도 싫었다. 학교에 데리러 오는 여학생, 그에게 영어로 말하고, 어머니의 말대로 '그에게 지적 자극을 줄' 그 대학생이 싫었다. 그는 루이즈가 그렇게 떠나버린 것을, 열렬히 다짐했던 약속을 지키지 않은 것을, 오로지 그밖에 없으며 그 누구도 그를 대신할 수 없을 거라던 그 영원한 사랑의 맹세를 저버린 것을 원망했다. 어느 날 그녀가 없어졌는데 엑토르는 차마 질문을 하지 못했다. 자기를 떠난 그 여자 때문에 눈물을 흘릴 수 없었다. 왜냐하면 아무리 여덟 살밖에 안 되었어도 그 사랑이 우습다는 것, 사람들이 그를 비웃으리라는 것, 가엾게 여기는 이들도 약간 그런 척할 뿐이라는 것을 본능적으로 알고 있었기 때문이다.

엑토르는 고개를 숙인다. 침묵한다. 그의 어머니가 옆자리에 앉아서 그의 어깨에 손을 올린다. "괜찮아, 아들." 이라고 그에게 말하지만 안은 동요하고 있다. 그녀는 경찰들 앞에서 죄지은 사람 눈을 하고 있다. 그녀는 무언가 고백할 것을 찾는다. 오래전 자기가 했을 잘못, 지금 경찰이 죗값을 물으려 하는 것을 찾는다. 그녀는 항상 그런 식으로 죄가 없으면서도 편집광적인 두려움을 지녀왔다. 그녀는 세관을 지날 때마다 식은땀을 흘렸다. 한번은 임신 중에 술도 마시지 않고 음주측정기를 분 적이 있었는데 그때도 체포될 거라고 확신했다.

경감, 숱 많은 갈색 머리를 위로 올려 묶은 예쁜 여자가 그들 앞의 자기 책상 위에 앉는다. 그녀는 안에게 어떻게 루이즈와 만나게 되었는지, 어떤 이유로 그녀를 아이들 보모로 채용하게 되었는지 묻는다. 안은 차분하게 답한다. 그녀는 오로지 그 경감을 만족시키는 것, 그래서 사건의 실마리를 얻는 것, 그리고 특히 루이즈가 무슨 혐의를 받고 있는지 아는 것, 그것만을 원한다.

루이즈는 친구가 추천한 사람이었다. 친구는 루이즈를 극찬했다. 그리고 그녀 자신도 보모에 대해 항상 만족스러워했다. "엑토르는, 당신도 봐서 알겠지만, 그녀를 아주 좋아했어요." 경감은 소년에게 미소 짓는다. 그녀는 자기 책상 앞으로 돌아가서 서류를 하나 펼치고 묻는다.

"마세 부인과 통화했던 것 기억하시나요? 일 년보다 좀 더 전, 1월에?"

"마세 부인요?"

"네. 기억해보세요. 루이즈가 당신 이름을 추천인으로 제시해서 미리암 마세가 그녀에 대한 당신 의견을 알고자 했지요."

"맞아요, 기억나요. 루이즈가 아주 훌륭한 보모라고 말해줬어요."

그들은 아무런 기분 전환 거리도 없는 이 차가운 방에 두 시간째 앉아 있다. 사무실은 잘 정돈되어 있다. 굴러다니는 사진도 전혀 없다. 벽보도 없고 수배전단도 전혀 없다. 경감은 때로 말을 하다가 멈추고는 양해를 구하고 사무실 밖으로 나간다. 안과 그녀의 아들은 유리창 너머로 경감이 휴대전화에 응답을 하고 동료와 귓속말을 하거나 커피를 마시는 것을 본다. 그들은 지루하더라도 서로 말하고 싶지는 않다. 곁에 나란히 앉아서 그들은 서로를 피하며 둘만 있다는 것을 잊은 척한다. 그들은 그저 크게 숨을 한번 쉬고, 자리에서 일어나 의자를 한 바퀴 돌 뿐이다. 엑토르는 자기 휴대전화를 들여다본다. 안은 검은색 가죽 가방을 두 팔로 꼭 안고 있다. 그들은 지루하지만 너무 예의 바르고 겁이 나서 경찰에게 조금의 짜증스러운 기색도 내비치지 못한다. 녹초가 된 채로, 고분고분하게, 그저 곧 풀려나기만을 기다린다.

경감은 서류들을 인쇄해 그들에게 내민다.

"여기, 그리고 여기 서명해주세요."

안은 종이를 들여다보며 눈을 들지 않은 채 아무 억양 없는 목소리로 묻는다.

"루이즈가 무슨 짓을 했나요? 무슨 일이 있었던 거예요?"

"아이 둘을 살해한 혐의로 입건되었습니다."

경감의 눈에는 다크서클이 드리워져 있다. 푸르스름하게 부푼 다크서클이 그녀의 시선을 더 무겁게 만들고, 그래서 이상하게도 그녀를 더 예뻐 보이게 한다.

엑토르는 6월의 열기 속 거리에 나선다. 여자애들은 예쁘고, 그는 크고 싶고, 자유로워지고 싶고, 남자가 되고 싶다. 무거운 짐 같은 자신의 열여덟 살을 획 던져버리고 싶다. 망연자실 얼어붙은 자기 어머니를 경찰서 문 앞에 버려두었듯이. 그는 조금 전 경감 앞에서 자신이 제일 먼저 느낀 것이 놀라움이나 경악이 아니라 고통스러운 커다란 안도감이라는 것을 깨닫는다. 심지어 기쁨이기까지 했다.

마치 언제나 자신에게 위협이 가해졌다는 것, 실제 일어나지는 않았던 위협, 형언할 수 없는 끔찍한 위협이 가해졌다는 것을 알고 있었던 듯이. 자기 혼자만, 어린아이의 눈과 마음으로 혼자만이 간파할 수 있었던 위협. 운명은 불행이 다른 곳을 덮치길 원했을 뿐이다.

경감은 그를 이해하는 것 같아 보였다. 조금 전 그녀는 그의 담담한 얼굴을 가만히 뜯어보았고 그에게 미소 지었다. 사람들이 살아남은 자들에게 미소를 지어주듯이.

미리암은 밤새도록 부엌 탁자에 있던 그 뼈대 생각을 한
다. 눈을 감으면 바로 그 동물 뼈대가 바로 거기, 자기 옆
에, 침대 속에 있는 모습이 떠오른다.

그녀는 작은 탁자 위에 손을 얹고 곁눈으로 그 뼈대를
지켜보면서 단숨에 포도주를 들이켰다. 그것에 손을 대 촉
감을 느끼기가 역겨웠다. 그러면 무슨 일인가 일어날 것
같은, 그 짐승이 다시 살아나 그녀 얼굴로 튀어 올라 머리
카락에 달라붙고 그녀를 벽으로 밀어붙일 것 같은 이상한
느낌이 들었다. 그녀는 거실 창가에서 담배를 한 대 피우
고 다시 부엌으로 돌아갔다. 그녀는 비닐장갑을 끼고 뼈대

를 쓰레기통에 던져 넣었다. 접시도, 곁에 있던 행주도 같이 버렸다. 그녀는 검은 비닐봉투들을 들고 전속력으로 아래층에 내려다놓고는 건물 입구 출입문을 거세게 닫고 들어왔다.

그녀는 다시 침대로 돌아왔다. 심장이 쿵쾅거려 숨쉬기가 힘들 정도였다. 자려고 해보았지만 더 견디지 못하고 폴에게 울면서 전화를 걸어 그 통닭 이야기를 했다. 그는 그녀가 너무 생각을 부풀린다고 한다. 그는 시시한 공포영화 시나리오라며 웃는다. "통닭 이야기 가지고 그 지경이 되려는 건 아니겠지?" 그는 그녀를 웃게 만들려고, 상황의 심각성을 의심하게 만들려고 노력한다. 미리암은 전화를 확 끊어버린다. 그는 다시 전화를 걸어보지만 그녀는 받지 않는다.

그녀는 잠들지 못하고 머릿속이 비난으로 가득했다가 그다음에는 죄책감이 차오른다. 처음에는 루이즈에게 욕을 퍼붓는다. 그녀가 미쳤다고 말한다. 어쩌면 위험하기도 하다. 자기 주인에 대해 추악한 증오를, 복수의 욕망을 키우고 있다. 루이즈가 어떤 폭력이 가능한지 가늠하지 못한 것을 자책한다. 보모가 그런 일로 화를 낼 수 있다는 것은 이미 알아차린 적이 있었다. 한번은 밀라가 학교에서 카디건을 잃어버렸는데 루이즈는 그 일로 노심초사했다. 매일 같이 미리암에게 그 파란 카디건 이야기를 했다. 그녀는 반드시 그것을 찾고야 말겠다고 했고, 교사와 관리인과 구내식당 책임자들을 못살게 굴었다. 어느 월요일 아침 미리암이 밀라에게 옷을 입히고 있는 것을 그녀가 보았다. 아이는 파란색 카디건을 입고 있었다.

"그 옷 찾으셨어요?" 흥분한 눈으로 보모가 물었다.

"아니요, 똑같은 걸 샀어요."

루이즈는 걷잡을 수 없이 화를 냈다. "그걸 찾겠다고 내가 그렇게 애를 썼는데. 그러면 그게 무슨 뜻인가요? 누가 자기 걸 훔쳐가게 두고, 자기 물건을 잘 챙기지 않아도 괜찮다, 엄마가 밀라한테 카디건을 다시 사줄 테니까?"

그러고 나서 미리암은 비난을 자신에게로 돌린다. '내가 너무한 거야. 내가 낭비를 하고 너무 가볍고 경망스럽다고 그녀만의 방식으로 나한테 말을 하는 거였어. 루이즈는 내가 그 통닭을 버린 걸 모욕으로 받아들인 게 틀림없어. 돈 문제를 겪고 있는데 말이야. 그녀를 도와주는 대신 모욕을 줬어.'

그녀는 겨우 조금 잔 것 같은 느낌으로 새벽에 일어난다. 침대에서 나오는데 바로 부엌에 불이 켜져 있는 것이 보인다. 그녀는 방에서 나와, 안뜰로 난 작은 창가에 앉아 있는 루이즈를 본다. 보모는 미리암이 그녀의 생일에 사주었던 자기 찻잔을 두 손으로 들고 있다. 그녀의 얼굴은 수증기 구름 속에 떠 있다. 루이즈는 어스름한 아침 속에 조그마한 할머니, 흔들리는 유령 같다. 그녀의 머리카락과 피부는 색이 모두 증발했다. 미리암은 요즘 루이즈가 언제나 똑같은 옷을 입는다는 느낌이 든다. 저 파란 블라우스와 둥근 칼라가 대뜸 그녀를 역겹게 한다. 그녀에게 무슨 말을 해야 하는 것이 너무나 싫다. 그녀를 자기 삶에서, 아무 노력 없이, 손짓 한 번으로, 눈 한 번 깜빡해서 사라지게 하고 싶다. 그러나 루이즈는 거기에 있고, 그녀에게 미소 짓는다.

가느다란 목소리로 그녀가 묻는다. "커피 한 잔 드릴까요? 피곤해 보이세요." 미리암은 손을 내밀어 뜨거운 잔을 받는다.

그녀는 자신을 기다리는 긴 하루를 생각한다. 중죄재판소에서 한 남자를 변호하게 되어 있다. 자기 부엌에서, 루이즈 앞에서, 그녀는 상황의 아이러니를 헤아려본다. 모두들 감탄해마지 않는 투쟁정신의 소유자인 그녀, 상대에 맞서는 용기에 대해 파스칼이 칭송하는 그녀, 그런 그녀가 이 작은 금발 여인 앞에서 목이 멘다.

어떤 청소년들은 영화 촬영장을 꿈꾸고, 축구 경기장, 꽉 찬 콘서트장을 꿈꾼다. 미리암은 항상 중죄재판소를 꿈꾸었다. 대학생 시절부터 그녀는 가능한 한 많은 재판에 참관했다. 그녀의 어머니는 그렇게 추악한 성폭력 이야기라든가 암울하고 감정이라곤 없는, 근친상간이나 살인에 대한 정확한 보고서에 열정을 가질 수 있다는 것을 이해할 수 없어했다. 미리암은 자신이 주의 깊게 사건을 추적해 온 연쇄살인범, 미셸 푸르니레의 재판이 시작되었을 때 변호사직을 준비하고 있었다. 그녀는 샤를빌-메지에르 중심에 방을 얻었고, 매일 그 괴물을 지켜보러 오는 가정주부들 무리에 합류했다. 법원 바깥에 거대한 천막이 설치되어 그 아래에서 수많은 대중이 대형 화면을 통해 직접 공판을 지켜볼 수 있었다. 그녀는 좀 떨어져 있었다. 그녀는 그들에게 말하지 않았다. 그녀는 불그레한 얼굴의 이 여자들, 머리는 짧고 손톱은 바싹 깎은 이 여자들이 욕설을 하고 침을 뱉으며 피의자 호송차를 맞이할 때 마음이 편치 않았다.

이 솔직한 증오의 광경, 복수의 요청은 그렇게 원리원칙으로 빚어진, 때로 그렇게 엄격한 그녀를 사로잡아버렸다.

미리암은 전철을 타고 재판소에 미리 도착한다. 그녀는 담배를 한 대 피우고 손가락 끝으로 자신의 거대한 서류를 두른 붉은색 끈을 잡는다. 한 달 전부터 미리암은 파스칼을 도와 이 재판을 준비했다. 스물네 살의 피의자는 공범 세 명과 함께 스리랑카인 두 명을 해치우려 한 혐의로 기소되었다. 알코올과 코카인에 취한 상태에서 그들은 신분증도 없고 아무 사연도 없는 요리사 두 명을 마구 때렸다. 그들은 때리고 또 때렸고, 그중 한 남자가 죽을 때까지 때렸고, 목표물을 착각했다는 것을 깨달을 때까지, 그들이 한 흑인을 다른 사람으로 알았다는 것을 깨달을 때까지 때렸다. 감시 카메라에 찍혀 다 드러났기에 부정할 수 없었다.

첫 접견 시 그 남자는 변호사들에게 자기가 살아온 이야기를 해주었다. 거짓말로 덧씌우고 과장한 게 뻔한 이야기를. 종신형을 앞두고 그는 미리암에게 잘 보일 방법을 찾아냈다. 그녀는 '적절한 거리'를 지키기 위해 모든 노력을 다 했다. 이것은 파스칼이 항상 쓰는 표현이었는데, 그에 따르면 소송의 성공이 여기에 달려 있다. 그녀는 거짓과 진실을 구분하고 체계적으로 확실한 증거를 밝혀내려고 노력했다. 그녀는 선생님 같은 목소리로 간단한 단어 그러나 준엄한 단어들을 사용하여 거짓말은 적절치 못한 방어책이라고, 이제 그는 진실을 말해도 잃을 게 하나도 없다고 일러주었다.

그녀는 재판을 위해서 그 젊은이에게 새 셔츠를 사 입혔고, 저속한 농담이나 건방지게 입꼬리를 비틀고 웃는 행동 같은 것은 하지 말라고 충고했다. "우리는 당신도 마찬가지로 피해자라는 걸 보여줘야 해요."

정신을 집중해서 일에 몰두하다 보니 미리암은 지난밤 악몽을 잊어버린다. 그녀는 법정에 출두한 전문가 두 사람에게 질문을 던져 의뢰인의 심리상태에 대해 말하게 한다. 피해자 중 한 사람이 통역사의 도움을 받아 증언한다. 증언은 힘들 정도로 오래 이어졌지만 청중석에서는 감정적 동요가 확연히 느껴졌다. 피의자는 아무 동요 없이 눈을 내리깔고 있었다.

잠시 휴정하는 동안 파스칼이 전화를 받았고, 그사이 미리암은 멍한 시선으로 공포에 휩싸인 채 복도에 앉아 있다. 어쩌면 그 채무 이야기를 너무 오만하게 취급했는지도 모른다. 사적인 일에 너무 개입하지 않으려 한 것도 있고, 또 좀 대수롭지 않게 여기기도 해서 국고의 우편물을 자세히 들여다보지 않았다. 수십 번이나 루이즈에게 우편물을 가지고 오라고 청했다. 루이즈는 처음에는 잊어버렸다고 하고 내일은 꼭 잊지 않겠다고 했다. 미리암은 그 문제에 대해 좀 더 알아보려 했다. 자크에 대해, 몇 년간 불려온 듯 보이는 그 빚에 대해 그녀에게 물었다. 그리고 스테파니가 그녀의 어려움에 대해 아느냐고 물었다. 이해심 많은 온화한 목소리로 묻는 질문에도 루이즈는 굳은 침묵으로 일관했다. '속내를 잘 드러내지 못하는 거겠지.'라고 미리암은 생각했다. 두 세계 사이의 경계를 확실하게 지키는 한 방식. 그래서 그녀는 루이즈를 돕는 것을 포기했다. 자기가 자꾸 알려고 드는 것이 루이즈에게는 그 연약한 몸에 매질을 하는 것과 같을지도 모른다는 끔찍한 느낌이 들었다. 며칠 전부터 점점 더 쇠약해지고, 창백해지고, 희미하게 사라져가는 것 같아 보이는 그 몸에. 흉흉한 소문이 떠도는 어두컴컴한 이 복도에서 미리암은 너무도 피곤하고, 온몸이 땅 밑으로 가라앉는 것 같은 느낌에 휩싸이고, 아무것도 할 수 없을 것 같은 무력감이 엄습한다.

오늘 아침 폴이 전화를 했다. 그는 어제 일을 만회하려 다정하게 굴었다. 그렇게 바보같이 말한 것을 사과했다.

그녀의 말을 심각하게 받아들이지 않았던 것도. 그는 여러 번 말했다. "당신 하고 싶은 대로 하자. 이런 상황에서 루이즈를 그대로 둘 수는 없지." 그러고 나서는 현실적인 제안을 덧붙였다. "여름까지만 기다리자. 휴가를 다녀온 다음에 이제는 정말 우리가 그녀를 필요로 하지 않는다는 걸 알리는 거야."

미리암은 자신 없이 단조로운 목소리로 대답했다. 며칠간의 병가 후에 보모를 다시 만났을 때 아이들이 얼마나 좋아했는지 다시 떠올린다. 루이즈가 그 황량한 얼굴로 그녀에게 보냈던 슬픈 시선을. 좀 우스꽝스러울 정도로 모호한 변명, 책임을 다하지 못해 부끄럽다는 말이 아직도 귀에 들려온다. "다시는 이런 일이 없을 거예요. 약속드려요."라고 그녀는 말했다.

물론 그냥 끝내면, 모든 것을 멈추면 된다. 하지만 루이즈는 그들의 집 열쇠를 가지고 있고, 모든 것을 알고 있고, 그들의 삶 속에 너무 깊이 박혀 있어서 이제 밖으로 들어내는 것이 불가능해 보인다. 그들이 그녀를 밀어내도 그녀는 다시 돌아올 것이다. 그들이 작별 인사를 해도 그녀는 문을 두드려대고 안으로 들어올 것이며, 상처받은 연인처럼 위험할 것이다.

스테파니

스테파니는 대단히 운이 좋았다. 그녀가 중학교에 들어
갔을 때 루이즈의 고용인인 페랭 부인이 파리 지역 고등학
교에 등록시키자고 제안했다. 그녀가 보비니에서 가게 될
학교보다 훨씬 평판이 좋은 곳이었다. 너무도 일을 열심히
하고 보상을 받아 마땅한 저 가엾은 루이즈에게 그 여자는
좋은 일을 해주고 싶었다.

그러나 스테파니는 그런 너그러운 호의에 부응하는 모
습을 보여주지 못했다. 첫 학년 시작 후 겨우 몇 주도 안
되어서 골치 아픈 일들이 시작되었다. 그녀는 학급을 어
지럽혔다. 자제하지 못하고 웃음을 터뜨리거나 교실에 물

건들을 던지고, 선생님들에게 무례하고 거친 말로 대답했다. 다른 학생들은 그녀가 우습다고 생각하면서 동시에 피곤해했다. 가정통신문에 적힌 말들, 경고, 교장의 소환장 등을 그녀는 루이즈에게 모두 다 숨겼다. 수업을 빼먹고 15구 작은 공원의 벤치에 누워 정오도 되기 전에 마리화나를 피우기 시작했다.

어느 날 저녁 페랭 부인은 보모를 불러 몹시 실망했다는 의견을 표했다. 배신을 당한 느낌이라고 했다. 루이즈 때문에 그녀는 너무나도 부끄러웠다. 교장 선생님 앞에서 체면을 잃었다. 그분을 설득하려고 그렇게 시간을 많이 들였는데, 그리고 그분이 스테파니를 받아주는 호의를 베풀었는데 말이다. 일주일 후에 스테파니는 징계위원회에 출두해야 했고 루이즈도 같이 가야 했다. "재판 같은 거예요. 가서 잘 변호해보세요."라고 그녀의 주인 여자가 냉정하게 말했다.

3시에 루이즈와 그녀의 딸은 회의실로 들어갔다. 그곳은 난방이 잘돼 있지 않은 둥그런 방으로, 초록색과 파란색 유리로 된 넓은 창문으로 성당처럼 빛이 퍼져나가고 있었다. 여남은 명의 사람들—교사들, 상담사들, 학부모 대표들—이 널따란 나무 탁자에 빙 둘러앉아 있었다. 그들은 차례대로 발언을 했다. "스테파니는 적응을 못 하고 있고, 규율을 위반하고 무례한 행동을 합니다." 누군가 덧붙여 말한다. "나쁜 아이는 아니에요. 하지만 한번 시작하면 진정시킬 도리가 없어요." 그들은 루이즈가 어떻게 이런 엄청난 일에 전혀 대응을 하지 않았는지 놀라워했다. 교사들이 그녀에게 보낸 면담 요청들에 답변을 하지 않았던 것에. 그녀의 휴대전화로 연락도 했다. 메시지까지 남겼지만 모두 소용없었다.

루이즈는 딸에게 한 번만 더 기회를 달라고 간청했다. 그녀는 자기 아이들을 얼마나 챙기는지, 아이들이 말을 안 들으면 얼마나 벌을 주는지 울면서 설명했다. 숙제를 하면서 텔레비전 보는 것을 금지한다는 말도 했다. 그녀는 자신이 원칙이 있는 사람이고 아이들 교육에 경험이 많다고 말했다. 페랭 부인은 이것이 재판에 해당한다고 알려주었는데, 심판을 받는 것은 바로 루이즈 자신이었다. 그녀, 나쁜 어머니.

커다란 나무 탁자 주위로, 모두 외투를 그대로 입고 있는 이 차가운 방에서 교사들은 고개를 옆으로 기울였다. 그들은 여러 번 말했다. "저희가 어머님의 노력에 대해 의심을 하는 건 아닙니다. 최선을 다하고 계신다고 믿어요."

날씬하고 온화한 프랑스어 교사가 그녀에게 물었다.

"스테파니의 형제가 몇 명인가요?"

"형제는 없어요." 루이즈가 답했다.

"조금 전에 아이들이라고 하지 않으셨나요?"

"네, 제가 맡고 있는 아이들요. 제가 매일 돌보는 아이들. 정말 믿어주세요. 저희 사모님도 제가 그 댁 아이들에게 하는 교육에 대해 아주 만족하고 계시답니다."

그들은 생각할 시간을 위해 잠시 방에서 나가 있으라고 요청했다. 루이즈는 자리에서 일어나 자신이 사교계 여자가 짓는 미소라고 여기는 미소를 그들에게 지어 보였다. 농구 코트 맞은편 복도에서 스테파니는 계속 바보같이 웃었다. 그녀는 살이 찌고, 키가 크고, 위로 올려 묶은 머리가 우스꽝스러웠다. 무늬가 날염된 반바지는 굵은 넓적다리를 더 거대해 보이게 했다. 회의가 그렇게 엄숙한 분위기를 띠는데도 그녀는 겁이 나는 것 같아 보이지도 않고 그저 지루해하는 기색이었다. 겁을 내기는커녕 오히려 낡은 모헤어 스웨터를 입고 할머니 머플러를 한 이 교사들이 그저 시시한 배우들에 지나지 않는다는 듯이 다 알고 있다는 표정으로 미소를 짓고 있었다.

회의실 밖으로 나오자 그녀는 다시 기분이 좋아지고 허세 좋은 열등생의 기색을 되찾았다. 교실에서 나오는 친구들을 붙잡고 복도에서 펄쩍펄쩍 뛰었고, 수줍은 여학생에게 다가가 귀에 대고 뭔가 은밀한 이야기를 중얼거리자 그 학생은 웃음을 참느라고 애를 썼다. 루이즈는 아이의 뺨을 후려치고, 있는 힘껏 붙잡아 흔들고 싶었다. 그 애 같은 딸을 키우는 것이 어떤 굴욕과 노력을 필요로 하는지 알게 해주고 싶었다. 자기처럼 땀을 흘리고 괴로워하게 만들고 싶었고, 아무 걱정 없는 그 멍청한 태평스러움을 아이 가슴에서 뽑아버리고 싶었다. 그 애에게 남아 있는 유년을 조각내버리고 싶었다.

그 시끄러운 복도에서 루이즈는 부들부들 떨지 않으려고 자제하고 있었다. 다만 손에 점점 더 힘을 줘서 스테파니의 통통한 팔을 꽉 잡아 입을 다물게 만들었다.

"들어오셔도 됩니다."

담임 선생님이 문 사이로 머리를 내밀고 그들 자리로 돌아가 앉으라는 표시를 했다. 그들은 생각하는 데 채 십 분도 안 걸렸는데, 루이즈는 그것이 나쁜 징조라는 것을 알지 못했다.

어머니와 딸이 다시 자리에 가서 앉자 담임 선생님이 발언을 시작했다. 스테파니는 질서를 저해하는 구성원이며 그들이 선도하지 못했다, 그들이 모든 교육적 방법을 사용하고 노력해보았으나 해결되지 못했다, 그들은 모든 능력을 다 동원했다, 그들은 맡은 바 책임이 있기에 학급 전체를 이렇게 볼모로 잡아둘 수는 없다고.

한 교사가 덧붙인다. "어쩌면 스테파니는 집 근처 지역으로 가면 더 재능을 발휘할 수 있을 겁니다. 기준을 가질 수 있는, 자기와 비슷한 환경에 놓이면 말이죠. 아시겠습니까?"

3월이었다. 아직 겨울이 물러가지 않고 있었다. 추위가 끝나지 않을 것만 같았다. "행정상 도움이 필요하시면 그런 일을 전담하는 담당자들이 있습니다."라고 진로 지도교사가 안심을 시켰다. 루이즈는 무슨 말인지 알아듣지 못했다. 스테파니는 퇴학 처분을 받았다.

집으로 돌아오는 버스에서 루이즈는 침묵을 지켰다. 스테파니는 귀에 이어폰을 꽂고 킥킥거리며 창밖을 내다보았다. 두 사람은 자크의 집으로 가는 회색빛 거리를 거슬러 올라갔다. 시장 앞을 지나치는데 스테파니가 진열대들을 보느라 걸음이 느려졌다. 루이즈는 아이의 그런 오만방

자하고 이기적인 태도에 분노가 치밀었다. 그녀는 아이의 소매를 붙들고 믿을 수 없을 만큼 거세게 잡아끌었다. 점점 더 시커멓고 점점 더 활활 타오르는 분노가 그녀를 사로잡았다. 딸의 연한 살갗에 손톱을 처박고 싶었다.

그녀가 작은 출입문을 열었다. 그리고 문을 닫자마자 스테파니를 때려눕히기 시작했다. 그녀는 먼저 주먹으로 세차게 등을 때려서 딸을 땅바닥에 패대기쳤다. 그녀의 거인과도 같은 힘이 총동원되었고, 자그마한 손으로 스테파니의 얼굴에 매섭게 따귀를 퍼부었다. 머리카락을 잡아당기고, 방어하려 머리를 감싼 스테파니의 두 팔을 떼어놓았다. 눈을 가격하고 욕설을 퍼붓고 피가 나도록 따귀를 때렸다. 스테파니가 더 이상 움직이지 않게 됐을 때 루이즈는 아이 얼굴에 침을 뱉었다.

자크는 소리가 들려 창가로 갔다. 그는 루이즈가 자기 딸을 미친 듯이 폭행하는 것을 지켜보았다. 두 사람을 떼어놓으려 하지는 않은 채.

침묵과 오해가 모든 것을 더 나빠지게 만들었다. 집 안 분위기는 더 무겁게 가라앉는다. 미리암은 아이들에게 내색하지 않으려 애쓰지만 루이즈와 거리를 둔다. 그녀는 루이즈에게 마지못해 이야기를 하고 간결한 지시사항만을 전한다. "그 사람은 우리가 고용한 사람이지 우리 친구가 아니야."라고 말하는 폴의 충고를 따른다.

미리암은 작은 탁자에 앉고 루이즈는 싱크대에 기대서서 함께 차를 마시는 일도 이제 더 이상 없다. "루이즈, 당신은 천사예요."라든가 "당신 같은 사람은 정말 또 없어요." 같은 다정한 말도 이제 건네지 않는다. 금요일 저녁이면 냉장고 구석에 넣어둔 로제 와인을 마저 다 마시자고 청하지도 않는다. "아이들은 영화를 보고 있고 우리도 좀 즐겨야죠."라고 미리암은 말하곤 했다. 지금은 한 사람이 문을 열면 다른 사람이 들어가 문을 닫아버린다. 두 사람이 같은 방에 있는 일이 점점 더 드물어지고, 서로 피하기라는 교묘한 안무를 실행한다.

얼마 후 생각도 못 하던 때에 느닷없이 찬란한 봄이 모습을 드러낸다. 하루가 길어지고 나무들이 첫 싹을 틔운다. 날씨가 화창하니 겨울의 습관들이 물러가고 루이즈는 아이들을 데리고 공원으로 나가게 된다. 어느 날 저녁 그녀가 미리암에게 조금 일찍 끝내도 되는지 묻는다. "약속이 있어요."라고 들뜬 목소리로 설명한다.

그녀는 에르베가 일하는 동네로 가서 그를 만나 함께 영화를 보러 간다. 에르베는 테라스에서 술이나 한잔하는 편이 더 좋았지만 루이즈가 꼭 영화를 보자고 했다. 게다가 영화가 무척 그녀의 마음에 들어서 다음 주에 그들은 그 영화를 또 보러 간다. 영화관에서 에르베는 루이즈 옆에 앉아 슬그머니 존다.

그녀는 결국 그랑불바르에 있는 펍의 테라스에서 같이 술 한잔하는 것을 수락한다. 에르베는 행복한 사람이라고 그녀는 생각한다. 그는 미소를 지으며 앞으로의 자기 계획들을 이야기해준다. 보주 산맥에서 둘이 함께 보낼 수도 있을 휴가에 대해서. 그들은 호수에서 발가벗고 헤엄을 치고, 그가 주인을 잘 아는 산장에서 잠을 잘 것이다. 그리고 계속 음악을 들을 것이다. 자기가 모은 음반들을 그녀에게 들려줄 것이고, 그녀는 얼마 지나지 않아 그 음악들 없이는 못 산다고 할 것이 확실하다. 에르베는 은퇴를 하고 싶은데, 그 후 쉬면서 보내는 세월을 혼자서 지낼 생각은 없었다. 그는 이제 이혼한 지 십오 년이 되었다. 아이도 없고 외로움이 그를 무겁게 내리누른다.

어느 날 저녁 루이즈가 그의 집에 같이 가는 것을 받아들이기까지 에르베는 모든 술책을 다 동원했다. 그는 마세 씨 집 맞은편의 카페 파라디에서 그녀를 기다린다. 그들은 함께 전철을 타고 에르베는 루이즈의 무릎에 불그레한 손을 올려놓는다. 그녀는 그가 하는 이야기에 귀를 기울이면서 두 눈은 뚫어져라 그 손을 바라보고 있다. 남자의 손, 자리 잡는 손, 시작하는 손, 앞으로 더 많은 것을 원할 손. 본색을 잘 감추고 있는 얌전한 이 손.

그녀 위에 그가 올라가서, 때로 서로 턱을 부딪쳐가며 그들은 바보같이 사랑을 나누었다. 그녀 위에서 그가 헐떡

거리는데 그녀는 그것이 쾌락 때문인지 아니면 관절이 아픈데 그녀가 도와주지 않아서인지 알지 못한다. 에르베는 너무 작아서 그녀의 발목에 그의 발목이 와 닿는 것을 느낄 수 있다. 그의 굵은 발목, 털이 많은 발이 와서 닿는 감촉은 그녀 안에 들어온 남자 성기보다 더 이상하고 낯설다. 자크는 키가 무척 컸고 마치 벌을 주듯 화를 내며 관계를 가졌다. 에르베는 진정이 되고 무거운 짐을 벗은 듯 포옹을 풀고 일어나더니 이전보다 더 친근하게 굴었다.

그녀가 아기 생각을 떠올린 것은 바로 거기, 에르베의 침대, 포르트 드 생투앙의 저소득층 임대 아파트에서다. 아주 작은 아기, 태어난 지 얼마 안 되는 아기, 이제 시작되는 삶의 따스한 향기에 감싸인 아기. 사랑에 맡겨진 아기, 그녀가 파스텔톤 놀이옷을 입힐 아기, 그녀의 팔에서 미리암의 팔로, 그다음 폴의 팔로 건네질 아기. 그들을 서로 아주 가깝게 꼭 붙들어주고, 같은 대상을 향한 넘치는 애정 속에서 하나로 연결되게 할 젖먹이. 오해와 갈등을 없애주고 예전의 습관에 새로운 의미를 가져다줄 아기. 그녀는 이 아기를 작은 방에서, 배와 섬이 빙빙 돌아가는 수면 램프의 은은한 조명 아래서 몇 시간이고 무릎에 안고 얼러주리라. 아기의 민머리를 쓰다듬어주고 아이 입속에 그녀의 새끼손가락을 넣어주리라. 그러면 아기는 부풀어오른 잇몸으로 매니큐어 칠한 그녀의 손톱을 빨면서 울음을 그치리라.

다음 날 그녀는 평소보다 더 정성껏 폴과 미리암의 침대를 정리한다. 시트 위를 손으로 쓸어내린다. 그녀는 그들이 결합한 흔적을, 이제 이 세상에 오리라고 그녀가 확신하는 아이의 흔적을 찾는다. 그녀는 밀라에게 남동생을 원하는지 여동생을 원하는지 묻는다. "우리 둘이 같이 돌볼 아기 말이야, 너는 어떻게 생각해?" 루이즈는 밀라가 자기 어머니에게 그 이야기를 하길, 그런 생각을 불어넣기를 바란다. 그러면 그 생각은 뻗어나갈 테고 꼭 그렇게 해야 하는 일이 될 것이다. 그러던 어느 날, 밀라가 미리암에게 엄마 배 속에 아기가 있느냐고 묻자 루이즈는 몹시 좋아하며 그들을 바라본다. "아니, 그럴 일은 절대 없어."라고 미리암은 웃으며 답한다.

루이즈는 이것이 나쁘다고 생각한다. 미리암이 왜 그렇게 웃었는지, 이 질문을 어떻게 그렇게 가볍게 대하는지 이해할 수 없다. 미리암은 틀림없이 운명을 피하려고 그렇게 말하는 것이다. 루이즈는 관심 없는 척하지만 머릿속에서는 계속 그 생각을 하고 있다. 9월이면 아당이 유치원에들어가고 집은 텅 빌 테니 그녀는 아무런 할 일이 없을 것이다. 반드시 다른 아이가 와서 기나긴 겨울날을 메워주어야 할 것이다.

루이즈는 사람들이 하는 말에 귀를 기울인다. 아파트가 작아서 일부러 그러지 않아도 결국 다 알게 된다. 다만 최근 들어서는 미리암이 작은 소리로 말을 한다. 전화 통화를 할 때면 문을 닫는다. 폴의 어깨 가까이에 대고 속삭인다. 그들에게 비밀이 생긴 것 같다.

루이즈는 와파에게 곧 태어날 아기에 대해 말한다. 아기가 그녀에게 가져다줄 기쁨과 그녀가 추가로 하게 될 일에 대해. 루이즈는 행복감에 젖는다. 그녀는 더 넓어지는 삶, 더 큰 공간, 더 순수한 사랑, 엄청난 식욕에 대한 얼핏 스쳐가는 희미한 예감을 느낀다. 이제 곧 다가올 여름, 가족여행을 생각한다. 다시 돌아온 땅의 냄새와 길가의 썩은 올리브 씨를 떠올린다. 달빛 아래 과일나무들의 아치에서, 무엇을 입고 있을 필요도, 덮을 필요도, 감출 필요도 없을 것이다.

그녀는 다시 요리를 시작하지만 요 몇 주간의 음식은 거의 먹을 수 없는 것들이었다. 그녀는 미리암을 위해 계피를 넣은 우유밥, 향을 넣은 수프 등 임신에 좋다고 알려진 모든 종류의 음식을 준비한다. 그리고 암호랑이같이 주의 깊게 미리암의 몸을 관찰한다. 그녀의 피부 톤, 가슴의 크기, 머리카락의 윤기 등 임신의 징후라 믿는 모든 것을 살핀다.

루이즈는 사제나 부두교 마술사같이 집중하여 속옷을 관리한다. 평소처럼 그녀는 세탁기를 비운다. 폴의 팬티들을 바르게 편다. 그녀는 섬세한 속옷류는 부엌 개수대에서 꼭 손으로 빠는데, 미리암의 팬티들과 레이스나 실크로 된 브래지어들은 찬물로 헹군다. 그녀는 기도문을 외운다.

그러나 루이즈는 번번이 실망한다. 쓰레기통을 뒤질 필요도 없다. 그녀의 눈을 벗어나는 것은 없다. 미리암이 쓰는 쪽 침대 발치에 놓인 잠옷 바지 위의 작은 얼룩이 루이즈의 눈에 들어왔다. 그날 아침, 욕실 바닥에서 그녀는 아주 작은 핏방울을 발견했다. 너무 작아서 미리암이 닦아내지 못했고, 그래서 초록색과 하얀색 타일에 말라붙어 있었다.

피는 끊임없이 되돌아온다. 그녀는 그 냄새를 안다. 미리암이 그녀에게 감출 수 없는 피, 그리고 매달 아이의 죽음을 상징하는 피.

행복감에 이어 낙담의 나날들이 이어진다. 세상은 점점 줄어들고 움츠러들어 그녀의 몸을 무겁게 짓누르는 것 같다. 폴과 미리암은 그녀에게 문을 닫았고, 그녀는 그 문을 부수고 싶다. 그녀가 바라는 건 오직 하나다. 그들과 함께 세상을 이루고, 자기 자리를 찾고, 그곳에 거주하는 것, 몸을 숨길 둥지 하나, 따스한 은신처 하나를 마련하는 것. 가끔 그녀는 자기 몫의 땅을 요구하리라는 마음을 먹었다가도 곧 풀이 죽고 서글픔이 차오르며 무언가를 믿었다는 것이 부끄러워지기까지 한다.

어느 목요일 저녁 8시쯤 루이즈는 자기 집에 돌아간다.

집주인이 복도에서 그녀를 기다리고 있다. 그는 불이 들어오지 않는 전구 아래 서 있다. "아, 드디어 당신을 만나네요." 베르트랑 알리자르는 거의 그녀에게 달려들다시피 했다. 그가 휴대전화 액정 화면을 루이즈의 얼굴에 들이대자 그녀가 손으로 눈을 가린다. "당신을 기다리고 있었어요. 저녁에도 오고 오후에도 오고 여러 번 왔죠. 올 때마다 없더라고요." 그 사람은 루이즈의 몸에 손을 대거나 팔을 잡으려는 듯, 귀에 대고 말을 하려는 듯한 모양새로 루이즈에게 상체를 들이밀고 은근한 목소리로 말을 한다. 그는 속눈썹이 없는 눈곱 낀 눈으로 그녀를 뚫어져라 보다가 줄이 달린 안경을 벗고 눈을 비빈다.

그녀가 원룸 문을 열고 그를 들어가게 한다. 베르트랑 알리자르는 무척 헐렁한 베이지색 바지를 입었는데, 뒤로 돌아서니 벨트가 바지에 달린 고리 두 개를 건너뛰어서 허리와 엉덩이 아래가 헐렁하게 벌어져 있는 것이 루이즈의 눈에 들어온다. 거인의 옷을 훔쳐 입은 허리가 굽은 쇠약한 노인 같다. 벗어진 머리, 주근깨가 가득한 주름진 뺨, 떨리는 어깨 등 이 사람의 그 어떤 것도 공격적으로 보이지 않는다. 다만 그의 메마른 거대한 손, 화석처럼 두꺼운 손톱이 있는 손, 추워서 비벼대는 백정의 손만은 예외다.

그는 이 원룸을 처음 보는 사람처럼 말없이 한 걸음씩 안으로 들어간다. 벽을 살피고 얼룩 하나 없는 아래쪽 나무판자를 손가락으로 쓸어본다. 그는 모든 것을 못이 박인 자기 손으로 만져보고, 소파의 커버를 어루만지고, 포마이카 탁자 윗면을 손바닥으로 쓸어본다. 이 집은 그에게 아무도 살지 않는 빈집 같아 보인다. 그는 세입자에게 무언가 말을 할 거리가 있으면 좋겠고, 월세 독촉 말고도 집 관리가 소홀했다는 지적도 하고 싶다. 하지만 집은 정확히 빌려줄 때 그대로, 그녀에게 처음으로 이 원룸을 보여주었던 날 그대로다.

그는 의자 등받이를 손으로 짚고 서서 루이즈를 쳐다보며 기다린다. 그는 누르께한 눈으로 그녀를 뚫어져라 쳐다본다. 잘 보이지도 않는 눈이지만 눈길을 거두지 않을 태세다. 그는 그녀가 말하기를 기다린다. 가방을 뒤져 월세를 꺼내기를. 그는 그녀가 먼저 무언가 하기를, 자기가 남긴 편지에도 메시지에도 아무 응답을 하지 않았던 것을 사과하기를 기다린다. 하지만 루이즈는 아무 말도 하지 않는다. 그녀는 문에 기대 서 있다. 달래주려는 사람을 물어버리는 겁 많은 작은 개처럼.

"보아하니 벌써 짐을 싸기 시작했구먼. 좋아요." 알리자르는 입구에 놓인 상자들 몇 개를 굵은 손가락으로 가리킨다. "다음 세입자가 다음 달에 올 거요."

그는 몇 걸음 걸어가 샤워실 문을 슬쩍 밀어본다. 자기로 된 물받이 바닥이 바닥 아래로 푹 꺼져 있고 그 위에 썩은 판자들이 내려앉았다.

"이게 어떻게 된 거예요?"

집주인이 쭈그려 앉는다. 그는 중얼중얼거리며 상의를 벗어 바닥에 내려놓고 안경을 쓴다. 루이즈는 그의 뒤에 서 있다.

알리자르 씨가 돌아보더니 큰 소리로 다시 묻는다.

"어떻게 된 거냐고 묻잖아요!"

루이즈가 깜짝 놀란다.

"저도 몰라요. 며칠 전에 이렇게 됐어요. 낡아서 그런 거겠죠, 뭐."

"절대 그렇지 않아요. 내 손으로 직접 이 샤워실을 만들었어요. 당신은 운이 아주 좋다는 걸 알아야 해요. 예전에는 다들 복도에서 씻었어요. 내가 혼자 이 원룸에 샤워 시설을 만들었다고요."

"그게 무너졌어요."

"관리를 잘못한 거지, 보나마나. 샤워실이 이렇게 다 썩게 놔두고서 설마 내가 수리 비용을 낼 거라고 생각하는 건 아니겠죠?"

루이즈가 그를 빤히 쳐다보자 알리자르 씨는 이 단호한 시선과 침묵이 무엇을 의미하는지 알 수가 없다.

"왜 나를 안 불렀어요? 이렇게 산 지 얼마나 됐어요?" 알리자르 씨가 이마에 땀을 뻘뻘 흘리며 다시 쭈그려 앉는다.

루이즈는 이 원룸이 잠깐 쉬는 동굴, 지친 몸을 잠시 숨기러 오는 괄호 같은 곳일 뿐이라는 말을 그에게 하지 않는다. 그녀가 사는 데는 다른 곳이다. 그녀는 매일 미리암과 폴의 집에서 샤워를 한다. 그들의 침실에서 옷을 벗고 부부의 침대 위에 자기 옷을 가만히 올려놓는다. 그러고는 벌거벗은 채로 거실을 가로질러 욕실로 간다. 아당이 바닥에 앉아 있는데 그 앞을 지나간다. 그녀는 아이가 옹알거리는 것을 바라보고 그가 자기 비밀을 누설하지 않으리라는 것을 안다. 그는 루이즈의 몸에 대해, 흰 석고상 같은 피부에 대해, 햇빛을 너무 보지 못한 진줏빛 가슴에 대해 아무 말도 하지 않을 것이다.

그녀는 아이의 소리를 듣기 위해 욕실 문을 닫지 않는다. 그녀는 물을 틀고 오래도록, 가능한 한 오래, 뜨거운 물줄기 아래 머물러 있는다. 그녀는 금방 옷을 입지 않는다. 미리암이 모아놓는 크림을 푹 떠서 종아리, 넓적다리, 팔을 마사지한다. 그녀는 흰 타월을 몸에 두르고 맨발로 집 안을 걸어 다닌다. 벽장 속에 개어놓은 타월들 맨 아래 매일 숨겨놓는 그녀의 타월. 그녀만의 타월.

"문제가 있다는 걸 알았는데 해결해보려고도 안 했단 말이에요? 롬 족 집시들처럼 살고 싶어요?"

그는 교외의 이 원룸 아파트를 감상적인 이유로 그대로 갖고 있었다. 샤워실 앞에 쭈그려 앉아서 알리자르는 상황을 부풀려 과장한다. 입김을 불었다가 한 번 더 불고 두 손을 이마에 댄다. 손가락 끝으로 검은 이끼를 만져보더니 이 상황의 심각성을 가늠할 수 있는 사람은 자기뿐이라는 듯 고개를 흔든다. 큰 소리로 그는 수리 비용을 측정한다. "800유로는 들겠네. 아무리 못해도." 그는 목공 지식을 늘어놓고 기술 용어들을 사용하며 이 지경으로 망가진 것을 수리하려면 이 주일은 더 걸릴 것이라고 주장한다. 그는 여전히 한마디도 안 하고 있는 이 작은 금발 머리 여자를 자극해보려 한다.

'보증금 따위는 신경 안 쓰는지도 모르지.'라고 그는 생각한다. 집을 세줄 때 그는 보증금으로 두 달치 방세를 반드시 내도록 그녀에게 요구했다. "서글픈 일이지만 사람들을 믿을 수가 없으니까요." 집주인의 기억에 그 돈을 다 돌려줘야 했던 적은 한 번도 없었다. 그렇게 주의 깊은 사람은 아무도 없다. 언제나 뭔가, 어떤 잘못이 드러나고 어딘가에 흔적과 긁힌 상처가 있는 법이다.

알리자르는 사업 감각이 있다. 삼십 년 동안 그는 프랑스와 폴란드를 오가는 화물 트럭을 몰았다. 그는 화물칸에서 잠을 자고 먹는 것도 아껴가며 모든 유혹을 물리쳤다. 휴식시간을 속였고, 쓰지 않은 돈을 계산하며, 그런 자신에 대해 만족하고, 미래의 재산을 위해 그런 희생을 할 수 있다는 데 만족하며 모든 것에 대해 마음을 달랬다.

해가 가면서 그는 파리 교외의 원룸 아파트들을 손에 넣고 수리를 했다. 그는 이제 그 아파트들을 다른 선택의 여지가 없는 사람들에게 터무니없이 비싼 가격으로 세놓는다. 매달 말이면 집세를 걷기 위해 자기 소유 아파트들을 돈다. 그는 열린 문 사이로 머리를 디밀고 때로 버티고 서 있거나 '다 별 탈 없는지 보기' 위해, '한번 둘러보기' 위해 안으로 들어가기도 한다. 그가 무례한 질문을 던지면 세입자들은 마지못해 답하면서 제발 그가 그만 돌아가기를, 자기네 부엌에서 나가기를, 그들의 벽장에 코를 박고 들여다보는 짓을 그만하기를 빈다. 그러나 그는 거기 머물러 있고, 사람들이 결국 그에게 무언가 마실 것을 권하면 덥석 받아들고는 천천히 홀짝거린다. 그는 등이 아프다고 말한다. "삼십 년 동안 화물 트럭을 운전하면 몸이 다 망가져요." 그는 사람들과 대화를 한다.

그는 여자들에게 세주는 것을 좋아했다. 더 깔끔하고 문제를 덜 일으킨다고 생각해서 여자 대학생들, 비혼모들, 이혼한 여자들을 제일 좋아했고, 정착한 후에 돈을 내지 않는 할머니들은 예외였다. 좋아하는 이유는 그 여자들이 법적 혜택을 받고 있기 때문이다. 그런데 슬픈 미소를 띠고, 금발 머리에, 길을 잃은 것 같아 보이는 루이즈가 왔다. 그녀는 예전 알리자르의 세입자로 항상 제때 월세를 냈던 앙리-몽도르 병원 간호사가 소개한 사람이었다.

빌어먹을 감상주의. 루이즈에게는 아무도 없었다. 아이도 없고 남편은 죽어서 땅에 묻혔다. 그녀가 손에 지폐 다발을 들고 그의 앞에 서 있는데, 둥근 칼라 블라우스를 입은 모습이 예쁘고 우아해 보였다. 그녀는 공손하게, 감사로 가득한 눈으로 그를 바라보았다. "제가 많이 아팠어요."라고 그녀가 속삭였는데, 그 순간 그는 그녀에게 남편이 죽은 뒤 무엇을 했는지, 어디에서 오는 건지, 어디가 아팠는지 묻고 싶어 미칠 것 같았다. 하지만 그녀는 그에게 그럴 시간을 주지 않았다. 그녀는 "얼마 전에 파리에 있는, 아주 좋은 집에 일자리를 구했어요."라고 말했다. 그리고 대화는 거기서 멈추었다.

이제 베르트랑 알리자르는 말 없고 집을 등한시하는 이 세입자를 내보내고 싶다. 그는 쉽게 속는 사람이 아니다. 그녀의 변명, 모호한 태도, 밀리는 방세를 더 이상 견디지 못한다. 왜 루이즈를 보면 소름이 끼치는지 모르겠다. 그녀의 무언가가 혐오감을 일으킨다. 저 수수께끼 같은 미소, 과한 화장, 입술을 꼭 다물고 그를 위에서 내려다보는 태도. 그녀는 한 번도 그의 미소에 답한 적이 없다. 그가 새로운 재킷을 입었다는 것을, 그리고 보잘것없는 붉은색 머리카락 몇 가닥을 옆으로 빗어 넘겼다는 것을 알아봐준 적이 한 번도 없다.

알리자르는 개수대로 간다. 그는 손을 씻고 말한다. "연장을 가지고 작업 인부 한 명을 데리고 일주일 뒤에 다시 오지요. 이삿짐을 마저 다 싸요."

루이즈는 아이들을 데리고 산책을 나선다. 그리고 나무들이 다듬어지고 잔디밭에 다시 초록빛이 돌아와 인근 대학생들이 모여드는 작은 공원에서 긴 오후를 보낸다. 대부분 서로 이름을 모르는 사이여도 아이들은 그네 근처에서 다시 만나 반가워한다. 그들에게는 새로운 변장, 새 장난감, 꼬마 소녀가 아기를 앉혀둔 장난감 유모차 외에 다른 것은 아무것도 중요하지 않다.

루이즈는 동네에서 단 한 명의 친구밖에 사귀지 못했다. 와파 외에 아무하고도 말을 나누지 않는다. 그녀는 예의 바른 미소, 조심스러운 손짓만을 할 뿐이다. 그녀가 처음 왔을 때 이 공원의 다른 보모들은 거리를 두었다. 루이즈는 마치 자신이 샤프롱이나 가정교사, 영국 보모인 양 굴었다. 그들은 그녀의 거만한 태도와 사교계 여자처럼 구는 우스꽝스러운 태도를 비난했다. 그녀는 가르치려 드는 사람으로 통했다. 그녀는 귀에 전화기를 갖다 댄 보모들이 길을 건너는 아이들의 손을 잡는 걸 잊어버렸을 때 다른 곳을 쳐다봐주는 예의도 차리지 않았다. 심지어 보모들 눈을 벗어난 아이들이 다른 아이들의 장난감을 훔치거나 난간에서 뛰어내릴 때 대놓고 야단을 치는 일도 있었다.

여러 달이 지나고 벤치 위에서 많은 시간을 함께 보내면서 보모들은 마치 노천 사무실 동료들처럼 자기도 모르는 사이에 서로 알게 되었다. 학교가 파하면 그녀들은 매일 서로 얼굴을 보고 슈퍼나 소아과, 작은 광장의 회전목마에서 마주친다. 루이즈도 몇몇 사람들의 이름이나 출신 국가를 알게 되었다. 그녀들이 어떤 건물들에서 일하는지 그들의 주인들 직업이 무엇인지도 안다. 반쯤 피어난 장미나무 아래 앉아서 그녀는 이 여자들이 초콜릿 쿠키를 먹으며 끝도 없이 전화에 대고 이야기하는 소리를 듣는다.

미끄럼틀과 모래틀 주변에 바울레어, 디울라어, 아랍어, 힌디어의 음들이 울리고 필리핀어나 러시아어로 다정한 호칭들이 불려진다. 세상 끝의 언어들이 아이들의 재잘거림을 오염시켜 아이들은 단어들 몇 개를 익히고, 부모들은 신이 나서 다시 해보라고 시킨다. "얘가 아랍어를 해, 정말이야, 들어봐." 그리고 해가 지나며 아이들은 다 잊어버리고, 이제는 사라져버린 보모의 얼굴과 목소리가 지워지는 동안 집에서는 그 누구도 더 이상 링갈라어로 "엄마"를 부르던 것이나 마음씨 좋은 보모가 만들어주던 이국적 음식의 이름을 기억하지 못한다. "그 고기 스튜 이름이 뭐였더라?"

모두 비슷한 아이들, 같은 가게에서 산 같은 옷을—옷이 섞일까 봐 라벨에 어머니들이 이름을 써놓는다—종종 입는 아이들 주위로 일군의 여자들이 분주히 움직인다. 검은색 베일을 쓴 아가씨들, 다른 이들보다 더 시간을 엄격히 지키고 더 온화하고 더 깨끗할 것이 틀림없는 아가씨들이 있다. 매주 가발을 바꾸는 여자들이 있다. 영어로 아이들에게 물웅덩이에서 뛰지 말라고 애원하는 필리핀 여자들. 여러 해 전부터 이 동네를 잘 아는 오래된 여자들이 있다. 그들은 교장에게 격의 없이 말을 하고, 거리에서 언젠가 자신이 길렀던 청소년들을 만나면 자신들을 알아보았다고 확신하고, 그 아이들이 인사를 하지 않는 건 부끄러움이 많아서라고 확신하는 그런 사람들이다. 새로 온 여자들도 있는데, 그들은 몇 달 일하고 나서 소문과 의혹을 남긴 채 인사도 없이 사라진다.

루이즈에 대해 보모들은 거의 아는 것이 없다. 그녀를 아는 것처럼 보이는 와파마저 친구의 삶에 대해 조심스러운 태도를 보였다. 그 여자들은 그녀에게 질문을 해보려고 많이 시도했다. 백인 보모는 그들을 의아하게 했다. 아이 부모들은 그녀의 요리 실력, 언제든 준비된 태도를 과장하고 미리암이 그녀에게 가지는 전적인 신뢰를 들먹이면서 얼마나 많이 그녀를 기준으로 삼았던가? 그녀들은 그렇게 가녀리고 그렇게 완벽한 이 여자가 대체 어떤 사람인가 궁금했다. 여기 오기 전에 어디서 일했지? 파리 어느 동네에서? 결혼은 했나? 일이 끝나고 저녁에 집에 가면 자기 아이들이 있나? 주인들이 그녀에게 잘 대해주나?

루이즈는 대답하지 않거나 겨우 답을 하는데 보모들은 이 침묵을 이해한다. 그녀들 모두 고백할 수 없는 비밀을 가지고 있다. 무릎을 꿇었던 끔찍한 기억, 굴욕의 기억, 거짓말의 기억을 숨기고 있다. 전화기 너머로 겨우 들려오는 목소리의 기억, 끊어지는 대화의 기억, 다시 보지 못한 죽어가는 사람들의 기억, 이제 자기를 알아보지 못하고 목소리도 잊어버린 아픈 아이와 그 아이를 위해 매일 요구되는 돈의 기억. 어떤 여자들은 다른 이들의 행복에 매기는 세금처럼 작은 것들, 별것 아닌 것들을 훔쳤다는 것을 루이즈는 알고 있다. 어떤 이들은 그들의 진짜 이름을 숨긴다. 그들은 그녀가 자신을 드러내지 않는 것에 대해 불만스러워할 생각조차 하지 않는다. 그녀들은 경계한다. 그뿐이다.

작은 공원에서 사람들은 자신에 대해 많은 이야기를 하지 않거나 암시만 한다. 사람들은 눈물이 차오르는 것을 원치 않는다. 주인들은 열띤 대화거리를 얼마든지 제공해준다. 보모들은 그들의 기벽, 습관, 삶의 방식에 대해 비웃는다. 와파의 주인들은 인색하고 알바의 주인들은 끔찍하게 의심이 많다. 꼬마 쥘의 어머니에게는 알코올 문제가 있다. 그리고 대부분은 아이들에게 조종된다고 그녀들은 투덜댄다. 아이들을 너무 조금 보기 때문에 매번 지고 마는 것이다. 로잘리아, 짙은 갈색 피부의 필리핀 여자는 줄담배를 피운다. "지난번에 주인 여자가 길에서 나를 발견했대요. 그녀가 나를 감시하고 있다는 건 나도 알아요."

아이들이 자갈밭 위에서 뛰고, 최근 시청에서 쥐를 박멸한 모래틀에서 모래를 파며 노는 동안 여자들은 공원을 구직사무소인 동시에 노동조합, 권리요구 센터와 광고 센터로 만든다. 여기에서는 구인 정보가 유통되고 고용인과 피고용인 간의 분쟁에 대한 이야기가 오간다. 여자들은 자칭 회장인 리디, 인조 모피 코트를 입고 연필로 가느다란 붉은색 눈썹을 그리는 쉰 살의 키가 큰 코트디부아르 여자에게 와서 불평을 한다.

6시가 되면 젊은이들 무리가 공원을 포위한다. 사람들은 그들을 안다. 그들은 됭케르크 거리나 북역에서 와서 공기 속에 전쟁의 기운을 퍼뜨리고 다니며 화분에 오줌을 누고, 싸움판을 찾는다는 것을 사람들은 안다. 보모들은 그들을 보면 얼른 외투를 집어 들고 모래를 뒤집어쓴 포크레인을 들고 손가방을 유모차에 건 다음 서둘러 자리를 뜬다.

행렬이 공원 철문을 가로지르고 여자들은 뿔뿔이 흩어져 어떤 이는 몽마르트르나 노트르담드로레트 쪽으로 거슬러 올라가고, 루이즈나 리디 같은 이들은 그랑불바르 쪽으로 내려간다. 그녀들은 나란히 걷는다. 루이즈는 밀라와 아당 손을 잡고 있다. 인도가 너무 좁을 때면 젖먹이가 잠든 유모차를 미는 리디가 앞서가게 한다,

"어제 임신한 젊은 여자가 다녀갔어요. 8월에 쌍둥이를 낳는다네."라고 리디가 말해준다.

어떤 어머니들, 가장 빈틈없고 뭘 좀 아는 사람들은, 예전 사람들이 하녀나 운반책을 구하러 선창이나 골목 구석으로 갔던 것처럼 여기에 거래를 하러 온다는 것을 모두들 알고 있다. 어머니들은 벤치 사이를 어슬렁거리며 보모들을 관찰하고, 보모들 품으로 달려와 코를 닦거나 넘어진 것을 위로받는 아이들 얼굴을 살핀다. 때로 그녀들은 질문을 던진다. 조사를 벌인다.

"마르티르 가에 사는데 8월 말에 출산이래. 그녀가 사람을 찾고 있대서 당신 생각을 했지." 리디가 말을 맺는다.

루이즈가 자신의 인형 눈을 들어 그녀를 올려다본다. 리디의 목소리가 저 멀리에서 들려온다. 단어들이 분리되지 않은 채, 의미가 마그마에서 솟아오르지 않은 채 머릿속에서 울린다. 그녀는 몸을 숙여 아당을 안고 밀라를 겨드랑이 아래에 붙든다. 리디는 아마도 루이즈가 자기 말을 못 들었나 싶어서, 온통 아이들에게 신경을 집중한 나머지 정신이 딴 데 있다고 생각해서 목소리를 높여 다시 말한다.

"그래, 어떻게 생각해? 당신 전화번호 그 여자한테 줄까?"

루이즈는 대답하지 않는다. 그녀는 불쑥 튀어오르는 것처럼 거칠게 아무 말도 하지 않고 앞으로 걸어 나간다. 그녀가 리디의 길을 막고 도망을 치다가 거친 몸짓으로 유모차를 넘어뜨리자 안에 앉아 있던 아이가 소스라치게 놀라 깨서 울기 시작한다.

"아니 이게 무슨 짓이야?" 리디가 비명을 지르고, 쇼핑한 물건들이 길가 물웅덩이에 다 쏟아져버렸다. 루이즈는 벌써 멀리 가 있다. 거리 사람들이 코트디부아르 여자 주위에 몰려들었다. 사람들은 인도에 구르는 귤들을 주워 담아주고 물에 흠뻑 젖은 바게트를 쓰레기통에 버린다. 그들은 아기가 괜찮은지 묻지만, 다행히 아무렇지도 않다.

리디는 수차례 이 믿을 수 없는 이야기를 하게 될 것이고 "사고가 아니었어요. 그 여자가 유모차를 넘어뜨린 거예요. 일부러 그랬다니까요."라고 자신 있게 말할 것이다.

아기에 대한 강박관념이 그녀의 머릿속에서 공회전을 한다. 그녀는 그 생각만 한다. 그녀가 미치도록 사랑할 그 아기는 모든 문제의 해결책이다. 일단 시작만 되면 그 아기는 공원의 모든 심술궂은 여자들의 입을 다물게 할 것이고 끔찍한 집주인도 물러서게 할 것이다. 아기는 자신의 왕국에서 루이즈의 자리를 지켜줄 것이다. 그녀는 폴과 미리암에게 그들만을 위한 시간이 별로 없다고 확신한다. 아기가 오는 데에 밀라와 아당이 장애물이다. 부부가 같이 있지 못하는 것은 아이들 탓이다. 아이들이 투정을 해대서 그들의 힘이 다 빠지고, 아당의 잠은 너무 얕아서 그들이 껴안다 말아버린다. 아이들이 칭얼거리고 더 사랑해달라며 그들에게 끊임없이 달라붙지만 않는다면 폴과 미리암은 일을 더 진전시켜 루이즈에게 아기를 만들어줄 수 있을 것이다. 그녀는 광신도처럼 격렬하게, 악마에 들린 사람처럼 맹목적으로 그 아기를 욕망한다. 그 무엇도 거의 원해본 적이 없는 그녀가 그 아기를 원한다. 자신과 욕망의 만족 사이에 가로놓인 모든 것의 숨통을 끊고, 불태우고, 없애버릴 수도 있을 만큼.

어느 날 저녁 루이즈는 애타게 미리암을 기다린다. 그녀가 문을 열자 루이즈는 두 눈을 반짝이며 달려 나간다. 그녀는 밀라의 손을 잡고 있다. 보모는 긴장하고 집중한 기색이다. 그녀는 팔짝팔짝 뛰거나 소리를 지르지 않도록 자제하기 위해 몹시 애쓰는 것처럼 보인다. 그녀는 하루 종일 이 생각을 했다. 그녀의 계획은 완벽해 보이고 이제 미리암이 동의하기만 하면, 그녀가 가만히 폴의 품에 안기기만 하면 된다.

"아이들을 식당에 데려가고 싶어요. 그러면 두 분이 조용히 저녁을 드실 수 있을 거예요."

미리암은 가방을 안락의자에 놓는다. 루이즈는 그녀를 눈으로 좇다가 다가가서 곁에 바싹 붙어 선다. 미리암에게 그녀의 입김이 느껴진다. 그녀는 미리암이 생각하지 못하게 방해한다. 루이즈는 마치 아이 같다. 두 눈이 '응?' 하고 말하는, 온몸에 조바심과 흥분이 퍼져 있는 아이.

"아, 글쎄요. 생각 안 하고 있었는데. 다음 기회에 할까요?" 미리암은 재킷을 벗고 자기 방으로 걸음을 옮긴다. 하지만 밀라가 그녀를 붙잡는다. 아이, 보모의 완벽한 공모자가 무대에 오른다. 아이는 다정한 목소리로 간청한다.

"엄마, 제발. 루이즈 아줌마랑 식당에 가고 싶어요."

미리암은 결국 청을 들어준다. 그녀는 저녁 식사 비용은 꼭 자기가 내겠다면서 벌써 가방을 뒤지는데 루이즈가 멈추게 한다. "제발요. 오늘 저녁은 제가 아이들을 초대하는 거예요."

주머니 속, 넓적다리 옆에 지폐 한 장이 있다. 그녀는 가끔 손가락 끝으로 그 지폐를 만져본다. 그들은 식당까지 걸어간다. 그녀는 3유로짜리 맥주를 좋아하는 대학생들이 주로 오는 이 작은 식당을 미리 알아두었다. 하지만 그날 저녁 그 식당은 거의 비어 있다. 중국인 주인이 형광등 불빛 아래 계산대에 앉아 있다. 그는 요란한 무늬의 빨간색 셔츠를 입고 있고, 굵은 발목까지 양말이 흘러내린, 맥주를 앞에 두고 있는 여자와 이야기를 나누고 있다. 테라스에는 두 남자가 담배를 피우고 있다.

루이즈는 밀라를 식당 안으로 밀어 넣는다. 식당 안에는 냉기가 도는 담배 냄새, 스튜와 땀 냄새가 떠돌아서 꼬마는 토하고 싶어진다. 밀라는 몹시 실망한다. 아이는 자리에 앉아 텅 빈 식당 안을 살피고 케첩과 겨자 병이 놓인 더러운 선반들을 살핀다. 아이가 상상한 건 이런 데가 아니었다. 예쁜 여자들을 볼 수 있을 테고, 왁자한 분위기에 음악이 흐르고 연인들이 있으리라 생각했다. 그런데 지금 기름이 덕지덕지 낀 탁자 앞에 앉아 계산대 위의 텔레비전 화면만 쳐다보고 있다.

아당을 무릎에 앉힌 루이즈는 배가 고프지 않다고 말한다. "내가 시켜줄게, 알았지?" 그녀는 밀라에게 대답할 시간을 주지 않고 소시지와 감자튀김을 주문한다. "애들이 같이 나눠 먹을 거예요." 그녀가 부연한다. 중국인은 대답을 하는 둥 마는 둥 하고 손에서 메뉴판을 거둬간다.

루이즈는 포도주 한 잔을 시켜 천천히 마신다. 그녀는 상냥하게 밀라와 대화를 시도한다. 가져온 종이와 연필을 탁자에 펴놓는다. 하지만 밀라는 그림을 그리고 싶지 않다. 아이도 배가 별로 고프지 않고 음식에 거의 손을 대지 않는다. 아당은 유모차에 다시 탔고 꼭 쥔 주먹으로 눈을 비빈다.

루이즈는 유리창을 보다가 자기 시계, 거리, 주인이 기대앉은 계산대를 쳐다본다. 그녀는 손톱을 물어뜯다가 미소를 짓더니 이내 시선이 흐려져 멍해진다. 그녀는 손에 무언가 쥐고 싶고, 온 정신을 오로지 하나의 생각으로만 향하게 하고 싶으나 그 생각은 유리 조각들일 뿐, 그녀의 영혼은 자갈로 가득 채워져 있다. 그녀는 탁자에 포개놓은 손으로 여러 번 탁자를 쓸어본다. 마치 보이지 않는 빵가루라도 쓸어 모으려는 듯 아니면 차가운 탁자 표면에 윤이라도 내려는 듯. 서로 연결고리도 없는 혼란스러운 이미지들이 그녀에게 밀려들어와서, 추억과 회한이 얽히고 사람들의 얼굴과 실현된 적 없는 환상이 얽히며 빠르게 눈앞을 스쳐 지나간다. 누군가 그녀를 산책시키곤 했던 병원 안뜰의 플라스틱 냄새. 귀청을 울리면서 동시에 숨죽인, 하이에나 웃음소리 같은 스테파니의 웃음소리. 잊어버린 아이들의 얼굴들, 손가락으로 쓰다듬던 부드러운 머리카락들, 가방 구석에서 바싹 말라붙었지만 그냥 먹었던 사과파이의 석회 냄새. 그녀는 베르트랑 알리자르의 목소리, 거짓말을 하는 그의 목소리를 듣는다. 거기에 다른 이들의 목소리, 명령이나 조언을 했던 모든 이들의 목소리, 법정명령을 선언했던 목소리, 공증인의 부드러운 목소리까지 섞인다. 그 공증인 여자, 기억난다, 이름이 이자벨이었다.

그녀가 밀라를 달래주고 싶어 미소를 짓는다. 아이는 지금 울고 싶은 심정이라는 것을 잘 알고 있다. 그녀는 그 느낌, 가슴을 누르는 묵직한 느낌, 지금 있는 곳이 불편한 그 느낌을 안다. 그녀는 또한 밀라가 자제하고 있다는 것, 자제력이라는 부르주아 예절을 지니고 있다는 것, 자기 나이답지 않은 집중력이 있다는 것을 안다. 루이즈는 한 잔을 더 시켜 마시며 텔레비전 화면을 응시하고 있는 꼬마를 관찰한다. 어린아이의 얼굴 속에서 아이 어머니의 윤곽이 분명하게 보인다. 천진한 아이의 몸짓이 여자의 신경질, 주인 여자의 무뚝뚝함이라는 싹을 품고 있다.

중국인은 빈 잔과 반쯤 남은 접시를 치운다. 그는 네모칸이 그어진 종이에 휘갈겨 쓴 영수증을 탁자에 내려놓는다. 루이즈는 움직이지 않는다. 그녀는 시간이 가기를, 밤이 오기를 기다린다. 오붓한 시간과 빈 아파트와 그녀가 식탁에 준비해둔 저녁 식사를 즐기는 폴과 미리암을 생각한다. 그들은 아마 아이들이 태어나기 전처럼 부엌에 서서 먹었을 것이다. 폴은 아내에게 포도주를 따라주고 자기 잔을 비운다. 이제 그의 손이 미리암의 살갗에 미끄러지고 그들은 웃는다. 그들은 그렇다. 사랑 속에서, 욕망 속에서, 자신을 드러내면서 웃는 사람들이다.

루이즈는 마침내 자리에서 일어선다. 그들은 식당을 나온다. 밀라는 안도한다. 눈꺼풀이 무겁고 이제 자기 침대로 돌아가고 싶다. 유모차 안에서 아당은 잠이 들었다. 루이즈는 아이의 덮개를 다시 매만져준다. 밤이 오자마자 숨어 있던 겨울이 다시 자기 자리를 되찾고 옷 속으로 스며든다.

루이즈는 여자아이의 손을 잡고 아이들 모습은 찾아볼수 없는 파리의 거리를 오래도록 같이 걷는다. 그들은 그랑불바르를 따라 걸으며 사람들로 가득한 카페와 극장 앞을 지난다. 그러다가 점점 더 어둡고 좁은 길로 접어들고, 가끔씩 젊은이들이 쓰레기통에 기대서서 마리화나를 피우는 작은 광장으로 들어서기도 한다.

이 거리를 밀라는 알아볼 수가 없다. 노란색 불이 보도를 밝힌다. 이 집들, 이 식당들이 집에서 먼 곳 같아서 아이는 불안한 눈을 들어 루이즈를 본다. 그녀는 뭔가 안심시켜주는 말을 기다린다. 깜짝 놀라게 해주려는 건가? 그러나 루이즈는 여전히 침묵을 깨지 않고서, 다만 "자, 어서와."라는 말만 중얼거리며 앞으로 계속 걸어갈 뿐이다. 아이는 포석에 발목을 삐끗하고 불안으로 배가 뒤틀리지만 불평을 해봐야 일을 더 악화시키기만 할 거라고 확신하고 있다. 아이는 투정이 아무 소용 없으리라는 것을 느낀다. 몽마르트르 가에서 밀라는 바 앞에서 담배를 피우는 하이힐을 신은 여자들을 관찰한다. 그 여자들이 너무 크게 소리를 지르자 주인들이 "이웃들이 있잖아, 입 좀 다물래?"라고 차갑게 홀대한다. 아이는 어디가 어딘지 도통 모르겠고, 여기가 같은 도시인지, 여기에서 자기 집에 갈 수 있는지, 자기가 어디 있나 부모님이 알고 있는지 알 수가 없다.

갑자기 루이즈가 왁자한 거리 한가운데서 걸음을 멈춘다. 그녀는 위를 쳐다보다가 벽에 유모차를 세워두고 밀라에게 묻는다.

"무슨 맛으로 할래?"

계산대 뒤에서 한 남자가 지루한 기색으로 아이가 결정하기를 기다린다. 밀라는 너무 작아서 아이스크림 통을 볼 수가 없어서 발끝을 디디고 신경이 곤두선 채 대답한다.

"딸기 맛."

어두운 밤에 한 손은 루이즈의 손을 잡고 한 손은 아이스크림콘을 들고서, 머리가 빠개질 듯 아프게 하는 아이스크림을 핥으면서 밀라는 왔던 길을 되돌아간다. 아이는 이 통증이 지나가라고 눈을 꼭 감는다. 으깨진 딸기 향과 치아 사이에 끼는 작은 과일 조각들에 집중하려고 애쓴다. 그녀의 빈 배 속에 아이스크림이 무거운 눈송이가 되어 떨어진다.

그들은 집으로 돌아가기 위해 버스를 탄다. 밀라는 같이 버스를 탈 때면 매번 그러듯이 자기가 기계에 티켓을 넣어도 되느냐고 묻는다. 하지만 루이즈는 입을 다물라고 한다. "밤에는 티켓이 필요 없어. 걱정 마."

루이즈가 아파트 문을 열자 폴은 소파에 누워 있다. 그는 눈을 감고 레코드를 듣고 있다. 밀라가 그에게 달려든다. 그녀는 그의 품에 뛰어올라 차가운 얼굴을 아버지의 목에 묻는다. 폴은 아이를 야단치는 척한다. 다 큰 아가씨처럼 그렇게 늦게 외출해서 식당에서 저녁을 즐기고 오다니. 미리암은 목욕을 하고 일찍 잠자리에 들었다. "일 때문에 녹초가 됐네. 난 보지도 못했어." 폴이 그들에게 말한다.

불현듯 깊은 우울감이 루이즈를 덮친다. 모든 것이 아무 소용 없었다. 그렇게 추웠고, 다리가 아팠고, 마지막 남은 지폐를 써버렸는데 미리암은 들어가 자느라 남편을 기다리지도 않았다.

아이들 곁에서 우리는 외로움을 느낀다. 아이들은 우리의 세상이 어떻게 생겼는지 아무 관심이 없다. 이곳의 어려움, 어두움을 짐작은 하지만 아무것도 알고 싶어 하지 않는다. 루이즈가 그들에게 무슨 말을 하면 고개를 돌려버린다. 그녀는 그들 손을 잡고 눈높이를 맞추지만 이미 그들은 다른 곳을 본다. 다른 것이 눈에 들어왔다. 그들은 놀이를 찾아냈으니 누가 말하는 것을 듣지 않아도 된다. 그들은 불행한 이들을 불쌍히 여기는 척하지 않는다.

루이즈는 밀라 곁에 앉는다. 아이는 의자에 앉아 몸을 구부리고 그림을 그린다. 밀라는 그림과 많은 수성펜을 앞에 두고 한 시간 가까이 집중하고 있을 수 있다. 아이는 아주 작은 세부까지 주의 깊게 열심히 칠한다. 그녀는 아이 옆에 앉아서 종이 위에 색깔들이 펼쳐지는 것을 바라보는 걸 좋아한다. 그녀는 주황색 집의 정원에서 거대한 꽃들이 피어나는 것을 조용히 바라본다. 그 집 잔디에는 손이 길고 몸이 기다란 사람들이 누워서 자고 있다. 밀라는 빈 공간을 조금도 남겨두지 않는다. 구름들, 하늘을 나는 자동차들, 둥그런 풍선들이 물결무늬로 하늘을 빽빽하게 채운다.

"이 사람은 누구야?" 루이즈가 묻는다.

"이 사람?" 종이의 반도 더 되는 넓이를 차지하고 누워 있는, 웃고 있는 커다란 사람을 밀라가 손가락으로 짚는다. "이거, 이건 밀라야."

루이즈는 더 이상 아이들 곁에서 위안을 찾지 못한다. 그녀가 해주는 이야기는 제자리걸음을 하고, 밀라는 그것을 지적한다. 신화의 인물들은 활기와 광채를 잃었다. 이제 그녀의 인물들은 전투의 목표와 의미를 잊었고, 그녀가 해주는 건 뒤죽박죽 토막 난 긴 방황의 이야기, 가난해진 공주들과 병든 용들의 이야기밖에 없다. 아이들이 전혀 이해하지 못하고 더 조바심만 나게 하는 이기적인 독백일 뿐이다. "다른 거 해줘."라고 밀라가 간청하지만 루이즈는 마

270

치 흐르는 모래 속에 빠진 듯 자신의 단어들 속 진창에 빠져서 아무것도 찾아내지 못한다.

루이즈는 덜 웃고, 말놀이나 쿠션 던지기 놀이를 해도 거의 활기를 띠지 않는다. 그래도 그녀는 이 두 아이들, 몇 시간이나 함께 보내며 돌보는 이 아이들을 몹시 사랑한다. 그녀의 승낙이나 도움을 구하면서 아이들이 가끔 그녀를 바라보는 시선과 마주칠 때면 눈물이 핑 돌 것 같다. 특히 아당이 자신의 발전과 기쁨을 같이 봐달라고 돌아보는 것, 자신의 모든 몸짓 속에 그녀를 향한, 오직 그녀에게로 향하는 무언가가 있다는 것을 의미하기 위해 그녀를 돌아보는 것을 사랑한다. 그녀는 언제까지고 그들의 천진무구함, 그들의 열정을 마음에 담고 싶다. 그녀는 아이들이 처음으로 무언가를 바라볼 때의 눈으로 세상을 보고 싶다. 어떤 기계의 원리를 깨달을 때, 곧 지겨워질 거라는 사실은 절대 미리 생각하지 않고 무한 반복을 희망할 때, 그런 때의 그들의 눈으로.

루이즈는 하루 종일 텔레비전을 켜놓는다. 아비규환의 르포, 멍청한 프로그램, 규칙을 다 이해하지도 못하는 게임 방송을 본다. 테러가 있고부터 미리암은 그녀에게 아이들을 텔레비전 앞에 앉혀두지 못하게 했다. 하지만 루이즈는 개의치 않는다. 밀라는 부모에게 그녀가 본 것을 말하면 안 된다는 것을 안다. '추격', '테러리스트', '죽임을 당한' 같은 단어들을 발설하면 안 된다. 아이는 펼쳐지는 뉴스 화면을 빨려들듯이 조용히 바라본다. 그리고 견딜 수 없어지면 동생에게로 돌아선다. 그들은 같이 놀고 싸운다. 밀라는 그를 벽에 밀치고 남자아이는 화가 나서 펄펄 뛰다가 누나에게 달려든다.

루이즈는 돌아보지 않는다. 그녀는 미동도 하지 않고 화면에 시선을 고정하고 있다. 보모는 공원에 나가려고도 하지 않는다. 다른 여자들을 만나거나 이웃 할머니와 맞닥뜨리는 것도 싫다. 그 할머니에게 괜한 부탁을 해서 굴욕을 겪었다. 아이들은 신경이 날카로워져서 아파트 안을 맴돌다가 나가자고 애원을 한다. 바람을 쐬고, 친구들과 놀고, 거리 끝에서 초콜릿 와플을 사 먹고 싶다.

아이들의 외침 소리에 짜증이 치민 그녀도 소리를 지르고 싶다. 신경이 거슬리는 아이들의 재잘거림, 날카롭고 불쾌한 소리, 그들의 '왜!', 그들의 이기적인 욕망들로 머리가 부서질 것 같다. "내일 언제?"라고 밀라가 수백 번도 더 묻는다. 아이들이 더 해달라고 애원하지 않으면 루이즈는 노래 한 곡도 부르지 못한다. 그들은 이야기, 놀이, 갖가지 얼굴 표정, 모든 것을 영원히 다시 해달라고 요구한다.

그런데 루이즈는 이제 더 이상은 못하겠다. 그녀는 눈물과 투정과 히스테릭한 기쁨에 더 이상 너그럽지 않다. 가끔 손으로 아당의 목을 잡고 기절할 때까지 흔들고 싶은 마음이 들 때가 있다. 그녀는 고개를 크게 저어 이런 생각을 털어낸다. 그러면 더 이상 그런 생각이 들지 않게 되긴 하지만 이미 그녀는 끈끈한 검은 늪에 휩쓸리고 말았다.

누군가 죽어야 한다. 우리가 행복하려면 누군가 죽어야 한다.

루이즈가 길을 걸을 때면 음산한 이 후렴구가 그녀를 따라다닌다. 그녀가 지은 문장도 아니고 의미를 확실히 안다고 할 수도 없는 이 문장이 그녀의 머릿속에 자리를 잡았다. 그녀의 심장이 딱딱하게 굳어갔다. 세월이 두껍고 차가운 껍질로 심장을 뒤덮었고, 이제 그녀는 자신의 심장 뛰는 소리가 겨우 들릴락 말락 한다. 더 이상 아무것도 그녀를 감동시키지 못한다. 이제 사랑할 능력이 없다는 것을 그녀는 인정해야 한다. 그녀는 심장에 담긴 모든 애정을 다 소진했고, 그녀의 손은 더 이상 아무것도 스치지 않는다.

'이러니 벌을 받을 거야. 사랑할 능력이 없으니 벌을 받을 거야.'라고 그녀는 자신이 생각하는 소리를 듣는다.

그날 오후의 사진들이 있다. 그 사진들은 인화되지는 않았지만 어딘가에, 기계 속 깊숙이 존재한다. 거기에는 특히 아이들이 보인다. 거의 반쯤 벌거벗은 채 풀밭 위에 누운 아당. 그 커다란 푸른 눈으로 멍하니 옆을 보고 있는데, 어린 나이에도 불구하고 우수에 찬 시선이다. 한 사진에서 밀라는 나무가 늘어선 커다란 오솔길 가운데를 달린다. 나비가 그려진 하얀 원피스를 입었다. 맨발이다. 다른 사진에서 폴은 아당을 어깨 위에 태우고 밀라는 팔에 안고 있다. 미리암은 렌즈 뒤에 있다. 이 순간을 포착하는 것이 그녀다. 남편의 얼굴은 흐릿하고 그의 미소는 아들의 발 하나에 가려져 있다. 미리암도 웃는다. 그녀는 그들에게 잠시만 가만히 있으라고 할 생각은 없다. 잠시 다리를 흔들지 말라고. "사진 찍게, 자, 잠깐만."

하지만 그녀는 이런 사진들에 애착이 많아, 울적한 순간에 수백 번은 꺼내 본다. 전철 속에서, 약속들 사이에, 때로는 저녁 식사 중에, 그녀는 손가락으로 밀어서 아이들 사진을 본다. 또한 이런 순간을 포착하고 지난 행복의 증거를 담아놓는 것이 어머니로서의 의무라고 믿는다. 그녀는 어느 날 그것들을 밀라와 아당에게 내밀 수 있을 것이다. 그녀는 추억을 하나하나 열거할 것이며, 사진은 그때의 감각과 세세한 것들, 그때의 분위기를 환기시켜줄 것이다. 사람들은 늘 아이는 잠시의 행복일 뿐이라고 했다. 예측한 대로 되는 건 없고 늘 초조하게 만드는 존재라고. 수도 없이 바뀐다고. 동그란 아기 얼굴이 알지 못하는 새 어느덧 자라서 심각한 얼굴이 되어버린다고. 그래서 기회가 있을 때마다 그녀는 세상에서 가장 아름다운 풍경인 아이들을 아이폰 화면에 담아둔다.

폴의 친구 토마가 그들을 시골집에 초대해서 하루를 보내게 되었다. 그는 그곳에서 노래도 작곡하고 잘 나아지지 않는 알코올 중독도 관리하기 위해 혼자 지내고 있다. 토

마는 자기 정원 안쪽에서 조랑말들을 키운다. 미국 여배우
처럼 황금색 털을 가진, 다리가 짧은 비현실적인 조랑말.
작은 시내가 드넓은 정원을 가로지르는데 근원이 어딘지
는 토마도 모른다. 아이들은 풀밭에서 점심을 먹는다. 부
모들은 로제 와인을 마시는데, 토마가 결국 육각형 통을
탁자에 올려놓더니 계속 마셔댄다. "우리끼리잖아, 안 그
래? 야박하게 굴지 말자."

토마에게 아이가 없으므로 폴이나 미리암은 보모라든가
교육, 가족 여행 같은 이야기로 그를 지루하게 할 생각은
하지 않을 것이다. 이 아름다운 5월의 하루에 그들은 골치
아픈 일들을 잊는다. 자신들의 걱정이 있는 그대로 보인
다. 즉 거의 투정에 가까운, 일상의 소소한 걱정들이다. 이
제 그들의 머릿속에는 미래, 계획, 곧 꽃피우려는 행복밖
에 없다. 미리암은 9월에 파스칼이 공동경영자 자리를 제
안하리라고 확신한다. 그러면 스스로 사건을 선택할 수 있
을 것이고, 성과 없는 일은 변호사 시보들에게 맡길 수 있
을 것이다. 폴은 아내와 아이들을 바라본다. 가장 어려운
일은 이루어졌고 이제 더 좋은 일만 남았다고 생각한다.

그들은 달리고 놀며 멋진 하루를 보낸다. 아이들은 조
랑말에 오르고 사과와 당근을 준다. 토마가 채소밭이라 부

르지만 채소가 자라본 적 없는 밭에서 잡초를 뽑는다. 폴
은 기타를 잡고 모두를 웃게 만든다. 그러고 나서 모두 말
없이 있을 때 토마가 노래를 시작하자 미리암이 같이 따라
부른다. 아이들은 자기들이 모르는 언어로 노래를 부르는
너무도 점잖은 어른들 앞에서 눈을 동그랗게 뜬다.

집에 돌아갈 때가 되자 아이들은 소리를 질러댄다. 아당
은 바닥에 드러눕고 안 간다고 버틴다. 몹시 피곤해진 밀
라도 토마의 품에 안겨 흐느낀다. 차에 타자마자 아이들은
잠이 든다. 미리암과 폴은 말이 없다. 그들은 휴게소, 산업
지대, 회색 풍력발전기를 시적인 정취로 물들이는 황갈색
석양 속에서 망연히 펼쳐진 유채밭을 바라본다.

사고로 고속도로가 꽉 막혔다. 길이 막히자 미칠 지경이
된 폴은 고속도로를 벗어나 국도를 통해 파리에 가기로 결
정한다. "GPS만 따라가면 될 거야." 컴컴한 거리로 들어
서자 길들을 따라 덧창이 닫힌 중산층의 보기 흉한 집들이
늘어서 있다. 미리암은 깜빡 잠이 든다. 가로등 아래 나뭇
잎들이 수천 개의 검은 다이아몬드처럼 빛난다. 그녀는 폴
도 잠이 들면 어쩌나 걱정되어 가끔씩 눈을 뜬다. 폴이 걱
정 말라고 하자 그녀는 다시 잠이 든다.

경적 소리에 그녀가 잠에서 깬다. 눈이 반쯤 감긴 데다 로제 와인을 많이 마신 탓에 비몽사몽 정신이 흐릿한 상태여서 그녀는 그들이 갇혀 있는 도로를 금세 알아보지 못한다. "어디야?" 그녀가 폴에게 묻지만 그는 대답하지 않는다. 그도 전혀 모른다. 무엇 때문에 이렇게 막히는지, 무엇에 막혀서 앞으로 못 가는 것인지 알아야겠다는 생각에 온통 정신이 팔려 있다. 미리암은 고개를 돌린다. 건너편 인도에서 익숙한 루이즈의 실루엣을 보지 않았다면 다시 잠들었을 것이다.

"저기 좀 봐."라고 그녀가 팔을 뻗으며 폴에게 말한다. 하지만 폴은 길이 막혀 있는 것 말고는 아무 생각이 없다. 그는 어떻게 하면 거기서 빠져나가 유턴을 할 수 있을지 연구하고 있다. 사방에서 오는 자동차들이 더 이상 움직이지 못하는 사거리에 접어들었다. 스쿠터들이 길을 누비고 행인들이 보닛을 스치고 간다. 몇 초 만에 신호등이 빨간불에서 파란불로 바뀐다. 아무도 움직이지 못한다.

"저기 좀 봐. 루이즈 같아."

미리암은 사거리 건너편에서 길을 가는 여자의 얼굴을 보려고 자리에서 약간 몸을 일으킨다. 유리창을 열고 그녀를 부를 수도 있겠지만 좀 우스꽝스러울지도 모르고 아마

들리지도 않을 것이다. 미리암은 루이즈의 금발 머리, 목덜미 위로 말아 올린 머리, 민첩하면서도 휘청거리는 그 흉내낼 수 없는 발걸음을 바라본다. 루이즈는 상점가의 쇼윈도를 다 들여다보면서 천천히 걷고 있는 것 같다. 그러다가 그녀의 모습이 미리암의 시야에서 사라지는데, 그녀의 조그만 몸이 행인들 사이에 가려졌다가 웃으며 팔을 흔드는 사람들 무리에 휩쓸려간다. 그랬다가 다른 쪽 횡단보도에서 다시 그녀의 모습이 나타난다. 약간 흐릿한 색조의 옛날 영화 속, 어둠이 내려 비현실적이 된 파리의 모습 같다. 루이즈는 늘 똑같은 그 둥근 칼라에 너무 긴 치마를 입고 어울리지 않는 모습을 하고 있는데, 이야기를 착각하고 낯선 세상에 와 있는, 영원히 떠돌아야 할 운명을 선고받은 인물 같아 보인다.

폴이 미친 듯이 경적을 울리자 아이들이 깜짝 놀라 깨어난다. 그는 창문으로 팔을 내밀고는, 뒤를 쳐다보고 욕설을 퍼부으며 직각으로 교차하는 거리를 전속력으로 접어든다. 미리암은 그를 제지하고 싶다. 급할 것이 없다고, 화를 내봐야 아무 도움이 되지 않는다고 말하고 싶다. 그녀는 우수에 잠긴 채 마지막 순간까지 가로등 아래 미동도 없이 서 있는 루이즈를 응시한다. 거의 흐릿한, 달의 세계의 루이즈, 무언가를 기다리는 루이즈. 어떤 경계의 끝에서 이제 막 그 경계를 넘으려 하는 루이즈. 그 경계 뒤에서 그녀는 사라질 것이다.

미리암은 좌석에 몸을 푹 파묻는다. 그녀는 마치 추억을 가로지른 듯, 아주 오래전에 알던 사람이나 젊은 날 연인을 마주친 듯 마음이 혼란스러워진 채 다시 앞을 본다. 그녀는 자문한다. 루이즈는 어디에 가는 걸까, 정말 그녀였을까, 거기서 무엇을 하고 있었을까. 미리암은 창 너머로 그녀가 사는 모습을 바라보며 그녀를 더 관찰하고 싶었다. 그 보도에서, 그들에게 익숙한 것들과 그렇게도 멀리 떨어진 곳에서 우연히 그녀를 보게 되자 미리암은 강렬한 호기심을 느낀다. 처음으로 미리암은 그들과 같이 있지 않을 때의 그녀에 대한 모든 것을 구체적으로 상상해보려 한다.
어머니가 보모의 이름을 발음하는 것을 듣고 아당도 창밖을 보았다.
"아줌마다." 손가락으로 그녀를 가리키면서 그가 소리친다. 마치 그녀가 다른 데서 혼자 산다는 것을 이해할 수 없다는 듯이, 유모차를 밀거나 아이의 손을 잡지 않고 혼자 걸을 수 있다는 것을 이해할 수 없다는 듯이.

아당이 묻는다.

"루이즈 아줌마 어디 가는 거야?"

"집에 가는 거지. 자기 집으로." 미리암이 대답한다.

니나 도르발 경감은 스트라스부르 대로 자신의 아파트에서 두 눈을 뜬 채 침대에 누워 있다. 비 내리는 8월에 파리는 텅 비어 있다. 고요한 밤이다. 내일 아침 7시 30분, 루이즈가 매일 아이들에게 가는 시간에 오트빌 가 아파트의 봉인이 제거되고 현장 검증이 진행될 것이다. 니나는 예심 판사, 검사, 변호사 들에게 미리 알렸다. "제가 보모 역을 하겠습니다."라고. 아무도 그녀를 막을 수 없을 것이다. 경감은 이 사건을 누구보다 잘 알고 있다. 그녀는 로즈 그랭베르가 전화를 건 후 범죄현장에 첫 번째로 도착했다. 로즈 그랭베르는 "보모가 그랬어요. 그녀가 아이들을 죽였어요."라고 소리를 질러댔다.

그날 경감은 건물 앞에 주차했다. 구급차가 막 떠난 참이었다. 가장 가까운 병원으로 여자아이를 옮기고 있었다. 구경꾼들이 벌써 거리를 메우고 요란한 사이렌 소리와 급하게 서두르는 구급대의 움직임, 경찰들의 창백한 낯빛에 온정신이 사로잡혀 있었다. 행인들은 무언가를 기다리는 척했다. 질문을 던지는 사람도 있고, 빵집 입구나 출입구 지붕 아래에 꼼짝하지 않고 서 있는 사람도 있었다. 한 남자는 팔을 뻗어 건물 입구 사진을 찍고 있었다. 니나 도르발은 그에게 이동하라고 명했다.

계단에서 경감은 어머니를 이송 중인 구급대와 마주쳤다. 피의자는 의식이 없는 채로 아직 위에 있었다. 손에는 작은 세라믹 칼이 쥐어져 있었다. "뒷문으로 그 여자를 나오게 하세요."라고 니나가 명령했다.

그녀가 아파트에 들어섰다. 그녀는 각자에게 역할을 맡겼다. 과학수사단이 헐렁한 하얀색 작업복을 입고 일하는 것을 지켜보았다. 욕실에서 장갑을 벗고 몸을 숙여 욕조를 들여다보았다. 우선 차갑고 흐린 물속에 손가락 끝을 넣고 물을 저어서 움직여봤다. 해적선 하나가 물결에 쓸려갔다. 손을 뺄까 말까 망설여지면서 무언가가 그녀를 바닥으로 이끌었다. 그녀는 팔꿈치까지 그다음에는 어깨까지 집어넣었는데, 그렇게 하고 있을 때 검사 요원이 다가와 소매가 다 젖은 채 욕조에 몸을 구부리고 있는 그녀를 발견했다. 그는 그녀에게 나오라고 명했다. 조사 목록을 작성한다고 했다.

니나 도르발은 입에 무전기를 댄 채 아파트를 오간다. 장소를 묘사하고, 비누 냄새와 피 냄새, 켜놓은 텔레비전 소리, 진행 중인 프로그램 명을 말한다. 아주 작은 세부사항 하나도 생략되지 않았다. 열려 있는 세탁기 뚜껑 유리창, 거기서 삐져나온 구겨진 셔츠 하나, 가득 찬 개수대, 바닥에 던져진 아이들 옷. 탁자 위에 놓인 두 개의 분홍색 플라스틱 접시에는 남은 점심 식사가 말라 있었다. 그 파스타와 햄 조각도 사진을 찍었다. 나중에 좀 더 루이즈의 이야기를 알게 되고 이 편집광적 보모의 전설에 대해 듣게 되었을 때 니나 도르발은 그날 어떻게 집이 그토록 엉망이었을까 의아했다.

그녀는 베르디에 경위를 북역으로 보내 여행에서 돌아오는 폴을 데려오게 했다. 그가 잘 대처하리라고 생각했다. 경험이 많은 사람이니 적절한 단어를 찾아 그를 진정시킬 수 있을 것이다. 경위는 너무 일찍 도착했다. 그는 바람을 피해 앉아 기차들이 도착하는 것을 지켜보았다. 담배가 피우고 싶었다. 한 열차에서 승객들이 내리더니 무리지어 달리기 시작했다. 아마도 다른 기차로 갈아타야 하는 모양이었는데, 경위는 땀을 흘리는 군중, 가방을 꼭 쥔 하이힐을 신은 여자들, "좀 비켜주세요!"라고 소리치는 남자들을 눈으로 좇았다. 그러고 나서 런던발 기차가 도착했다. 베르디에 경위는 폴이 타고 있는 열차 앞에서 기다릴 수도 있었지만 그냥 플랫폼 끝에 있기로 했다. 그는 모자를 쓰고 작은 손가방을 든, 아이를 잃은 아버지가 자신을 향해 다가오는 것을 보았다. 그가 오고 있는 쪽으로 다가가지 않았다. 그에게 몇 분을 더 주고 싶었다. 끝나지 않을 밤 속으로 그를 던져 넣기 전에 몇 분을 더.

경감은 그에게 배지를 보여주었다. 그가 동행을 요구하자 처음에 폴은 무언가 착오가 있는 거라고 믿었다.

도르발 경감은 한 주 한 주 사건을 거꾸로 거슬러 올라가 보았다. 의식불명 상태에서 빠져나오지 못하는 루이즈의 침묵에도 불구하고, 이 나무랄 데 없던 보모에 대한 일치되는 증언들에도 불구하고, 반드시 벌어진 틈새를 찾게 되리라고 그녀는 생각했다. 굳게 닫힌 문 뒤에서, 아이들이 살고 있던 그 은밀하고 포근한 세상에서 대체 무슨 일이 일어났는지 반드시 알아낼 것이었다. 그녀는 와파를 36번지로 오게 해서 심문을 했다. 그 여자가 내내 울면서 한 단어도 똑바로 발음하지 못하는 바람에 경감은 결국 인내심을 잃고 말았다. 그녀의 상황이나 신분증명 서류, 근로계약, 루이즈의 약속들, 그녀가 너무 순진했다는 이야기 같은 것들은 알 바 아니라고 했다. 경감이 알고 싶은 것은 그날 그녀가 루이즈를 보았는지 아닌지였다. 와파는 아침에 그 집에 갔다고 말했다. 그녀가 벨을 누르자 루이즈가 문을 반쯤 열었다. "뭔가를 숨기고 있는 것 같았어요." 하지만 알퐁스가 달려가서 루이즈의 다리 사이로 빠져나가 아직 파자마 차림으로 텔레비전 앞에 앉아 있는 아이들에게로 갔다. "설득을 하려고 했죠. 나가서 산책을 할 수도 있다고 말했어요. 날씨가 좋은데 아이들이 지루할 거라고요." 루이즈는 아무 말도 들으려 하지 않았다. "나를 집에 들어오지 못하게 했어요. 내가 알퐁스를 불렀고 아이는 아주 실망했어요. 그리고 우리는 돌아갔어요."

그러나 루이즈는 집에만 머물러 있지 않았다. 로즈 그랭베르는 단호히 주장한다. 그녀는 낮잠 자기 한 시간 전에 건물의 현관 로비에서 보모를 만났다. 살인사건 한 시간

전에. 루이즈는 어디에서 오는 것이었을까? 어디에 갔었을까? 밖에 얼마나 있었을까? 경찰들은 루이즈의 사진을 들고 동네를 한 바퀴 돌았다. 모든 사람에게 물었다. 거짓말하는 이들, 시간을 보내기 위해 이야기를 지어내는 외로운 사람들은 입을 다물게 해야 했다. 그들은 작은 공원으로, 파라디 카페로 갔고, 포부르생드니 가를 걸으며 상인들에게 질문했다. 그러다가 슈퍼마켓 영상을 발견했다. 경감은 수도 없이 이 녹화 영상을 돌려보았다. 진열대를 오가는 루이즈의 태연한 동작을 구토가 나도록 보았다. 우유팩, 비스킷 봉지, 포도주 병을 집는 그녀의 손, 아주 조그만 손을 관찰했다. 이 영상에서 보모는 아이들이 이 진열대에서 저 진열대로 뛰어다니는데 쳐다보지도 않는다. 아당은 봉지들을 떨어뜨리고 카트를 미는 여자의 무릎에 부딪힌다. 밀라는 계란 모양 초콜릿을 집으려 한다. 루이즈는 평온하다. 입을 열지 않는다. 아이들을 부르지 않는다. 그녀는 계산대로 간다. 아이들이 웃으면서 그녀에게 돌아온다. 그들은 그녀의 다리에 달려든다. 아당이 치마를 잡아당겨도 루이즈는 아이들을 본체만체한다. 그녀가 어떤 짜증의 기미를 보이자마자 바로 경감은 거기에서 살짝 떨리는 입술, 얼핏 스쳐가는 시선을 간파한다. 경감은 생각한다. 루이즈

는 동화 속에서 아이들을 어두운 숲 속에 내다버리는 이중
적인 어머니들과 닮았다.

4시에 로즈 그랭베르는 덧창을 닫았다. 와파는 작은 공
원까지 걸어가 벤치에 앉았다. 에르베는 맡은 일을 마쳤
다. 루이즈가 욕실로 갔던 것이 바로 그 시간이다. 내일 니
나 도르발은 그때의 행동들을 똑같이 반복해야 할 것이다.
수도꼭지를 튼다. 자기 아들들이 어렸을 때 그랬던 것처럼
물 온도를 알아보기 위해 흐르는 물에 손을 댄다. 그리고
그녀는 말할 것이다. "애들아, 이리 와. 목욕할 거야."

아당과 밀라가 물을 좋아했는지 폴에게 물어야 했다. 그
들이 장난감들 가운데서 물을 절벅거리는 것을 즐거워했
는지. "다툼이 벌어졌을 수도 있어요." 경감이 설명했다.
"아이들이 오후 4시에 목욕을 하는 것을 꺼렸거나 아니면
이상하게 여겼을 수도 있다고 생각하시나요?" 아버지에게
범죄 도구 사진을 보여주었다. 평범한 부엌칼. 하지만 아
주 작아서 아마도 루이즈가 손안에 일부를 숨길 수 있었을
것이다. 니나는 그것을 알아보겠는지 물었다. 그들 것인지
아니면 루이즈가 산 것인지, 그녀가 미리 범죄를 계획했는
지. "천천히 생각해보세요."라고 그녀가 말했다. 하지만 폴
은 생각할 시간이 필요 없었다. 그 칼은 토마가 일본에서

선물로 사다준 것이다. 너무 날카로워서 손끝을 살짝만 대도 연한 살이 깊이 베일 수 있는 세라믹 칼. 액운을 쫓는다고 미리암이 1유로 동전을 그에게 대신 주었던 회칼. "하지만 요리하는 데는 한 번도 쓰지 않았어요. 미리암이 벽장 높은 곳에 넣어두었어요. 아이들 손이 닿지 않는 데 두려고요."

밤낮을 가리지 않은 두 달간의 조사, 이 여자의 과거를 추적하는 데 두 달을 보낸 후 니나는 루이즈를 누구보다 잘 안다고 생각하게 되었다. 그녀는 베르트랑 알리자르를 소환했다. 그 남자는 36번지 사무실 의자에 앉아서 덜덜 떨었다. 피와 나쁜 소식을 몹시 두려워하는 그는 경찰이 루이즈의 원룸을 뒤질 때 복도에 서 있었다. 서랍들은 텅 비어 있었고 유리창은 얼룩 하나 없었다. 그들은 거기서 아무것도 찾아내지 못했다. 오래된 스테파니의 사진 한 장, 아직 열지 않은 봉투 몇 개뿐이었다.

니나 도르발은 루이즈의 썩어가는 영혼 속에 손을 집어넣었다. 그녀의 모든 것을 알고 싶었다. 보모가 자기 자신을 침묵의 벽 속에 꼼짝 못하게 가두어놓았지만 경감은 그 벽을 주먹으로 깨부술 수 있다고 믿었다. 그녀는 루비에 가족, 프랑크 씨, 페랭 부인, 루이즈가 기분장애로 입원

했던 앙리-몽도르 병원 의사들을 심문했다. 그녀는 몇 시간이고 꽃무늬 표지의 수첩을 읽었고, 밤이면 이 비뚤비뚤한 글자들, 외로운 아이가 뭔가에 열심히 몰두하듯 루이즈가 적어놓은 모르는 이름들이 꿈속에서 나타났다. 경감은 루이즈가 보비니의 집에서 살던 시절의 이웃들을 다시 찾아보았다. 작은 공원의 보모들에게도 질문을 했다. 아무도 그녀를 제대로 아는 것 같은 사람은 없었다. "그냥 인사만 나눌 뿐이었어요." 아무것도 특기할 만한 것이 없었다.

그러고 나서 경감은 하얀 침대에 잠들어 있는 피의자를 보았다. 그녀는 간호사에게 방에서 잠깐 나가달라고 했다. 그녀는 이 늙어가는 인형과 단둘이 있고 싶었다. 목과 손에 보석 대신 흰 붕대를 두껍게 감은, 잠자는 인형. 형광등 불빛 아래에서 경감은 창백한 눈꺼풀, 관자놀이의 회색 줄기, 귓불 아래에서 뛰는 희미한 혈관의 맥박을 응시한다. 그녀는 이 무너진 얼굴에서, 주름이 고랑을 파놓은 이 메마른 피부에서 무언가를 읽어보려 시도하곤 했다. 경감은 움직임 없는 이 몸에 닿지는 않은 채 곁에 앉아서, 마치 자는 척하는 아이들에게 말하듯 루이즈에게 말했다. "내 말을 다 듣고 있다는 거 알아."

니나 도르발은 경험이 있다. 현장 검증은 부두교 의식처럼 때로 사건의 단서를 밝혀주는 작용을 한다. 부두교 의식에서 신들린 상태에 이를 때 고통 가운데 진실이 솟아오르고 과거가 새로운 빛으로 밝혀지는 것처럼. 일단 무대에 오르면 세세한 것들이 모습을 드러내고 모순이 마침내 의미를 띠는 마법이 일어난다. 내일 그녀는 아직도 꽃다발과 아이들 그림들이 놓인 채 시들어가고 있는 오트빌 가의 건물 안으로 들어갈 것이다. 그녀는 촛불들을 돌아 계단을 오를 것이다. 그 5월의 어느 날 이후 아무것도 변하지 않은 아파트, 아무도 물건들을 가지러 오거나 서류들을 챙기러 오지 않은 그 아파트는 추악한 연극 무대가 될 것이다. 니나 도르발은 칼로 세 번 찌를 것이다.

거기에서 그녀는 파도치는 역겨움 속에서, 모든 것을 향한 혐오 속에서, 이 아파트를, 이 세탁기를, 여전히 더러운 이 개수대를, 상자에서 나와 탁자 아래에서 죽은 저 장난감들을, 손잡이를 늘어뜨린 채 하늘을 향한 장난감 검을 자신이 다 휩쓸어버리게 둘 것이다. 그녀는 루이즈일 것이다. 악쓰는 소리와 울음소리를 멈추게 하려고 손가락으로 귀를 틀어막는 루이즈. 방에서 부엌으로, 욕실에서 부엌으로, 쓰레기통에서 의류 건조기로, 침대에서 현관 벽장으로, 발코니에서 욕실로 오가는 루이즈. 다시 와서 또 반복하는 루이즈, 몸을 숙였다가 발끝으로 서는 루이즈. 벽장에서 칼을 집는 루이즈. 창은 열려 있고, 작은 발코니에 한쪽 발을 올린 채 포도주를 한 잔 마시는 루이즈.

"얘들아, 이리 와. 목욕할 거야."

옮긴이의 말

나는 그녀를 모른다

『달콤한 노래』를 읽고, 우리말로 옮기고, 루이즈라는 인물을 생각하며 여러 달을 보냈다. 현실 속에서 어떤 사람과 만나 이만큼의 시간과 마음을 썼으면 꽤 가까운 사이가 되었을 것 같다. 우리는 소설 속 인물의 감정이나 상황을 내 것처럼 겪으면서 놀라운 통찰의 순간을 체험하기도 하고 새로운 세계를 발견하기도 한다. 언어도 문화도 낯설었던 어떤 나라를 소설 하나를 읽고 나서 몹시 사랑하게 되기도 한다. 그런 사랑이 가능하게 하는 주역은 작중 인물인 경우가 많고, 그 인물과 관계 맺은 이후 우리의 삶은 미세하게 또는 상당히 달라진다. 플로베르의 보바리 부인이나 쿤데라의 루드비크 같은 인물에게 내가 느낀 연민과 감탄은 현실에서의 어떤 체험보다 강렬했고, 이후 이들은 내 인생의 사람들이 되었다. 현실 속에서 나는 어떤 일들을 이들의 상황이나 삶의 변곡점에 견주어 생각하곤 한다. 루이즈도 내게 이런 인물이 될 수 있을까? 나는 이 인물에 대해 무엇을 알고 있을까? 이렇게 철저히 알 수 없는 소설 속 인물이 누가 있었을까?

루이즈는 안개 같은 인물이다. 어렴풋한 실루엣으로만 존재한다. 작품의 전체 줄거리는 간단하다. 보모가 아이 두 명을 살해했다. 남자 아기 한 명이 현장에서 사망했다. 누나인 여자아이는 병원으로 이송 중 사망했다. 보모는 아이들을 찌른 칼로 자기 손목과 목을 그었지만 죽지 못했고 의식불명 상태로 병원에 수감 중이다. 현장에 출동해서 상황을 지휘한 경감이 사건을 추적한다. 경감은 모든 자료를 모으고 피의자 주변 사람들을 심문한다. 경감은 피의자 진술이 불가능한 상황이어도 반드시 모든 것을 밝혀내겠다는 확고한 의지를 지니고 있다. 그러나 보모, 루이즈가 어떤 사람인지 알고 있는 사람은 아무도 없다. 작가는 경감이 알게 되는 것들 이상의 것을 우리에게 거의 알려주지 않는다. 우리는 작품의 어떤 장면들에서 루이즈의 삶에 대한 미미한 단서들을 파악할 수 있을 뿐이다.

작품에서 가장 많은 분량에 해당하는 것은 루이즈가 밀라와 아당의 보모로 지내는 시간이다. 그녀는 아이들에게 정성을 다할 뿐만 아니라 살림을 반듯하게 꾸리고 집 안을 빛나게 가꾼다. 야망의 성취를 위해 질주하는 아이들의 부모, 미리암과 폴을 대신해서 집안을 지탱해주는 수호신 같은 존재가 된다. 술에 취한 폴의 즉흥적 제안으로 루이즈는 가족의 여름휴가에 동행한다. 그리스의 섬에서 루이즈는 너무 많은 것을 보고 느낀다. 그렇게 아름다운 바다, 아름다운 하늘, 아름다운 빛깔은 이제껏 본 적이 없다. 결정적인 것은 그들 가족의 일원이 된 듯한 체험이다. 같이 웃고, 같이 시간을 보내고, 같이 노을을 바라보는 체험. 그녀는 미리암과 폴의 친구이자 가족 같은 사람이 된다. 그녀는 이제 그들의 행복을 곁에서 지켜보는 것이 자신의 행복이 되리라 믿는다. 오르골 속 원판 위에 고정된 채 영원히 빙글빙글 돌아가는 인형처럼 미리암과 폴을 영원히 종탑 아래 세워두고 바라보고 싶어 한다. 그녀는 대체 어떤 삶을 살아왔기에 타인의 행복을 구경하는 일을 자신의 행복으로 삼고자 하는 것인가. 하지만 시간이 가면서 그녀는 그들 가족 속에 들어가지 못하고 거부당한다. 더 이상 완벽한 보모이자 천사 같은 가사도우미가 아니다. 미리암과 폴은 루이즈에 대한 혐오감을 떨쳐버리지 못하지만 두려움과 필요에 의해 해고를 미룬다. 루이즈는 버림받고 상처 입은 연인처럼 위험한 존재가 된다.

루이즈를 가장 상징적으로 보여주는 장면이 있다. 마세 가족이 교외에 나갔다가 파리로 들어오는 길이다. 파리 외곽의 국도 어느 지점에서 미리암이 루이즈를 발견한다. 그제야 미리암은 루이즈에 대해 아무것도 아는 게 없다는 것을 깨닫는다. 어디 사는지, 왜 저기 있는지, 어디로 가고 있는지 알지 못한다. 작품의 전후로 미루어 짐작하건대 아마도 이 대목의 루이즈는 미리암의 냉대에 상처 입고, 죽은 남편이 남긴 빚에 쫓기고, 살고 있는 집의 월세가 밀려 언제 거리에 나앉을지 모르는 상황인 것 같다. 거리를 배회하는 루이즈는 마치 유령처럼 부유하는 모습이다. 횡단보도 앞에 서 있는 루이즈를 차 안에 앉아 바라보면서 미리암은 루이즈가 다른 세상으로 건너가려 하는 것 같다고 생각한다. 건너가고 나면 그녀는 사라져버릴 것이다. 그렇지만 미리암은 그녀를 부르지 않는다.

루이즈가 아직 횡단보도를 건너 다른 곳으로 가버리지 않았던 그때 미리암이 그녀를 불렀다면 어땠을까. 루이즈를 그리스에 데려가지 않았다면. 친구나 가족처럼 대하지 않았다면. 아예 루이즈를 보모로 들이지 않았다면…… 그 랬다면 비극을 막을 수 있었을까? 쓸모없고 공허한 질문이다. 그럼에도 불구하고 인류가 멈추지 못하는 애절한 질문이기도 하다. 삶이 우리에게 반복을 허락하지 않기 때문에 우리는 이 질문이 공허함을 알면서도 끊임없이 묻는다. 이 사람과 결혼하지 않았더라면. 이 직업을 갖지 않았더라면. 그때 그 말을 믿지 않았더라면. 루이즈가 살인을 하지 않았을 상황을 진술하기 위한 가정은 무수히 많지만 그 일은 일어났다. 왜 루이즈는 살인을 저지른 것일까?

루이즈라는 암호는 풀리지 않는다. 이 사건을 담당한 경감은 작품의 끝에서 현장 검증을 앞두고 있다. 이제껏 모든 자료와 주변 사람들의 진술을 토대로 그녀는 그 누구보다 루이즈를 잘 알고 있다고 생각하고, 자신이 루이즈 역할을 맡기로 한다. 경감은 이제까지의 경험을 통해 현장 검증에 부두교 의식에서의 접신의 순간과 같은 요소가 있다고 믿는다. 그런 신들림의 순간이 어떤 결정적 역할을 해주기를 기대한다. 그것은 역설적으로 루이즈의 내면에 다가갈 방도가 없음을 뜻한다. 간절히 다가가고 싶으나 그럴 수 없다는 불가능성 앞에서 인간은 신탁이건 샤머니즘

이건 어떤 초인간적 힘을 빌려서라도 비밀을 알고자 해왔다. 경감이 앞두고 있는 그런 순간이 어떤 비밀을 드러내줄 것인가? 우리는 그러면 루이즈를 알게 되는 것일까?

현장 검증은 우리 앞에서 펼쳐지지 않는다. 우리에게 남는 것은 왜라는 의문일 뿐이다. 이 작품의 처음부터 끝은 어쩌면 그런 질문의 형상화인지도 모른다. 중요한 것은 우리가 무언가를 몹시 알고 싶어 한다는 것이다. 어떤 사람을, 그의 사정을, 그 삶의 곡절을 알고자 한다는 것이다. 이소설은 그 과정이다. 알고자 하는 과정. 알고자 했으나 결국 알지 못한다는 고백. 그럼에도 불구하고 알고자 하는 열망의 기록이며, 그러므로 도저히 알 수 없다는 좌절에 대한 위안일 수 있다.

이 작품의 첫 문장은 "아기가 죽었다."이다. 어떤 기시감이 들지 않는가? "오늘 어머니가 죽었다." 카뮈의 『이방인』 첫 문장이다. 카뮈가 그린 이방인은 햇빛 때문에 살인을 한 것으로 유명한 인물이다. 말도 안 되는 이유로 여겨지지만 사실 그 장면에는 뫼르소가 느끼는 햇빛의 폭력성이나 사건의 정황 등이 대단히 섬세하게 그려져 있다. 그러나 루이즈의 살인 장면은 아예 생략되어 소설 속에 등장하지 않는다. 우리가 처음 맞닥뜨리는 것은 사건이 이미 일어난 이후 미리암이 들어와 비명을 지르는 장면이다. 그렇다. 루이즈는 우리에게 타인이라는 암호, 사람이라는 암호이자 철저한 이방인이다. 나는 루이즈를 모른다. 하지만 내게 사랑이나 미움, 연민, 존경, 공감 등의 감정을 불러일으키는 중요한 소설 속 인물들 가운데 루이즈가 자리를 잡게 된 것만은 분명하다.

2017년 가을

방미경

옮긴이 방미경

프랑스 파리 10대학에서 프랑스 문학 박사 학위를 받았다. 현재 가톨릭대학교 프랑스어문화학과 교수로 재직 중이다. 옮긴 책으로 밀란 쿤데라의 『농담』, 『우스운 사랑들』, 『삶은 다른 곳에』, 『무의미의 축제』, 뤼크 페리의 『미학적 인간』, 『플로베르』(편역), 마르그리트 뒤라스의 『히로시마 내 사랑』 등이 있으며 플로베르와 베케트에 관한 다수의 논문을 발표하였다.

달콤한 노래

1판 1쇄 발행 2017년 11월 3일
1판 9쇄 발행 2023년 3월 17일

지은이 레일라 슬리마니 옮긴이 방미경
펴낸이 김영곤 펴낸곳 (주)북이십일 아르테
출판마케팅영업본부 본부장 민안기
출판영업팀 최명열 김다운
제작팀 이영민 권경민

출판등록 2000년 5월 6일 제406-2003-061호
주소 (우 10881) 경기도 파주시 회동길 201(문발동)
대표전화 031-955-2100 팩스 031-955-2151

ISBN 978-89-509-7242-4 03860

아르테는 (주)북이십일의 새로운 문학 브랜드입니다.

(주)북이십일 경계를 허무는 콘텐츠 리더

아르테 채널에서 도서 정보와 다양한 영상자료, 이벤트를 만나세요!
페이스북 facebook.com/21arte 인스타그램 instagram.com/21_arte
포스트 post.naver.com/staubin 홈페이지 www.book21.com